Scarlett

DU MÊME AUTEUR

Romans

L'Élève troublé, Fayard, 1995.
L'Équipier, Fayard, 1997.
Les Enveloppes, Stock, 2015.
L'Homme de Lyon, Grasset, 2011 ; Le Livre de poche, 2013.
L'Année des volcans, Flammarion, 2014.
Vends maison de famille, Flammarion, 2016.
Le garçon qui courait, Sarbacane, 2017.
Vous êtes de la famille ?, Flammarion, 2019.
Louis XIV, l'enfant roi, XO, 2020.

Essais

Prolongations, Castor Astral, 2002.
Les Enfants du cinéma, Grasset, 2011, Le Livre de Poche, 2013.
Ces lieux qui ont fait la France, Fayard, 2015.
Ces autres lieux qui ont fait la France, Fayard, 2021.

François-Guillaume Lorrain

Scarlett

roman

Flammarion

ISBN : 978-2-0802-7059-7

Pour Marie-Françoise Leclère, qui m'a donné ma chance.

Avertissement

Dans les années 1930, le cinéma hollywoodien se trouvait encore entre les mains de quelques studios et de leurs fondateurs, des Juifs polonais, russes, hongrois, autrichiens, qui s'appelaient Jack Warner, Sam Goldwyn, William Fox, Adolph Zukor... La plupart étaient nés en Europe et n'avaient qu'une idée très vague du septième art avant de mettre le pied sur le sol américain. Leurs usages relevaient parfois d'un système de troc. Par contrats, ils possédaient les acteurs et les actrices, qu'ils s'échangeaient à l'occasion d'un film.

Louis B. Mayer venait de Biélorussie et dirigeait la MGM. Il portait de toutes petites lunettes, mais percevait un salaire à la hauteur de son royaume, le plus puissant et le plus sophistiqué de tous, qu'il régentait en tyran. En 1935, son associé David O. Selznick, fils d'un Ukrainien, s'en était allé créer sa propre société, la Selznick International Pictures. Il était aussi l'époux d'Irene, la fille chérie de Louis B. Mayer. Ces gens-là s'embrassaient et se trahissaient d'un même élan.

Et s'ils pensaient régner sur les rêves de l'humanité, leur propre rêve se résumait à l'espoir que leur prochain film leur rapporte davantage que le précédent.

Prologue

Le 6 avril 1917, l'entrée en guerre des États-Unis fut votée à Washington. Un télégramme secret émis de Berlin à destination du Mexique venait d'être intercepté : le Reich promettait à ce pays le Texas et la Californie s'il voulait bien se donner la peine d'asticoter son voisin du Nord. Avec l'assurance d'un prophète guidant son peuple dans le désert, le président américain Woodrow Wilson avait fait valoir un autre argument : maintenant que le tsar avait été renversé, plus rien n'empêchait les États-Unis de s'allier à une Russie débarrassée de son autocrate.

Ce changement de régime n'avait pas échappé à un producteur de cinéma de la Côte Est qui transmit à la presse un télégramme, dont il affirma haut et fort qu'il l'avait fait parvenir à un certain Nicolas Romanov, autrement dit le tsar en personne, fraîchement licencié du Kremlin. En voici à peu près le contenu :

> Quand j'étais un pauvre petit garçon à Kiev et que vos policiers n'y allaient pas de main morte avec moi et mes coreligionnaires, suis parti en Amérique où j'ai fait

fortune. Viens d'apprendre avec regret que là-bas, vous n'avez plus de boulot. Ne vous en veux pas pour ce que vos policiers m'ont fait, si vous venez à New York peux vous offrir de bons rôles dans des films. Salaire pas un problème. Réponse à mes frais. Salutations à votre famille. Signé Lewis J. Selznick.

Lewis J. Selznick, patron de la modeste World Film Corporation (WFC), était né Loïe Zeleznik à Kiev en 1872. Ou en Pologne en 1871. Ou bien à Kaunas en Lituanie en 1869. Peu importe. L'essentiel est qu'en posant le pied sur le Nouveau Continent, il avait troqué le *z* pour le *s* et laissé tomber le *e* : une excellente manière de devenir américain.

Son offre d'emploi ne reçut pas de réponse. Mais sur la Côte Est, où elle avait fait le tour des rédactions, on jugea que ce Selznick avait un sacré toupet. Ses rivaux dans la profession cinématographique, qui, à quelques variations géographiques près, Hongrie, Allemagne, Roumanie, avaient suivi les mêmes itinéraires transatlantiques, pestèrent contre la *chutzpah* de leur collègue, qui faisait honte aux Juifs en général et au septième art en particulier. Ce qu'ils ignoraient, c'est que ce texte, qui faisait l'aumône d'un *boulot* à un puissant souverain, ne devait rien à Lewis J., ancien vendeur de nickel plus à l'aise avec les chiffres qu'avec les mots, mais tout à son fils cadet, David O., qu'il avait propulsé à la tête de son service de publicité. Ce garçon de 15 ans, qui régnait déjà sur les communiqués de la WFC, trouvait tout à fait naturel de recruter le tsar comme un simple extra. Le monde était sorti de ses gonds. La guerre industrielle faisait rage, des révolutions renversaient tout sur leur passage. Des gamins pouvaient bien prendre de haut des empereurs.

Ce 6 avril 1917, le jeune David s'était levé aux aurores, avait avalé un copieux petit-déjeuner, pris une douche glaciale et le ciel à témoin, comme son père le recommandait à tous ses employés, afin de stimuler leur confiance en l'avenir. Après un rapide crochet par le Hamilton Institute for Boys, l'adolescent avait regagné ses bureaux. Son algèbre, il la révisait avec les contrats d'annonce et d'affichage à négocier. Et les adaptations de classiques qu'il visionnait à longueur de journée lui tenaient lieu de culture littéraire.

Ce jour-là, son œil expert fut sollicité à propos de Mary MacLaren, une actrice de 20 ans que son père songeait à engager. L'exercice n'était pas pour lui déplaire. Après la projection du dernier film de cette demoiselle, il se précipita dans son bureau pour rédiger un compte rendu :

> Cette Mary a l'air tout bonnement sinistre. Il n'est pas sûr que quelqu'un ressente le besoin pressant de payer quinze cents pour la regarder. À chaque fois qu'elle apparaît à l'écran, on a envie de lui dire d'aller se coucher. Dans le cas où vous ne souhaiteriez pas abaisser le niveau des productions de la World Film Corporation, je vous recommande fortement de vous abstenir. Votre très dévoué D.O.S.

Ce gamin était aussi laid que son intelligence était précoce. Un nez épaté, des dents de lapin, des lèvres épaisses et un regard de bigleux lui faisaient une tête de chinchilla. Il y avait cependant son sourire. Un sourire de conquérant qui proclamait : je vais réussir, nous allons réussir, inutile de dire non au prince charmant. À sa naissance, sans doute souriait-il déjà. Sa grande taille tranchait également dans un milieu où les pontes, les Jack Warner, les William Fox, les Louis B. Mayer portaient des talonnettes. Il se dandinait tel un jeune ours, penché vers ses interlocuteurs et toujours souriant.

Toute famille a ses chouchous. Le très dévoué David était celui de papa Selznick qui le payait 750 dollars la semaine et avait une confiance aveugle en ses talents. « Montrez-le à mon fils, disait-il quand on lui présentait un film, si ça lui plaît, probable que ça rapporte de l'argent. » Il ne se vexait nullement des courriers très formels que son rejeton se permettait de lui adresser. Comme ce message récemment déposé sur son bureau :

> Cher Monsieur, à l'avenir, je vous serais obligé de bien vouloir m'envoyer vos requêtes ou vos rapports par lettre. La plupart des messages téléphoniques que vous laissez à nos secrétaires ou à mon frère Myron me sont transmis avec un retard regrettable ou ne me sont pas transmis du tout. Votre très dévoué D.O.S.

Le soir, le cher monsieur venait s'asseoir sur le lit du fils adoré pour le prier de lui faire la lecture. L'infatigable David rechaussait ses lunettes de premier de la classe, ouvrait un livre de Dickens, de Shakespeare ou Tolstoï et bientôt Lewis J., les paupières mi-closes, laissait couler une larme. « De bien belles histoires, *Genius*. Un jour, il faudra que tu en fasses de grands films » : telle était souvent sa conclusion à laquelle *Genius* acquiesçait en le rassurant d'un clin d'œil myope. Son frère Myron, de quatre ans plus âgé, n'avait pas droit aux mêmes égards dont il n'aurait d'ailleurs pas voulu. Également salarié de son père, ce cogneur au visage fermé ne se souciait guère de rédiger des rapports. Il faisait la tournée des petits studios où il était censé chaperonner des réalisateurs que la WFC produisait. Le plus souvent, il les terrorisait et leur conseillait de changer de métier.

Ce 6 avril 1917, en fin d'après-midi, le fils souriant fut confronté à un grave problème dont la solution prit à nouveau la forme d'un mémorandum adressé cette fois à la secrétaire de son père.

> Chère Mademoiselle, j'arrive au bout de mes réserves de papeterie et je vous serais très reconnaissant de voir avec monsieur Lewis J. Selznick si je peux commander un stock de fournitures. J'espère qu'il n'est pas nécessaire de vous rappeler quel type de papier a ma préférence. D.O.S.

Rassuré, il regarda par la fenêtre. La nuit était déjà tombée.
Quelques instants plus tard, il avait bondi dans la rue pour y dépenser son énergie et l'argent qui encombrait ses poches. Ses pas le portèrent jusqu'à Times Square, le quartier des théâtres et des cinémas. À l'angle de l'avenue, il leva les yeux vers les lettres géantes qui défilaient au sommet d'un immeuble de bureau et qu'il contempla avec orgueil : *Selznick Pictures make happy hours.* De potentiels spectateurs déambulaient ici chaque soir par milliers et son père avait eu l'idée géniale de capter leur regard. Cinq

mots, tu as cinq mots, pas un de plus. C'est à lui que papa Selznick avait confié la mission de trouver la formule magique. David se rappela qu'il avait allumé une cigarette, s'était rincé l'œil sur une photo d'actrice, et qu'il avait répondu à la commande en sifflotant. *Selznick Pictures make happy hours.* Empli d'un sentiment de puissance que nul n'aurait soupçonné chez un si jeune homme, il interpréta comme un message prophétique cette phrase qui scintillait dans les ténèbres : il lui reviendrait en effet de donner du bonheur à des millions d'Américains en leur faisant miroiter les reflets étincelants d'un autre monde. Du haut de ses 15 ans, il n'en avait déjà pas le moindre doute.

*

Ce 6 avril 1917 serait plus tard à marquer d'une pierre blanche dans la vie de Vivien. Celle de ses débuts à l'âge de 4 ans.

— *Little Bo-Beep a perdu peut-être ses moutons, elle ne sait pas où sont passés ces malheureux, laisse-les tranquilles et sans doute ils reviendront en agitant leurs petites queues derrière eux.*

Depuis près d'une semaine, sa mère lui faisait répéter cette chanson. Le costume blanc de bergère qu'elle lui avait confectionné lui allait à ravir. Il ne manquait plus que le bâton et le bonnet, éventuellement un carquois rempli de flèches pour repousser le grand méchant loup. Quand on avait annoncé à Mrs Hartley que le Raj Bahan, la maison du gouverneur de Madras, accueillerait des numéros d'enfants, elle avait tout de suite pensé à sa fille. Le soir, elle la berçait avec des contes d'Andersen, des récits de la Bible, et lui apprenait des chansons que Vivien retenait avec une facilité déconcertante.

— *Little Bo-Beep a perdu peut-être ses moutons, elle ne sait pas où sont passés ces malheureux, laisse-les tranquilles et sans doute ils reviendront, en agitant leurs petites queues derrière eux.*

— Cela suffit pour le moment.

— Je veux connaître la suite.

La petite bergère voulait briller à l'image de son papa, qui interprétait des pièces en amateur, remportant des succès sur les planches qu'il prolongeait parfois en coulisses.

— Est-ce qu'ils reviennent pour de bon ?

— Qui ça ?

— Ben, les moutons.

Mrs Hartley avait l'esprit ailleurs. Elle pensait à Bangalore où son mari, instructeur, encadrait les soldats de la cavalerie indienne. Dans ce monde en guerre depuis plus de trois ans, même le sud-ouest de l'Inde n'était pas épargné : chaque semaine, de braves Anglais partaient se faire tuer sur leurs chevaux dans les déserts de Perse ou d'Arabie. Mais Mrs Hartley songeait surtout à la distance qui séparait Bangalore d'Ootacamund, la ville des Ghâts occidentaux où elle résidait avec sa fille. L'air y était plus respirable et la vie presque aussi douce que dans une station des Alpes suisses. Mais son mari en était dangereusement éloigné. Et à Bangalore, les femmes s'ennuyaient, préférant à la lecture de la Bible la fréquentation d'un officier anglais à la peau bronzée qui savait dresser ses montures et endosser à la scène des rôles audacieux.

Si les peuples s'entretuaient, les enfants étaient encore là, Dieu soit loué, avec leur pureté et leur innocence. Lorsque la femme du gouverneur de Madras fit son entrée dans la salle, une rumeur de froufrous l'accompagna jusqu'aux sièges pris d'assaut. Mrs Hartley s'était glissée au troisième rang, une bonne place, à côté de son mari revenu de Bangalore pour l'occasion. C'est devant, mon cher, qu'il faut regarder, lui glissa-t-elle alors qu'il tournait à nouveau la tête derrière lui. Devant, vers la scène où leur fille venait de faire ses premiers pas, accueillie par des murmures émerveillés par ces yeux vifs qui lançaient des éclairs, ce nez finement dessiné, cette bouche déjà gourmande, ces boucles qui tombaient dans un abandon charmant.

— Je ne vais pas chanter, je vais réciter Little Bo-Beep.

Mrs Hartley eut un coup au cœur. Vivien n'en faisait encore qu'à sa tête.

— *Little Bo-Beep a peut-être perdu ses moutons, elle ne sait pas où sont passés ces malheureux...*

La voix était ferme. Telle la vaillante bergère, Vivien s'était jetée tête la première, sans la moindre appréhension. Mrs Hartley lança un coup d'œil vers son mari. Il ne bougeait plus. Toute l'assistance semblait suspendue aux lèvres de la petite comédienne. Elle se mit à prier.

— ... *Little Bo-Beep s'est assoupie et rêve de ses moutons qui bêlent, oui on dirait bien qu'ils bêlent, mais quand elle regarda autour d'elle à son réveil, elle comprit qu'ils n'étaient toujours pas à l'abri...*

Mrs Hartley ne regretta pas d'avoir cédé à Vivien, qui avait insisté pour apprendre la comptine en entier. Par quel miracle sa fille était-elle déjà si belle ? L'ayah ne lui avait pas menti : pour assurer une parfaite harmonie au visage de l'enfant à naître, il fallait se recueillir devant les trois cimes du Kanchenjunga et s'imprégner de leur majesté. La veille de l'accouchement, elle était sortie sous la véranda de leur maison de Darjeeling et, les mains posées sur son ventre arrondi, elle avait fixé les murailles blanches culminant à 8 500 mètres d'altitude.

— *Elle prit son petit bâton, résolue à les trouver, et les trouva en effet car ils avaient laissé leurs queues derrière eux qui pendaient à une seule et même branche à la queue leu leu mises à sécher...*

Mrs Hartley eut un doute. Était-ce vraiment une comptine pour enfants ? Dans la chambre de sa fille, les mots lui avaient semblé plus légers et anodins. Dans cette salle vaste comme un palais, chaque parole filait comme une flèche vers le public. Mais pour Vivien, les mots étaient de simples balles, elle s'amusait avec, en lançait une, puis une autre, et jamais elles ne tombaient.

— *Elle poussa un profond soupir...*

Un petit sifflement s'échappa de sa minuscule poitrine.

— *Décrocha les queues une à une.*

Elle se dressa sur la pointe des pieds pour se hisser jusqu'aux branches de l'arbre.

— *S'essuya les yeux...*

Sa main vint effleurer ses paupières.

— *Et s'élançant par-dessus les collines...*

Elle commença à arpenter les planches en allongeant le pas.

— *Jura sur son cœur endolori que chaque mouton avant la nuit aurait retrouvé sa queue.*

Le tonnerre d'applaudissements qui éclata la foudroya. Elle ne distinguait personne sinon sa mère qui se contorsionnait pour lui montrer qu'elle était là, qu'elle n'avait pas à s'inquiéter, que tout irait bien. Mais rien ne pouvait lui arriver, Vivien l'avait compris dès qu'elle avait posé le pied sur ces planches. Les mains poursuivaient leur vacarme, assourdissantes, comme une vitre se brisant en mille morceaux.

— Encore ! Encore ! crut-elle entendre.

Avait-elle oublié une strophe ? Une dame vint l'embrasser, lui remettre un bouquet, puis l'entraîna derrière le rideau. C'était fini, déjà. Juste avant de disparaître, Vivien agita la main vers ses parents. Elle reviendrait, qu'ils se rassurent, elle leur raconterait à nouveau l'histoire de la bergère qui retrouve ses moutons.

*

Le *Denver Star* avait fait tout le battage nécessaire. La population noire de la ville allait avoir sa propre salle, le Five Points Theatre. Fini les églises où, après la messe, on enchaînait à la hâte quelques ballades ou saynètes qui décrivaient leurs souffrances. Fini les petits numéros carambolés dans les spectacles montés par des Blancs. Personne ne viendrait plus leur dire, toi, c'est bon, on te prend, mais toi, là-bas, tu peux rentrer à la maison. Ils seraient enfin les maîtres chez eux.

Le résultat d'un long combat acharné, écrivait le journaliste du *Denver Star*, qui donnait rendez-vous aux lecteurs le 6 avril 1917 à 20 heures. Au programme, chansons et poèmes, promesses de rires et de larmes. Pour attirer le public, il avait cité quelques noms, notamment celui de Hattie McDaniel. *On n'a pas oublié son chant final vibrant d'émotion l'an dernier, dans le rôle de la plantureuse et exubérante Spirella. « I'm going back, back, back to Memphis. »*

Le *Denver Star* avait été entendu. Le Five Points était plein à craquer, déjà ivre d'une bonne humeur contagieuse. Hattie ouvrit le bal. Une chevelure comme un cactus, des mèches en jet d'eau, une robe couleur arc-en-ciel avec des culottes bouffantes blanches qui lui faisaient un parachute, des bracelets d'épis de maïs autour des chevilles, une paire d'yeux affolés et clignotants : le public reconnut son personnage fétiche de Mammy, la Noire balourde et ahurie, telle que les Blancs aimaient à se la représenter.

— *Wouahhh ! Je ne savais pas qu'il y avait autant de Noirs à Denver !*

Elle se cacha le visage dans ses mains.

— *Oouuhhh ! Au secours, réveillez-moi, allumez la lumière, c'est un cauchemar, au secours, il fait trop noir.*

Elle écarta ses doigts.

— *10… 20… 30… 100… 1 000… 10 000… Ce soir, c'est la fête pour nous. Et ma patronne qui ne voulait pas que je vienne avant d'avoir fini de repasser, de laver la vaisselle et de récurer le parquet… Oui, Madame, et après tout ça, je vais nettoyer le ciel pour qu'il soit tout propre, faut qu'il fasse beau puisque nous allons faire la fête…*

Elle écarquilla davantage les yeux et tira la langue.

— *Veux-tu te taire, Mammy, j'ai mal à la tête…*

Hattie tendit ses mains vers le public.

— *Madame, la vaisselle, regardez ! Regardez, Madame, le blanc s'en va et en dessous… il y a du noir.*

Elle fit le geste de brandir une fourchette et un couteau, puis se mit à jongler avec.

— *Veux-tu reposer cela ! Va acheter d'autres couverts, Mammy, des bien blancs… Oui, Madame, j'y cours…*

Elle remua sa lourde carcasse et se mit à déambuler sur la scène en faisant des cercles. Puis elle plongea les mains dans les poches de sa robe et en extirpa des couteaux et des fourchettes. Ils étaient noirs, tout noirs, le manche, les lames, les dents. Elle les laissa tomber.

— *En attendant le début de la fête, je vais m'avaler un petit gueuleton...*

Hattie s'assit en tailleur avec une agilité surprenante et dégusta un casse-croûte sous les vivats de la foule qui n'avait cessé de rire. Son numéro était déjà fini. Elle allait ramasser son barda pour céder la place au suivant quand elle reconnut son père au premier rang. On l'avait placé là pour qu'il ait une chance de l'entendre. Lorsqu'elle vint l'embrasser, il lui tapota la joue et désigna le sandwich en levant le pouce. Elle lui rejouerait le sketch demain en hurlant à son oreille. Il prit un bout de pain et le fourra dans sa bouche. Il mâchait avec difficulté. La faute à un obus sudiste qui avait explosé cinquante ans auparavant, lors de la bataille de Nashville. Un éclat avait troué sa mâchoire, un autre, son tympan droit. Pendant plusieurs décennies, l'administration s'était refusée à reconnaître le lien entre l'obus et son incapacité à travailler. La guerre de papier avait duré bien plus longtemps que la guerre de Sécession. À chaque réponse négative, il repartait dans ses récits, comme pour convaincre un fonctionnaire invisible et Hattie l'écoutait patiemment, jusqu'au jour où il s'était vu enfin accorder la somme royale de six dollars par mois. Six dollars. Le prix d'une mâchoire et d'un tympan noirs dans l'Amérique libre.

En embrassant son père, Hattie laissa un peu de blanc sur son front. Il la retint par le bras, mais on poussait déjà un piano sur la scène. Plus tard, lui fit-elle comprendre, et elle éclata de rire, un rire qui se fraya un chemin à travers les tympans de son père dont les yeux s'illuminèrent, remplis de fierté.

Plus tard, ce fut une heure après, quand Hattie refit son apparition dans une robe blanche toute simple, ornée d'une fleur jaune. Elle se recueillit un long moment.

— *Nous portons le masque qui grimace et qui ment.*

Un murmure parcourut le public qui venait de reconnaître un célèbre poème qui pouvait être récité sur tous les tons, espiègle, solennel, menaçant, colérique, tragique, prophétique. Ce soir, elle se contenta de le dire à plat.

— *Nous sourions, le cœur saignant et déchiré et quand nous parlons, c'est avec mille précautions et subtilités...*

Oh, qu'il était doux de pouvoir jeter le masque devant tous ces amis, songea-t-elle, de renoncer aux grimaces.

— *Pourquoi le monde se soucierait-il de compter chacune de nos larmes et de nos soupirs ? Non, qu'ils nous voient seulement quand nous portons le masque.*

Tous, ils étaient des comédiens, forcés à rire, même si les rires s'étranglaient dans la gorge.

— *Nous chantons, mais comme le sol est sale sous nos pieds et comme il est long le chemin.*

Long aussi était son chemin. Plus de six ans qu'elle chantait, dansait et faisait le clown à Denver. Le journaliste du *Denver Star* ne manquait jamais de saluer ses performances. Mais Denver, mon Dieu, ce n'était quand même que Denver.

— *Laissons le monde prétendre que nous ne souffrons pas quand nous portons le masque.*

I

Une question de droits

Les cornouillers

— Monsieur Latham, voudriez-vous admirer nos cornouillers ? Nous en avons de magnifiques, parmi les plus beaux du pays. Atlanta est très réputée pour ses cornouillers. Ce serait dommage de nous quitter sans avoir profité de ce spectacle, ne trouvez-vous pas ?

Harold Latham frotta sa langue contre ses dents. Avait-il une tête à s'intéresser à des cornouillers ? Avait-il traversé la moitié des États-Unis pour s'émerveiller devant des arbres ?

— Je ne suis pas venu pour ça, aussi…

— Nous en avons des rouges, des jaunes, des orangés, reprit sa voisine de table. Ici, on taille même des flèches dans son bois très dur.

Vingt-quatre heures. Il ne passait que vingt-quatre heures dans cette foutue ville surchauffée et on lui agitait sous le nez des *cornouillers*. Il s'épongea le front en dévisageant la petite bonne femme qui lui faisait une proposition aussi indécente. Larges pommettes typiques du Sud, lèvres pincées de bourgeoise, mais des yeux pleins de malice.

— Ce que j'aimerais surtout admirer, chère Madame, c'est votre texte.

Son interlocutrice haussa les épaules.

— Combien de fois faudra-t-il vous le répéter ? Il n'y a rien à voir.

Latham renfonça son mouchoir dans sa poche et se racla la gorge :

— Vous y travaillez depuis des années, c'est bien ce que vous m'avez dit tout à l'heure. Il doit donc forcément traîner des pages avec des phrases, quelque chose qui se lit. Ou Mrs Cole m'aurait-elle raconté des mensonges ?

Pendant son séjour dans la branche d'Atlanta de la maison d'édition Macmillan, Lois Dwight Cole, la nouvelle assistante new-yorkaise de Latham, était devenue l'amie de Margaret Mitchell qui à l'instant précis faisait de la résistance. Lois n'avait encore rien lu, mais cette ancienne journaliste, elle en était convaincue, avait de l'or entre les mains. Comme Latham s'était permis d'en douter, elle avait insisté pour qu'il note son nom avant d'entamer son marathon éditorial. Chaque année, il prenait son bâton de pèlerin, car on ne pouvait pas sempiternellement rester le cul vissé sur sa chaise à Manhattan à espérer qu'un génie vous tombe du ciel. Ce matin devant leur bureau d'Atlanta, il avait cru voir une longue file de chômeurs. Une majorité de dames l'attendaient de pied ferme, plus ou moins jeunes, des sans âge, un bon paquet de moches, qui suintaient le désœuvrement plus que le chef-d'œuvre. Mais pas l'ombre d'une Mrs Mitchell qui avait fui la meute pour ne faire son apparition qu'au déjeuner organisé dans un grand restaurant de la ville.

— Mrs Cole vous a dit la vérité, mais il n'est pas question que vous y mettiez le nez. Je suis loin d'avoir fini, cet accident de voiture m'a fait perdre un temps précieux, mon dos me fait souffrir, écrire est un supplice.

Latham distinguait deux catégories d'auteurs. Les impatients, qui vendaient un manuscrit sans en avoir écrit la moindre ligne, et les réticents, qui trouvaient toujours un prétexte pour ne pas le lâcher. Mais lui avait la patience d'un chasseur.

— Je repasse dans huit jours à mon retour de Los Angeles. Si d'ici là...

L'essentiel était de se placer sans trop insister.

— Je suis certaine que vous allez trouver votre bonheur, fit son interlocutrice en désignant d'autres candidates qui avaient déjà confié leurs trésors.

Latham fit le geste de chasser une mouche.

— Tout ce que je vous demande, c'est de ne le faire lire à personne d'autre...

— Je doute que cela puisse intéresser quelqu'un.

— Laissez-moi en juger, répliqua Latham.

À la perspective de rater un grand livre, il devenait méchant. Les histoires du coin qu'elle lui avait distillées entre deux plats lui avaient ouvert l'appétit. À confirmer bien sûr à l'écrit.

— Chaque matin, je me lève en espérant qu'un manuscrit ne me fera pas regretter de m'être levé. C'est comme aux cartes. On les ramasse, le cœur battant.

L'haleine chargée qui accompagnait cette confidence fit reculer Margaret Mitchell :

— Je vous promets que vous serez le premier lecteur...

Latham vida son verre et hocha la tête :

— Bon, on va les voir, ces cornouillers ?

On était le 11 avril 1935 et les arbres d'Atlanta étaient déjà en pleine floraison.

Un océan de feuilles

Affalé sur le lit de sa chambre d'hôtel, Latham feuilletait mollement le journal. Demain l'attendait le premier train, celui de 6 h 38, qui l'emmènerait à Charleston, en Caroline du Sud, où d'autres auteurs viendraient se délester d'autres paquets. Alors qu'il glissait vers le sommeil, on frappa à la porte de sa chambre. Il consulta sa montre.

— Monsieur Latham ?

Il reconnut la voix du boy et ouvrit, de mauvaise humeur :

— Quoi encore ?

— Une dame vous demande à la réception. Elle dit que c'est très urgent, c'est pourquoi je...

Latham fronça les sourcils.

— Quel genre de dame ?

Le jeune homme haussa les épaules et se lança dans de grands gestes.

— Soyez plus précis.

— Elle a laissé tomber un tas de grosses enveloppes que j'ai dû ramasser.

Des enveloppes ? Un nouveau manuscrit à coup sûr.

— Petite ? Grande ?

Le boy ferma les yeux.

— Petite. Très petite.

Latham songea à Margaret Mitchell. Non, c'était impossible. Il eut toutefois un léger doute.

— Je vous suis.

La première chose qu'il remarqua, ce fut ses cheveux qui flottaient dénoués sur ses épaules. Elle était sortie sans chapeau. Et ses bas pendaient sur ses chevilles. Elle ressemblait à ces gens pris dans l'incendie de leur maison qui n'ont pu emporter que le strict nécessaire. En l'occurrence plusieurs sacs empilés sur le canapé vert où elle était assise, le regard dans le vague. Mais dès qu'elle aperçut l'éditeur, elle se redressa.

— Vous allez dire que je ne sais pas ce que je veux et vous aurez raison. Mais j'ai bien réfléchi, j'accepte que vous y jetiez un œil. Seulement, ce n'est pas fini, c'est dans un affreux désordre et je vous souhaite bien du courage. Vite, prenez tout ça avant que je ne change d'avis.

La malicieuse, qui avait joué avec lui au chat et à la souris lors du déjeuner, était devenue une auteure aux abois, qui lui jetait à la figure des centaines de pages lui brûlant les doigts.

— Et bien sûr, reprit-elle, vous ne le montrez à personne. À personne, vous avez entendu ?

Latham le lui promit.

— Pourrais-je savoir pourquoi vous vous êtes ravisée ?

Margaret haussa les épaules.

— J'ai dû oublier quelques chapitres, lui répondit-elle seulement.

Latham se frotta la joue. Il était partagé entre la satisfaction d'avoir arraché le manuscrit et la nécessité désormais de plonger dans cet océan de feuilles venu s'échouer à ses pieds. L'excitation prit le dessus et Mrs Mitchell fut assurée de recevoir des nouvelles dans les meilleurs délais.

— À personne, vous entendez, pas même à votre collaboratrice Lois, ajouta-t-elle avant de quitter à regret la réception.

Latham, qui redoutait une nouvelle volte-face, fit signe au boy :

— Montez-moi ça tout de suite. Et trouvez-moi une valise, le plus grand modèle.

Lorsque le tas fut déménagé dans sa chambre, il commença à tourner autour. L'enveloppe au sommet marquée du chiffre 1 semblait lui faire de l'œil. Il la renifla avant de s'en emparer avec précaution. Il avait peur d'être déçu. Mais il se retrouva aussitôt transporté sur le perron d'une villa géorgienne, où, par un radieux après-midi d'avril 1861, une jeune fille nommée Scarlett batifolait avec deux prétendants qui brûlaient de partir à la guerre.

Latham retourna s'allonger sur son lit. Deux heures plus tard, il était venu à bout du contenu de la première enveloppe et il commença à rédiger une lettre à l'attention de Mrs Cole. *Le Yankee est entré dans Atlanta et il a remporté à nouveau la bataille.* Puis il évoqua une prise de guerre qu'il compara à une montagne dont il lui restait à gravir la cime. Contrairement à sa promesse, il avait décidé d'expédier le tout à New York pour le donner à lire à Mrs Cole.

Elle s'appelle Scarlett. Un sacré bout de femme. Elle n'a que 16 ans et pourtant, le feu, le vent, le drame, elle est déjà tout à la fois. Elle se jette à la figure d'un homme raisonnable qui dit l'aimer mais ne pas pouvoir l'épouser. Le cœur, en avant toute. Je vous cite un passage : « Vous aimez mieux vivre avec cette petite imbécile qui n'ouvre la bouche que pour dire oui ou non, vous aimez mieux élever une nichée de mauviettes comme elle. » Je tombais de sommeil, sa virulence m'a réveillé. Votre amie a le sens des situations. Cette scène de déclaration est surprise par un homme qui somnole, dissimulé sur un canapé. Après le départ du bel indifférent qu'elle a giflé, la colère lui fait envoyer valser un vase. L'indiscret se manifeste et se moque d'elle. La voilà morte de honte, elle voudrait tuer ce mufle qui tente de profiter de la situation. Que de sincérité et pourtant, elle ment aussi comme elle respire. Je vous laisse approfondir, pas le temps d'en juger, je reprends la route…

Auparavant, il essaya de dormir. Mais comment faire maintenant que ces monticules de papier avaient envahi sa chambre, un univers grouillant de vie ? Il se retourna pour les observer dans la pénombre. On venait de lui confier la garde d'un trésor. Et il craignait déjà qu'on vienne le lui voler.

Le manuscrit du Vieux Sud

Près de deux mois furent nécessaires à Lois Cole pour parvenir au sommet de la montagne. Il lui avait d'abord fallu comprendre dans quel ordre lire les liasses de feuilles dont certaines n'avaient pas été numérotées. De guerre lasse, elle avait parfois été tentée d'appeler au secours Margaret Mitchell, n'y renonçant que par crainte de s'attirer les foudres de son patron, Harold Latham.

Mais sa patience avait fini par payer. Elle avait réussi à se frayer un chemin dans cette jungle de personnages que dominait Scarlett, flanquée de ses trois maris. Charles Hamilton, un niais rougissant comme une tomate, épousé par dépit, tué lors de la guerre de Sécession et oublié du jour au lendemain. Frank Kennedy, volé à sa jeune sœur, abattu lors d'un règlement de comptes et oublié tout aussi vite. Et enfin, Rhett Butler, l'autre protagoniste, qui avait le chic pour la percer à jour et que pour cela elle haïssait.

Dans son rapport de lecture, Lois décrivit Scarlett et Rhett comme des non-conformistes plongés dans un monde de conventions. Il était aussi peu gentleman qu'elle était peu femme du monde, ce dont elle ne voulait jamais convenir. Un vrai petit diable, attachant et bourré de défauts. On s'indignait de ses emportements, de ses ingratitudes, de son indifférence à tout ce qui n'était pas elle. On était sidéré par son aplomb, son courage, son appétit de vivre. On était touché par son aveuglement. Car en définitive, il s'agissait de la tragédie d'une jeune fille qui toute sa vie poursuivait d'un amour chimérique le même homme, un certain Ashley Wilkes, pour s'apercevoir qu'elle ne l'avait jamais aimé. Elle remuait ciel et terre, faisait souffrir son entourage, à commencer par Rhett Butler qui dissimulait ses sentiments sous un cynisme moqueur. Quand elle le comprenait, il était trop tard. Comme dans tout grand roman, on était entraîné sur un long chemin parsemé d'embûches, éclairé au final par une lumière impitoyable...

Son rapport fut torrentiel, confus et dithyrambique.

— Et je vous assure que l'amitié que j'ai pour Margaret n'entre en rien dans cette appréciation, ajouta-t-elle, pour justifier un tel enthousiasme.

— Devrais-je en douter ? répondit Latham en plantant son regard dans ses yeux.

Les chapitres qu'il avait pris le temps de lire avaient confirmé ses premières impressions. Pour sa part, il avait un faible pour l'épisode où Scarlett reprenait en main la plantation ravagée par les Yankees. Futile à première vue, la jeune femme se retroussait les manches pour reconstruire le domaine familial de Tara. Une telle force de caractère, en pleine Dépression, mettrait du baume au cœur des lectrices, si du moins il parvenait à persuader le directeur de la maison, George P. Brett Jr., de publier cet océan de papier.

— George, je crois qu'on tient quelque chose. Une femme d'Atlanta. 35 ans. Presque 800 pages.

Il y en avait plus de 1 000, mais il ne voulait pas l'effrayer.

— Et ce pavé a un titre ?

Latham fit la grimace. Ce n'était pas le point fort du manuscrit.

— *Demain est un autre jour*. L'auteure m'a soumis par ailleurs une liste de 32 titres classés par ordre de préférence, mais avec Lois, nous préférons l'appeler le manuscrit du Vieux Sud.

— Du Vieux Sud ?

George P. Brett Jr. fronça le nez. Le Sud était le cadet des soucis de ce New-Yorkais.

— Oui, le Sud de la guerre de Sécession, corrigea Latham.

Il aggravait son cas. Les histoires de cette période où les Américains se massacraient entre eux avaient toujours fait un flop.

— Plusieurs éditeurs sont sur le coup. Et des bons.

Un nouveau mensonge. L'argument, un classique, n'impressionna guère le directeur de Macmillan.

— Elle a déjà publié, ta brave dame d'Atlanta ?

— Premier livre. Mais notre mission est de découvrir des auteurs, n'est-ce pas ?

Pareille banalité n'appelait pas de réponse.

— Elle est connue dans tout le Sud, poursuivit-il. Ses éditos de l'*Atlanta Journal* sont parmi les plus lus.

Mrs Mitchell n'avait publié qu'une poignée de reportages, certes remarquables, mais confidentiels.

— Si je comprends bien, tu me demandes de signer le roman-fleuve d'une Sudiste débutante qui va nous chanter les louanges des Confédérés et des plantations de coton.

— Laisse-moi te raconter l'histoire.

Latham avait encore quelques réserves sur le texte, ses longueurs, ses faiblesses de style, ses défauts de construction, mais il passa outre. Quand on misait sur un cheval, on y croyait jusqu'à la ligne d'arrivée.

— C'est une jeune fille de 16 ans très convenable, Scarlett, dont les désirs ne sont pas ceux d'une personne distinguée…

Il avait préparé son attaque.

— Elle commence par tourner la tête à une nuée de soupirants dont elle se fiche comme de l'an quarante, puis fait tout un cirque à sa gouvernante à cause d'une robe décolletée qu'elle a choisie pour séduire l'homme dont elle vient d'apprendre qu'il se fiançait à une autre. Une robe qui fait moins de quarante-cinq centimètres de tour de taille.

— Depuis quand tu t'intéresses à la taille des robes de jeune fille ? l'interrompit Brett.

— Depuis que j'ai lu ce formidable manuscrit.

Il enchaîna sur une succession de scènes marquantes enrobées de commentaires admiratifs. C'est ainsi qu'il emporta le morceau.

Il était temps. À Atlanta, Margaret Mitchell lui réclamait le manuscrit dont il avait emporté le seul exemplaire et qu'il lui tardait de reprendre, car à la réflexion, elle le trouvait exécrable. L'éditeur promit de tout lui renvoyer, à la condition qu'elle paraphe leur contrat. On n'était jamais trop prudent.

L'à-valoir de dix mille dollars parut à la romancière extrêmement généreux. L'une des clauses précisait qu'elle disposait des droits cinéma ; Macmillan n'avait pas jugé bon de les conserver. Qui aurait l'idée saugrenue d'adapter une fresque aussi touffue ?

Addiction

Le deuxième lecteur à venir à bout du monstre, après Lois Cole, fut son collègue Richard Brett. Le frère du directeur de Macmillan, qui occupait les fonctions de trésorier et de directeur financier de la maison d'édition, effectuait quotidiennement un trajet d'une heure et demie en train entre New York et Fairfield dans le Connecticut. Le premier jour, il manqua l'arrêt de Fairfield, plongé dans les épreuves qu'on venait de lui remettre. Il en était à la réception chez les Wilkes, où Rhett Butler, ce forceur de blocus à la réputation sulfureuse, faisait la leçon aux jeunes Sudistes impatients de partir à la guerre. À leur morgue et à leur coton, il opposait les usines et les canons du Nord. Brett avait souligné cette phrase que Butler attribuait à Napoléon : *Dieu est du côté du bataillon le plus fort.* C'est à peu près ce qu'il s'était dit lui-même dans le saillant de Saint-Mihiel, en 1918, quand il s'était retrouvé sous le déluge de feu des Allemands.

Chez lui, ses deux filles manœuvrèrent pour mettre la main sur les feuilles déjà lues qu'il consentit à leur céder, à condition qu'elles ne les mélangent pas. Chaque soir au dîner, elles se querellaient pour savoir si Scarlett était une pimbêche prétentieuse ou une jeune femme libre qui avait bien raison d'envoyer paître cette société si puritaine. L'une d'elles prétendit que c'était une honte d'aimer un homme qui ne l'aimait pas et d'épouser Charles Hamilton par dépit. Leur mère les laissait se disputer. Elle-même dévorait le texte à côté de ces deux adolescentes à qui elle réclamait un peu de silence et sa ration de chapitres. Jusqu'où cette Scarlett irait-elle dans l'impudence ? Privée de robe verte parce qu'elle était en deuil, elle osait se lamenter ! Mrs Brett l'aurait giflée et pourtant, elle ne put s'empêcher d'admirer le cran de cette femme qui, pour sauver son domaine, venait quémander de l'argent comme une reine à Rhett Butler.

Norman Berg, le représentant de la maison d'édition dans le sud-est des États-Unis, succomba très tôt à la même addiction. Parti en camping avec des amis, il s'abîma les yeux sous sa tente avec une lampe de poche. À court de batterie la troisième nuit, il abandonna ses compagnons le lendemain pour s'en procurer de nouvelles dans la ville voisine. Lui qui n'avait jamais forcé que des libraires à accepter les livres Macmillan envia l'insolence de Rhett Butler, son art de déstabiliser une si jolie femme qui ne s'en laissait pourtant pas conter. « *Un de ces jours, je vous embrasserai et ça vous fera plaisir. Mais pas maintenant, aussi vous prierai-je de ne pas vous impatienter.* » Il nota ces deux phrases dans le vague espoir de les réemployer.

Peu auparavant, Berg avait assisté à une convention de représentants où Latham avait réécrit son périple dans une ville du Sud : dans le calme anonyme d'une modeste maison – si on avait insisté, Latham aurait décrit le bureau sur lequel avait été conçu le chef-d'œuvre –, il avait croisé le chemin d'une femme au foyer souffrant du dos qui avait sacrifié près de dix années de sa vie – cinq à six en réalité – afin d'achever cette épopée américaine. Par un phénomène de suggestion collective, le récit de Latham fut soumis à une série d'amplifications facilitées par l'imagination parfois débordante des représentants. Ainsi l'un d'eux expliqua avec assurance, comme s'il avait assisté à la scène, que le manuscrit avait été remis à l'éditeur dans une boîte en acajou cerclée de fers à cheval et apportée par un boy noir en gants blancs.

Ces inventions n'exclurent pas la mention de quelques vérités. Notamment celle sur l'origine de ce titre si singulier qui avait finalement été retenu : *Gone with the Wind.* Quand on voulut en savoir plus, Latham répéta ce que Margaret Mitchell lui avait confié : le vers tronqué d'un sonnet rédigé par un poète anglais décadent dont il avait oublié le nom.

Toutes ces légendes, propagées par Macmillan, avaient-elles pesé dans le choix du Livre du mois ? À la mi-avril, son comité de lecture, qui avait reçu un manuscrit provisoire, porta ses votes sur ce texte d'une inconnue, loué pour *sa faculté à ressusciter toute une époque et une culture.* Cette sélection, qui signifiait une mise en circulation de 50 000 exemplaires, soit cinq fois le tirage initial prévu, obligea à reporter d'un mois la publication, jusqu'à la mi-juin. Margaret Mitchell s'en montra la première étonnée. Au cours de ses longues années de création solitaire, elle n'avait jamais envisagé que les mésaventures sentimentales de sa Scarlett puissent intéresser plus de mille lecteurs.

Chez Macmillan, on se frotta évidemment les mains. Mais on éprouva quelques regrets quand on reçut des courriers en provenance de studios de cinéma, notamment de Samuel Goldwyn, Inc., l'une des majors hollywoodiennes. Qui était cette « Mary Mitchell » ? Pouvait-on leur en dire plus ?

La fièvre Scarlett

Le 18 mai, une cinquantaine de colis attendaient Steven, le préposé au courrier de la maison Macmillan. Mais pour expédier un livre de 1 063 pages, il fallait des enveloppes rembourrées. Il courut s'en procurer à la papeterie la plus proche. Il dut ensuite réécrire tous les noms et adresses, avant d'enchaîner sous un soleil déjà brûlant les allées et venues jusqu'au bureau postal. Il se mit à maudire l'auteure de ce pavé dont il se répétait le titre : *Gone with the Wind.* Question vent, Steven aurait préféré une brise rafraîchissante.

Dès le lendemain matin, l'un de ces paquets encombra la boîte aux lettres d'une New-Yorkaise de 33 ans, Kay Brown. Le hurlement de joie qu'elle poussa en découvrant la couverture aurait sans doute surpris les proches de cette élégante intellectuelle dont le nom figurait dans le Bottin mondain. Mais elle guettait depuis longtemps ce courrier. Une femme l'avait alertée, Annie Williams, cette blonde frisée d'un mètre cinquante qui exerçait à New York le métier d'agent littéraire et avait fondu sur Latham comme un aigle sur sa proie. Avec un aplomb auquel ses origines texanes n'étaient pas étrangères, Williams avait affirmé à l'éditeur qu'elle n'avait pas son pareil pour forcer la porte des producteurs, les inviter au restaurant, se saouler avec eux et les faire rêver en leur suggérant le film qu'ils pourraient tirer d'un livre. Cela n'engageait à rien de lui confier un mandat, avait estimé Latham, qui, flairant le succès, avait convaincu entre-temps Margaret Mitchell de lui céder les droits d'adaptation.

Kay Brown ouvrit son exemplaire :

> Scarlett O'Hara n'était pas d'une beauté classique, mais les hommes ne s'en apercevaient guère quand, à l'exemple des jumeaux Tarleton, ils étaient captifs de son charme.

À 10 heures du soir, comme les jumeaux Tarleton, elle aussi avait succombé au charme de Scarlett. Elle ne s'était interrompue que pour avaler un verre de lait et saluer son mari, James Barrett, qui avait posé sa main sur son front, inquiet de la voir aussi agitée.

— Tu as de la fièvre, ma chérie, tu devrais aller te coucher.

Kay avait haussé les épaules. C'était la phrase la plus stupide que James avait prononcée depuis qu'elle l'avait épousée.

— J'ai bu.

Et elle avait tourné les talons en agitant le motif de son ivresse. Elle en était justement à la scène où Scarlett, le soir des obsèques de son deuxième mari, Frank Kennedy, se versait quelques rasades d'alcool, puis avalait de l'eau de Cologne pour masquer son haleine à Rhett Butler qui se présentait chez elle à l'improviste. Dieu que cette fille lui plaisait ! Égoïste, frivole, menteuse, capricieuse, entêtée, puérile, et en même temps si libre et si culottée ! Avec de telles qualités, songea Kay, sans doute aurait-elle percé sur les planches au lieu de se contenter de conseiller des pièces de théâtre ou des livres à un studio de cinéma. Certes, elle avait du talent, un flair indéniable, et quand David O. Selznick lui avait proposé de travailler pour le studio qu'il venait de fonder, elle avait accepté avec joie. Mais son rêve était ailleurs.

Son mari ne s'était pas trompé. Le lendemain, le thermomètre de Kay Brown afficha 38,5 degrés. La fièvre Scarlett s'était déclarée. Et sa lecture l'avait convaincue qu'il y avait là matière à un merveilleux film. Pour ne pas s'en rendre compte, il aurait fallu être aveugle. Elle souhaitait bien du courage au scénariste dans ce foisonnement de scènes et cette jungle de personnages, mais ce n'était pas son problème. Tout ce qu'on lui demandait, c'était de tirer la sonnette d'alarme et de la tirer assez fort pour persuader son patron, David O. Selznick, de se délester de plusieurs dizaines de milliers de dollars. Il lui restait vingt-deux pages à lire. Maintenant que Scarlett avait compris qu'elle aimait Rhett, elle regagnait en courant sa demeure, impatiente de lui déclarer enfin cet amour *refoulé.* Kay n'était nullement impatiente de finir redoutant déjà d'en avoir terminé.

À Mr. David O. Selznick,

Cher David, je viens d'achever Gone with the Wind, *ce premier livre dont je vous avais déjà touché un mot. Je ne veux pas perdre un instant pour vous exprimer mon plus vif enthousiasme. Même si la romancière est inconnue, je suis déjà certaine que cet ouvrage sera un formidable succès. Je l'ai commencé hier sans pouvoir le lâcher et même s'il est bien trop long pour être adapté en l'état, même s'il se déroule à une période historique qui jusque-là n'a rien donné de bon au cinéma, l'histoire est si ample, si passionnante, et les personnages si attachants et originaux que je ne peux que vous engager à l'acquisition de ses droits pour laquelle je suis déjà prête à déployer toute mon énergie. Laissez-moi donc vous raconter le destin de Scarlett O'Hara...*

Après la présentation des personnages, elle insista sur les chapitres XXI à XXVI qui l'avaient bouleversée.

Cher David, il est impossible de ne pas trembler à la lecture de ces six chapitres. Melanie, l'épouse d'Ashley, est sur le point d'accoucher et de mourir alors qu'Atlanta, plongée dans le chaos, est menacée d'invasion par les Nordistes. Les blessés affluent par centaines dans la ville, Scarlett envoie la petite Prissy demander de l'aide au docteur Meade trop débordé pour répondre à l'appel au secours. Impuissante à sauver cette femme qu'elle devrait haïr puisqu'elle a épousé l'homme qu'elle aime, Scarlett se rend à son tour dans la ville, se frayant un chemin dans l'enchevêtrement des voitures d'ambulance. Des nuages de poussière lui obscurcissent la vue, puis laissent place à une vision d'horreur : des centaines de soldats gisant épaule contre épaule à même le sol. Elle non plus ne réussit pas à détourner le docteur de sa mission. Des soldats meurent, une civilisation sombre, un bébé naît. Scarlett s'échappe de la ville en proie aux flammes après que l'entrepôt de munitions bombardé par les Yankees a explosé. Au cœur de cette apocalypse, elle a retrouvé par miracle Rhett Butler qui se présente en sauveur. Grâce à lui, elle peut fuir avec Melanie moribonde, et le bébé qui hurle. Mais le mauvais caractère de Scarlett reprend le dessus. Elle se dispute avec Butler qu'elle gifle après s'être laissée embrasser. Il l'abandonne. La voilà seule. Elle ne peut compter que sur ses forces et un canasson épuisé qui doit les amener jusqu'au domaine familial où sont restés ses parents. Elle tremble pour leurs vies. Peu avant d'arriver, le cheval s'écroule de fatigue. Affamée, exténuée, elle gravit à pied la dernière colline ; au sommet, elle découvre le spectacle tant redouté. Les champs de coton ont brûlé. La maison a été épargnée, mais elle n'est plus habitée que par des morts – sa mère qui vient de rendre l'âme – et des fantômes – son père, vieillard qui a perdu la tête. Un paradis dévasté dont les derniers gardiens sont des esclaves désœuvrés. Mais la revenante se lance dans la tâche immense d'une reconstruction. Voilà pour ces six chapitres d'un livre qui en compte soixante-deux. Croyez-moi, cher David, on a rarement si bien restitué la détresse d'une femme entraînée dans les horreurs d'une guerre dont elle ne voulait pas entendre parler…

Après s'être relue, Kay Brown glissa ces pages dans le téléscripteur dont son patron lui avait fait cadeau. Le monde et le cinéma tournaient trop vite, lui avait-il expliqué, pour qu'il puisse attendre ses rapports expédiés de New York. Il était aussi difficilement joignable par téléphone. Du reste, lorsque le téléscripteur crépita dans son bureau, il était encore absent, mais cette fois, pour d'excellentes raisons.

Ce qui vaut pour Gable

— Mon prince charmant !

Majestueux et dodu, le roi David enfourna dans sa bouche énorme les pieds minuscules de son nouveau-né. Il venait, avec quelques heures de retard, de daigner faire un détour par la maternité.

— Mon petit Lord Fauntleroy ! s'écria-t-il, en songeant au dernier succès qu'il venait de produire.

— Attends peut-être un peu.

Malgré l'accouchement, Irene Selznick avait encore la force de tempérer les enthousiasmes prématurés de son mari.

— Viens embrasser ton frère Daniel !

L'aîné de leurs enfants, Jeffrey Mayer Selznick, 4 ans, s'exécuta de mauvaise grâce.

— Mieux que ça !

Son colosse de père s'empara à nouveau du nourrisson qu'il lui présenta à hauteur des lèvres, telle une icône à baiser.

— Je suis sûr qu'il fera Harvard. Ou Yale. Ou alors, il ira aussi à la Sorbonne ou à Heidelberg, voire aux deux.

Il avait prononcé ces derniers noms avec un accent calamiteux.

— Jeffrey, un peu de respect, c'est un futur étudiant de Harvard que tu embrasses !

— On pourrait peut-être leur laisser le temps de faire connaissance, suggéra Irene, et si cela ne te dérange pas, je vais garder Jeffrey jusqu'à demain.

David n'en fut nullement dérangé. Il reposa le paquet de langes, non sans avoir rappelé à son épouse :

— N'oublie pas de lui expliquer pour son prénom.

— Tu crois que c'est bien judicieux ?

Jeffrey Mayer Selznick allait perdre en effet son second prénom, Mayer, choisi à sa naissance en référence à son grand-père, Louis B. Mayer, le tout-puissant patron de la MGM. C'était son petit frère, à peine né, qui allait le récupérer en recevant le nom complet de Daniel Mayer Selznick. David avait estimé que le plus bel hommage à rendre à son père adoré qui venait de mourir, Lewis J. Selznick, était de donner à son fils aîné Jeffrey les mêmes initiales, L. J., et Jeffrey Mayer Selznick s'appellerait donc désormais Lewis Jeffrey Selznick.

— Je ne vois pas le problème. On fait bien la même chose avec les acteurs. Clark Gable est né William Gable et Gary Cooper, Frank Cooper. Ils ne s'en portent pas plus mal, je dirais même qu'ils doivent une part de leur célébrité à ce changement de prénom. Ce qui vaut pour Gable et Cooper peut bien valoir pour mon fils.

Et sur ces mots, il s'esquiva de la chambre, peu après y avoir fait son entrée.

Le royaume des *si*

Quand il eut regagné son domicile du 1 050 Summit Drive, son majordome apporta à Selznick une pile de documents transmis par l'une de ses secrétaires. Il remit à plus tard leur examen et se précipita sur son téléscripteur pour expédier un mémo rédigé dans la voiture qui concernait son film en tournage, *Le Jardin d'Allah.*

Dans le casier de réception, il trouva une dizaine de messages, dont celui de son chef de la publicité, Russell Birdwell, qui ne quittait pas d'une semelle Marlene Dietrich, la star de cette production. Ayant estimé que le bungalow réservé aux relations publiques était mieux climatisé que le sien et donc moins préjudiciable à son maquillage, elle avait encore fait du grabuge pour le récupérer, Birdwell jugeant bon de battre en retraite :

> Je ne sais pas si je suis en état d'entendre chaque matin Miss Dietrich me répéter au petit-déjeuner : Che ne komprends ppas ! Che ne fois rien sur moi dans le *Hollywood Reporter*. Che vois cheulement ma photo en première pache du *Times*, du *Daily News*, du

Hollywood Citizen News, k'est-ce ki se pache ?

Selznick éclata de rire en s'affalant sur le canapé qui donnait sur le jardin et la piscine. Il aurait dû insister pour ce rôle auprès de Garbo. Laquelle des deux était la moindre des emmerdeuses, elle ou Dietrich ? La Suédoise lui avait fait du charme l'année précédente pour jouer dans *Anna Karénine* avant de piquer des crises à la moindre mention de Tolstoï qu'elle jugeait désormais trop tragique et donc nuisible à sa carrière. Le souvenir de ce contretemps l'incita à allumer une cigarette, malgré sa promesse faite à Irene, si elle accouchait d'un garçon, de réduire sa consommation à deux paquets par jour.

Dans le courrier qu'il alla étaler sur son lit, il découvrit le rapport de lecture de Kay Brown. Il en était à la fin de la première page, lorsqu'il voulut allumer ses lampes murales. Mais le bouton fiché dans la cloison ne fonctionnait plus. Il lança un juron à destination de Tommy Douglas, le décorateur engagé à grands frais pour l'aménagement de leur maison :

Cher monsieur Douglas, nous nous étions mis d'accord pour que les lampes situées au-dessus de mes oreillers dépendent d'un interrupteur que je pourrais actionner depuis mon lit. Apparemment, cela vous est sorti de l'esprit, si bien que pour les utiliser, je me vois dans l'obligation d'allumer toutes les lampes de la pièce, ce qui a également le désavantage de m'obliger à me relever et à la traverser jusqu'à la porte d'entrée. À l'époque préindustrielle, une telle incommodité n'aurait sans doute gêné personne, mais aujourd'hui, cela ne correspond plus vraiment à ma conception d'une lampe de lit. Dans ce cas, et si ce désagrément venait à se prolonger, vous ne verrez pas d'inconvénient à ce que je me procure pour un dollar et demi une simple lampe de chevet suffisante pour satisfaire mon confort visuel…

Il reprit sa lecture du rapport. Un premier roman de 1 000 pages d'une inconnue sur la guerre de Sécession ! Kay Brown était tombée sur la tête ? Kay Brown ! Il vérifia la signature. Lorsqu'il eut terminé, il appela son épouse malgré l'heure tardive. Hélas, la clinique du Cedar of Lebanon ne passait plus d'appel dans les chambres. Comme la standardiste ne voulut rien entendre, il fallut qu'il menace de couper sa subvention annuelle à la maternité.

— Irene, tu aurais envie de voir un film sur la guerre de Sécession ?

— David, tu ne me demandes pas comment va notre fils.

— Comment va Daniel Mayer Selznick ?

— Mieux que Lewis Jeffrey Selznick, répliqua son épouse.

Un silence.

— Tu lui as dit ?

— À ton avis ?

— Parfait, fit David, il devrait être fier. Bon, ma chérie, un film sur la guerre de Sécession, tu irais au cinéma pour ça ?

— Bien sûr que non.

David écrasa sa cigarette dans un cendrier.

— C'est tout ce que je voulais savoir. Repose-toi bien et reviens-nous en forme.

En forme signifiait chez lui mince et désirable, comme avant le début de sa grossesse qu'il lui avait supplié de dissimuler dans la mesure du possible.

Il raccrocha et se lança dans la rédaction d'un télégramme à l'adresse de Kay Brown.

Je pense que c'est une bonne histoire et comprends votre enthousiasme à son égard.

Il tenait à sa précieuse collaboration.

Mais j'ai le sentiment que le contexte historique est un handicap...

Y aller en douceur, elle comprendrait d'elle-même. Le succès du livre ? Forcément aléatoire. Depuis quand Kay Brown lisait-elle dans une boule de cristal ? Et la vedette pour incarner l'héroïne, y avait-elle pensé ? Miss Dietrich ? En imaginant l'actrice teutonne se débattre avec l'accent sudiste, il pouffa de rire. Garbo ? Bah bah bah ! Pourquoi pas une Finlandaise ? Eh oui, ma chère Kay, vous vous emballez à New York City, mais moi, il faut que je déniche des visages, que je signe des noms. Bien sûr, il ne fermait pas la porte.

Si nous avions une telle vedette ou si le livre rencontrait un formidable triomphe...

Hollywood était le royaume des *si*. Il lui rappela aussi que sa compagnie était trop jeune pour courir de tels risques – oubliait-elle qu'il venait tout juste de sortir son premier film produit sous sa bannière ? Prudence, prudence. Mais comme au poker, il n'aimait pas sortir du jeu.

S'il n'est pas immédiatement acheté, je sais que vous surveillerez ses ventes.

Ne surtout pas démobiliser ses troupes. Il alluma une autre cigarette.

Très touché par votre intérêt et votre initiative… immédiate,

précisa-t-il, complimenteur. Il ne fallait pas non plus insulter l'avenir.

Ne voulant pas vous décourager d'attirer notre attention aussi énergiquement sur toute histoire ancienne ou moderne…

Pouvait-il faire davantage ? Il ajouta en tête de son message :

Ai examiné *Gone with the Wind* et y ai réfléchi attentivement.

Il lui tardait de rejoindre le Clover Club où il n'était pas retourné depuis un mois. Il se jura de ne miser que 500 dollars. Ou peut-être 700. Pour ne pas inquiéter Irene, il avait promis qu'il n'y mettrait plus les pieds, ce qui lui avait valu de longues parties de backgammon disputées avec elle au bord de la piscine. Irene était une joueuse redoutable, mais elle n'aimait pas jouer pour de l'argent. Peut-être que ce soir le patron serait là, Guy McAfee, un ancien flic du LAPD, un gangster, qui servait des flots d'alcool. Un jour, il ferait un film sur l'un de ces tripots où il aimait à claquer dans les vapeurs d'alcool ce qu'il avait gagné la journée. Au moins ne risquait-il pas d'y croiser Jack Warner, William Fox, Sam Goldwyn, ou Louis B. Mayer, tous ces croulants près de leurs sous, ces anciens ferrailleurs couchés à 10 heures du soir dans leurs lits de plume. Ne dis jamais à mon père que tu fréquentes le Clover, l'avait supplié Irene, qui l'accompagnait parfois pour le surveiller. Il l'avait rassurée. Pour ce soir, elle-même n'en saurait rien.

Non, c'est non

— Kate, la Fox en propose 35 000, et vous ?

Avant même que le livre ne soit en librairie, des articles misaient déjà sur un intérêt des studios. Quelle somme seraient-ils prêts à débourser ? s'interrogea un journaliste. 35 000 dollars, avait répondu Darryl Zanuck, jeune loup de la Fox. Il avait eu droit à un compte rendu oral d'un de ses lecteurs. L'agent Annie Williams avait fait la grimace. Elle en attendait le double. Mais c'était un premier chiffre. Elle avait eu une illumination. Frank Freeman, l'un des patrons de la Paramount, avait grandi à Atlanta. Il lui avait promis un joli bide, lui avouant que la capitale de la Géorgie lui avait laissé un souvenir épouvantable.

Kate Corbaley était la directrice du service éditorial de la MGM. La diseuse de belles aventures chargée de charmer l'oreille du boss, Louis B. Mayer, qui ne lisait pas. Comme les rois du Moyen Âge, Mayer avait besoin de troubadours qu'il écoutait, assis sur son trône de cuir, les mains croisées sur son ventre. S'il fermait les yeux, il existait de fortes probabilités pour qu'il se relève dans la minute, fasse le tour de son bureau et vienne poser, plein de sollicitude, la main sur l'épaule du récitant, qui s'interrompait, conscient d'avoir raté la cible. S'il ne fermait qu'un œil, on pouvait continuer. S'il les gardait ouverts, c'était peut-être dans la poche.

Mais Mayer n'était pas pour rien l'homme le mieux payé d'Amérique. Un gros salaire qu'il devait moins à ses stars sophistiquées, les Lubitsch, les Garbo, qu'aux courses de chars de *Ben-Hur* et aux grimaces d'un enfant, Mickey Rooney, sa vache à lait. Cet ancien vendeur de ferraille raffolait des bonnes vieilles comédies familiales ; le reste l'ennuyait. Mais pour être le numéro un, il fallait vendre de tout dans sa boutique et quand Kate Corbaley en eut fini avec son exposé, il comprit trois choses. Un, ce n'était pas un livre comme les autres. Deux, un tel ouvrage dépassait ses compétences. Trois, c'était un problème à soumettre au petit génie de la maison, le calme et distingué Irving Thalberg, qui savait, du moins l'affirmait-il, ce que les gens avaient envie de voir et ce dont ils n'avaient pas envie. S'il y avait des génies taraudés par le doute, Thalberg n'en faisait pas partie. Même si son *wunderkind* donnait des signes de faiblesse – un cœur qui menaçait de lâcher – Mayer avait toujours vénéré le talent.

— Demandons à Irving ce qu'il en pense, fit-il à Corbaley qui raconta la suite à Annie Williams :

— Mayer a téléphoné devant moi à Irving pour lui résumer mon résumé. Ce qui a donné ceci : *Une femme aime un type qui dit qu'il ne l'aime pas et en épouse une autre. Mais c'est pas très clair entre les deux. Un autre type a tout compris et fait tourner la femme en bourrique. Ils finissent par se marier. En fait, ils s'aimaient, mais quand ils s'en rendent compte, il est trop tard. Tout ça se passe chez les Sudistes pendant la guerre de Sécession.* Et devine ce que Thalberg a répondu à cette bouillie.

Annie brûlait de le savoir.

— Laisse tomber, Louis, aucun film sur la guerre de Sécession n'a jamais rapporté un dollar.

— Quoi ? hurla Annie Williams. Et *Naissance d'une Nation* ? Mayer a fait sa fortune en achetant les droits de ce film, il devrait s'en souvenir.

— Calme-toi, Annie. Je crois que Thalberg est au bout du rouleau. Et puis avec Louis, le courant ne passe plus. Chaque fois que le patron lui propose un projet, il l'enterre. Mais quand Thalberg a dit non, c'est non.

Williams accusa le coup. Elle comptait vraiment sur la MGM.

— Rhett Butler, c'est Gable, faut avoir de la merde dans les yeux pour ne pas s'en rendre compte. Or, Gable, il vous appartient !

— Tu as raison, ce serait un rôle magnifique pour Clark. J'y ai pensé dès son apparition au bal des Wilkes, quand il lorgne sur Scarlett avec son sourire de gros matou. Clark était là, avec ses fossettes, son œil qui frise. Je suis désolée.

La Texane l'était davantage encore.

Un navet

Mervyn LeRoy, l'un des cinéastes vedettes de la Warner, s'apprêtait à prendre un train à Grand Central Station. Une bonne agente se devait d'être au courant des emplois du temps des principaux producteurs et réalisateurs. Annie Williams se précipita donc à la gare avec un exemplaire du livre, courut sur le quai, chercha le wagon du réalisateur et lui tendit l'ouvrage par la fenêtre en criant : *Nouveau roman, très bon rôle de femme.* Puis elle s'écroula sur un banc, au bord de l'infarctus, indifférente au vacarme du train qui s'ébranlait : Dieu que ce bouquin est lourd, songea-t-elle, tandis que le New York-Los Angeles emportait vers Hollywood *Gone with the Wind.*

Installé dans son compartiment, LeRoy considéra le volume qu'il jugea bien trop volumineux et le confia à son épouse, Doris, que les pavés ne rebutaient pas. Quelques milliers de kilomètres plus tard, elle fila déposer l'ouvrage sur le bureau californien de son oncle, qui n'était autre que Jack Warner.

— Jack, il faut que tu fasses une offre. Cette Scarlett, c'est une femme intrépide, qui survit à tout, un rôle idéal pour Bette Davis.

Doris Warner avait raison. Dans un studio connu pour ses films de gangsters et de flics à mâchoire carrée, la seule à résister ne pouvait être qu'une dure à cuire, expression qui semblait avoir été inventée pour Bette Davis. Jack Warner, né Jakob Wonskolaser, fils d'un cordonnier polonais, regarda sa nièce avec tendresse :

— C'est très aimable à toi, ma chérie, je m'en occupe, mais va te reposer, tu as fait un long voyage.

Et quand il la raccompagna en lui tapotant la main, Doris crut naïvement que l'affaire était bouclée. Elle ignorait que Bette Davis ruait dans les brancards de la Warner, ulcérée des rôles qu'on osait lui proposer : des femmes au foyer, des fausses héritières, ou même une reine des bûcherons. Jack Warner avait essayé de la calmer sur l'air de : sois une chic fille. Mais être une chic fille ne faisait pas vraiment partie des compétences de Bette Davis. Elle avait donc refusé d'aller bûcheronner tant qu'elle n'aurait pas obtenu le doublement de son salaire, un droit de regard sur les scénarios, les réalisateurs, les directeurs de la photographie, avec, par-dessus le marché, trois mois de vacances par an, pendant lesquels elle se réservait le droit de tourner un film pour un autre studio que la Warner.

— Où se croit-elle ? À la MGM ? avait hurlé Jack Warner en découvrant la liste de ses exigences.

Il avait vu juste. Bette Davis aurait bien aimé rejoindre le palais aux murs orange de Louis B. Mayer, où sa rivale, Joan Crawford, gagnait trois fois plus d'argent qu'elle, avait à sa disposition une voiture avec chauffeur ainsi que toute une garde-robe. Ce qui s'appelait de la reconnaissance. Quand l'agent de l'actrice lui fit remarquer qu'elle y allait un peu fort, elle se passa de ses services. Son avocat l'ayant jugée aussi trop agressive, elle le vira à son tour.

C'est donc seule qu'elle se présenta devant Jack Warner, qui, bon prince, lui accorda une forte augmentation et son directeur photo préféré.

— Et le reste ?

— Écoutez, Mrs Davis, maintenant, il va falloir le tourner, ce film de bûcherons, que vous le vouliez ou non.

L'actrice, qui n'avait aucune intention de regagner sa cellule de prison, secoua la tête.

— Je vous propose six années supplémentaires, avec la promesse de doubler votre salaire, je ne peux pas davantage.

— Et le reste ?

Jack Warner soupira.

— Voilà ce que c'est que de se mettre en quatre pour les stars. Elles vous remercient en vous braquant. Vous postulez pour un film de gangsters, Miss Davis ?

Elle postulait pour de bons films dans lesquels elle jouerait de son plein gré.

— Puisque c'est comme ça, je pars m'installer en Angleterre. Toeplitz, vous connaissez ?

Warner fronça les sourcils.

— Jamais entendu. Un nom d'oiseau ?

— Vous allez l'entendre. C'est celui de mon prochain producteur. Nous commençons cet été *I'll take the low road.*

— *The low road ?* s'esclaffa Warner. Si vous avez envie de vous suicider, libre à vous, mais à votre place, je choisirais une autre route. Allez, soyez un bon petit soldat et revenez sur le tournage.

Il avait le don de la mettre en rage.

— Au revoir, monsieur le gardien-chef.

Et elle se dressa sur ses pieds, le toisant du haut de son mètre cinquante-huit.

— Ne partez pas, Mrs Davis. Je vais prendre une option sur un livre merveilleux, il y a un rôle qui vous ira comme un gant.

La comédienne ne put retenir un mouvement de dédain.

— Ah bon ? Je parie que c'est un navet.

Et elle laissa le patron de la Warner avec son navet de mille pages pour lequel il avait envisagé une option de 50 000 dollars qu'il ne formula pas puisque son actrice lui avait claqué entre les doigts. Bette Davis venait de passer à côté de Scarlett. Décidément, tout le monde avait une bonne raison de ne pas vouloir de *Gone with the Wind*.

Une guerre des sexes

Le 30 juin 1936, le Négus d'Éthiopie prononça à Genève, devant la communauté internationale, un discours en amharique qui dénonçait l'invasion de son pays par les troupes italiennes de Mussolini. Vibrantes de colère et d'émotion, ses paroles ne rencontrèrent aucun écho en Amérique, où ce jour-là sortait le livre tant attendu, qui racontait d'autres malheurs, ceux d'une jeune femme sudiste plongée dans la guerre de Sécession. Plus qu'un triomphe, ce fut un raz-de-marée. Dès le surlendemain, les éditions Macmillan furent obligées de le réimprimer.

Intriguée par un tel succès, Irene Selznick se procura aussitôt un exemplaire et vibra bientôt aux mésaventures de cette Scarlett qui envoyait valser les conventions d'un monde désuet et refusait de demeurer à la place qu'on lui assignait. Sa reprise en main du domaine de Tara, détruit de fond en comble, traduisait à ses yeux une audace admirable. Mais elle trouva à l'ouvrage bien d'autres qualités.

— Tu as jeté un œil à *Gone with the Wind* ? s'informa-t-elle auprès de son époux lors du petit déjeuner.

Selznick poussa un profond soupir. Chaque jour, depuis un mois, il avait droit à un message de Kay Brown qui n'en démordait pas. Elle avait même osé le contourner en persuadant Jock Whitney, l'administrateur de la Selznick International Pictures, qu'il était plus qu'urgent de débourser la somme de 50 000 dollars pour acheter les droits. Jock disposait de cet argent. Si Selznick n'aimait guère l'idée de se faire souffler une affaire par son associé, il détestait tout autant qu'on lui force la main.

— Tu as aimé ? se contenta-t-il de répondre.

— J'ai adoré. C'est bien pour ce livre que tu m'avais demandé si j'irais voir un film sur la guerre de Sécession ?

Selznick acquiesça.

— Ce n'est pas le sujet. C'est surtout une femme d'une liberté folle qui rumine des pensées inavouables. Et face à elle, un homme dont on ne sait jamais s'il est un mufle ou un charmeur.

Bien qu'il n'eût dormi que trois petites heures, Selznick trouva la force de sourire. Il était très fier de la finesse d'esprit de son épouse.

— Et tu ferais quoi à ma place ?

— Je n'y suis heureusement pas. Mais ne crois pas ceux qui te diront que c'est un livre qui parle du passé et de l'histoire de l'Amérique. Rien de plus moderne. Pour une fois, l'homme dit tout ce qu'il a sur le cœur, sans prendre de gants, et c'est la femme qui garde toutes ses mauvaises pensées.

Selznick fronça les sourcils. Il ne se souvenait pas que Kay Brown ait souligné cette dimension psychologique. Quand il en aurait terminé avec ce fichu *Jardin d'Allah* et les deux scénarios qu'il lui restait à réécrire, il jetterait enfin un œil à cet ouvrage.

— Vois-tu, David, c'est une guerre des sexes où hommes et femmes s'affrontent non plus sur leurs différences, mais pour leurs ressemblances… David ?

Une question de droits

Le Stakhanov d'Hollywood venait de s'écrouler comme une masse. Cela lui arrivait à l'improviste et n'importe où, au restaurant comme dans une boîte de nuit, au téléphone même. Habituée à ces absences, Irene Selznick repoussa la tartine de confiture qui menaçait de salir le pantalon de son mari. Puis elle alla se poster devant la fenêtre qui donnait sur leur piscine où oscillait légèrement un matelas pneumatique. Dehors, éparpillés au pied d'une table, des journaux gisaient à terre, que David avait dû parcourir cette nuit, avant de les laisser tomber après lecture. Le souvenir de *Gone with the Wind* ne la quittait pas : un livre des illusions, des rendez-vous manqués, des perpétuels contretemps.

C'est dans la poche

Lorsque Selznick émergea de son sommeil, Irene avait quitté le salon. Il rejoignit, encore endormi, la voiture où l'attendait son chauffeur, qui prit la direction du désert. Il apportait lui-même les derniers dialogues du *Jardin d'Allah* qui devaient franchir les lèvres marronnasses de Miss Dietrich. Oui, marronnasses. Car il avait vu les rushs et les visages en Technicolor avaient un air de fromage avarié.

— David, croyez-vous chérieusement que fous allez me faire dire chette bouillie pour chat ?

Le regard de Selznick s'échappa vers cet horizon sablonneux dont il avait tenté de restituer la poésie. Il n'appréciait guère qu'on vienne le chatouiller sur ses talents d'écrivain et il fut pris d'une envie irrépressible de gifler son actrice. Seule la perspective d'avoir à répondre d'un tel geste auprès d'un juge l'en dissuada.

— Ici, Marlene, nous n'avons qu'un ennemi...

Et il désigna le soleil qui cognait sans pitié sur le parasol dérisoire sous lequel ils avaient trouvé refuge.

— Mon cher David, un petit effort et che fous assure que che fous le revaudrai.

Selznick qui menaçait de s'assoupir se redressa et, retrouvant son sourire enjôleur, lui demanda une heure, le temps de s'enfermer avec Boleslawski, le réalisateur, Logan, le jeune dialoguiste et la scripte, afin de servir à Domini Enfilden – le nom absurde qu'on avait donné au personnage de Dietrich – une bouillie qui fût plus à son goût.

— Conférence ! beugla-t-il à sa secrétaire, Sylvia, qui comprit ce que cela signifiait : interdiction absolue de le déranger.

Au même moment, Kay Brown tapait comme une sourde sur son téléscripteur de New York.

> Annie Williams est dans mon bureau et je ne sais plus quoi faire pour l'empêcher de partir et de rappeler la MGM et la Fox. Si elle buvait, je pourrais lui proposer un whisky, mais elle ne touche plus à un verre d'alcool.

Elle releva la tête pour s'assurer que l'agente assise de l'autre côté de son bureau n'en avait pas profité pour s'esquiver. Les deux femmes ne s'étaient croisées jusque-là que dans des avant-premières, mais leur engouement pour le roman de Margaret Mitchell faisait désormais d'elles des alliées.

— J'apprécie votre patron pour son courage et ses choix littéraires. Ses adaptations de Dickens et de Tolstoï étaient remarquables. Je suis même convaincue qu'il est l'homme de la situation, mais je ne vais pas éternellement attendre son enchère.

Kay Brown poussa un profond soupir :

— Il doit terminer *Le Jardin d'Allah*. Mais il a aussi cette histoire sur une actrice inconnue devenue une star grâce à un producteur qui tombe dans la déchéance. Il rêve de produire le premier grand film tragique sur Hollywood.

La Texane se leva de sa chaise :

— Et moi, je ne rêve que d'une chose, qu'il me fasse enfin une offre.

Kay Brown se leva à son tour, affolée par le moindre mouvement de son interlocutrice.

— La MGM propose maintenant 50 000, poursuivit l'agente littéraire. La première fois que je suis allée les voir, je cherchais à leur refourguer une histoire alléchante. À présent, je tiens un best-seller et ce n'est pas la même musique.

Kay se remit à taper sur son téléscripteur.

`Fox et MGM toujours en course, la MGM à 50 000. Avez-vous pris votre décision ?`

s'inquiéta-t-elle dans le message URGENT qui réveilla le préposé au téléscripteur assigné à résidence dans une cabane en plein désert, à dix kilomètres du tournage du *Jardin d'Allah*.

`Nous avons jusqu'à 5 h,`

ajouta-t-elle en conclusion.

Alerté par le mot « URGENT », le coursier grimpa dans son véhicule, la feuille de papier glissée sous sa chemise. Lorsqu'il la remit à la secrétaire de Selznick, elle était trempée de sueur et à New York, le délai était déjà dépassé. La jeune femme perdit de précieuses minutes avant d'oser pousser la porte de la loge où s'éternisait la conférence de production.

Furieux, Selznick parcourut l'ultimatum de Kay Brown.

— Qu'elle lui fasse boire du thé, comme ça, elle ira aux toilettes, et qu'elle nous donne jusqu'à 6 heures.

Sylvia transmit la proposition au garçon qui n'avait pas eu le temps de se sécher. Lorsque la réponse fut déposée sur le téléscripteur de la cabane, il était 6 h 10 sur la Côte Est. Quand le coursier fut de retour, le producteur, qui en avait terminé, avait déjà dicté un mémo à Sylvia :

> Si vous pouvez conclure pour 50 000, faites-le, autrement proposez 5 500 sur 55 000 pour une option de 60 ou de 90 jours et gagnez du temps. J'ai le sentiment que nous faisons là plus que le maximum, vu que nous n'avons pas la certitude de pouvoir trouver les acteurs. Qu'Annie Williams laisse croire que nous avons offert un peu plus que 50 000, comme ça, personne n'aura de regret.

Le coursier reprit le véhicule en priant pour que le moteur, qui s'était mis à chauffer, ne rende pas l'âme. Un quart d'heure plus tard, à New York, Kay Brown poussa un soupir de soulagement. Elle lut à voix haute le message de Selznick.

— La Fox m'a laissé entendre qu'elle serait prête à monter jusqu'à 55 000 s'il y avait surenchère, opposa Annie.

— Entre la Fox et David Selznick, qui préférez-vous ?

— Donnez-moi un délai de réflexion.

Et la Texane se dirigea vers les toilettes pour s'y soulager de ses trois tasses de thé.

— Selznick, lança-t-elle à son retour. J'ai vraiment adoré *David Copperfield* et *Anna Karénine.*

— Et vous direz que nous avons obtenu les droits pour 55 000 ? en profita Kay.

Annie Williams hocha la tête.

— Vous avez intérêt à nous faire un beau film.

Lorsque l'agent eut pris congé, Kay Brown se précipita sur la bouteille de whisky rangée dans l'armoire de son bureau. Et c'est dans un style peu académique qu'elle annonça la bonne nouvelle :

`Asseyez-vous bien sur vos sièges ! On l'a eu ! C'est dans la poche ! Youp là boum !`

Selznick était bien assis sur son siège de producteur où il endurait la rédemption finale de sa Teutonne dont le visage exprimait admirablement l'indifférence. Quand on lui transmit le cri de joie de Kay Brown, il songea à ses vacances. Les premières depuis deux ans, qu'il prendrait à Honolulu avec Irene. Durant la traversée vers Hawaï, il pourrait enfin lire ce pavé, histoire de savoir s'il avait perdu ses 55 000 dollars. Là-dessus, il s'endormit.

— Coupez !

La voix tonitruante de Boleslawski l'avait réveillé en sursaut.

— C'était la dernière.

Selznick soupira. Le cauchemar était fini.

II

Opération Scarlett

L'oiseau noir

Loin de toutes ces tractations, on riait aux éclats dans les salles de cinéma à chaque apparition de Hattie McDaniel.

— Pous'-toi de là, vois pas que t'es dans mon chemin, lançait-elle en grognant à un docker blanc.

Elle marchait comme un tonneau qui dévale et son abattage faisait mouche sur un public prêt à lui pardonner son impertinence. Car c'était une Noire, tout de même, qui remettait un Blanc à sa place. Mais elle crevait l'écran dans *Show Boat*, l'adaptation de la célèbre comédie musicale. *Dans le rôle de Queenie, elle emporte tout. Rarement, on a vu une telle énergie*, s'était enthousiasmée Ruby Berkley Goodwin, la seule journaliste de couleur autorisée à couvrir l'actualité de Hollywood pour les journaux afro-américains.

En réalité, Queenie la râleuse aurait dû être interprétée par Tess Gardella, l'actrice blanche qui avait créé le personnage sur les planches de Broadway en se noircissant la figure. Mais le scénario de *Show Boat* prévoyant des moments d'intimité entre Queenie et son mari, joué par un Noir, le censeur Joe Breen, qui traquait au cinéma la moindre promiscuité entre les races, avait fait savoir au producteur, le studio Universal, que les spectateurs seraient choqués de voir une femme blanche caressée par un homme de couleur. Le septième art n'obéissait pas aux mêmes règles que le théâtre ou le *musical :* il était plus réaliste et la caméra grossissait le moindre détail.

Cette prudence fit le bonheur de Hattie dont le physique correspondait aux standards exigés : plantureuse à souhait, le visage rebondi, une peau d'ébène et de magnifiques dents blanches. Dès son arrivée à Los Angeles cinq ans auparavant, elle avait compris les règles du marché, que régulait un bureau du Central Casting où les producteurs venaient se fournir. Philippins, Mexicains, Arabes, Chinois, Français avaient droit au même régime d'embauche.

Mais pour les Noirs, les producteurs recherchaient certains profils bien précis : les hommes devaient être frêles et élancés, les femmes grassouillettes et exubérantes, et tous devaient avoir l'air idiot ou docile. Cantonné à des rôles de domestique, de serveur, de cireur de chaussures, de portefaix, de garçon de courses ou d'ascenseur, le Noir traversait brièvement le champ, cadré de loin en plan large : il entrait par la porte de service avant d'en ressortir discrètement, sans avoir menacé la suprématie des Blancs. Et si en prime il roulait des yeux, exagérait ses grimaces ou montrait une étourderie confinant à la stupidité, c'était encore mieux.

Les recruteurs accordaient la plus grande attention à la couleur de peau. Les peaux claires, qui trahissaient le métissage, interdit par la loi, étaient d'emblée écartées. Comme le Noir n'était jamais assez noir, on ajoutait une couche de cirage sur son visage. Ses lèvres étaient épaissies. Quant aux privilégiés, à qui l'on faisait l'aumône de quelques lignes de texte, on exigeait qu'ils parlent petit nègre. Une langue factice, mensongère, insultante, forgée par des dialoguistes blancs. Lorsqu'on avait conseillé à Hattie de prendre des leçons de diction noire chez un professeur blanc, elle avait quitté, furieuse, son audition, avant de comprendre qu'elle devrait s'y résoudre si elle voulait manger à sa faim.

Lorsque le casting pour *Show Boat* avait débuté, elle s'était résignée à rencontrer Charles Butler. Le recruteur en chef. Le maquignon attitré de leur communauté. Ce Noir tenait un registre de près de 2 000 extras qui se présentaient à lui ou qu'il allait repérer dans les chorales, les églises ou les night-clubs des environs. Chaque matin, il dressait la liste des « élus » et qu'il faisait monter dans des camions, tels des journaliers payés à la tâche. Butler avait invité Hattie à prendre un verre sur la Central Avenue, le QG des artistes noirs à Los Angeles. De son siège, elle apercevait les enseignes lumineuses du Florence Mills Theatre, baptisé en hommage à la chanteuse et comédienne noire morte à 31 ans, minée par la tuberculose.

— Que regardes-tu aussi tristement ? demanda Butler.

Hattie n'était plus le clown exubérant qu'elle avait jadis campé à la scène.

— Florence Mills. On dirait que même le succès nous porte la poisse.

Butler jeta un coup d'œil dans la rue.

— Je l'ai connue en 1926, quand elle avait créé à Broadway ce *musical* où ne jouaient que des Noirs.

— *Je suis un oiseau noir qui cherche au fond du ciel l'oiseau bleu. Mon cœur couleur du soir voudrait pourtant aimer rien qu'un peu,* fredonna Hattie qui avait interprété plusieurs de ses chansons.

— Pas mal… Raconte-moi ton parcours, on m'a dit beaucoup de bien de toi.

Elle lui décrivit les tournées de vaudevilles à travers le pays. Les hôtels miteux. Les accueils condescendants. Les cachets misérables. Les mauvaises surprises aussi après la représentation.

— Comme en janvier 1930, juste après que la Bourse s'est écroulée à Wall Street. Il s'agissait déjà d'une production du *Show Boat*, on avait atterri dans le Wisconsin. Je faisais partie du chœur, ils n'ont pu garder que dix choristes sur trente et je me suis retrouvée en rade à Milwaukee sans un sou. Il y avait un restaurant dans la banlieue, le Sam Pick's, qui proposait aussi des spectacles...

Butler hocha la tête. Il connaissait par cœur ces bouisbouis du fin fond de l'Amérique.

— ... J'étais dame-pipi. Question pourboires, c'était plus rentable que les ménages. Les Blanches, une fois soulagées, sont généreuses. Un soir, tous les chanteurs du club, qui en avaient marre d'être mal payés, ont foutu le camp, et comme j'avais glissé à Sam Pick que je poussais la chansonnette, il est venu me voir sur mon pliant. J'ai retiré mon tablier et j'ai entonné *I hate to see the evening sun go down, It makes me think that I'm on my last go round...*

Butler avait reconnu le *St Louis Blues.*

— Je parie que tu as assuré la fin de soirée.

— Sam m'a proposé un contrat, a engagé d'autres chanteurs noirs et c'était reparti pour le All star show, qui a duré jusqu'à ce que Sam Pick soit rattrapé par la crise, en mars 1931.

La suite, Hattie la raconta à Butler en entonnant un autre couplet du *St Louis Blues* :

— *Et de nouveau, j'ai fait mes valises et j'ai pris la fuite…*
Elle cessa de chanter.
— Et me voilà.
— Santé, répondit Butler.

Croisière

Selznick avait sur les bras un ouvrage de plus de mille pages. Mais un vrai best-seller, comme il put le constater sur le paquebot qui voguait vers Hawaï : la moitié des passagères était plongée dedans. Profitant des siestes d'Irene, il en aborda certaines, curieux d'apprendre ce qui leur plaisait autant. Scarlett, Scarlett, lui répondait-on invariablement. Quand il leur révélait qu'il était l'heureux producteur qui en ferait un chef-d'œuvre cinématographique, il avait droit aussitôt à une salve de noms. Bette Davis, Katharine Hepburn, Miriam Hopkins... Chaque lectrice semblait déjà avoir un avis bien tranché sur l'identité de la future interprète.

Selznick oscillait entre l'excitation d'entreprendre son projet le plus ambitieux et l'appréhension devant l'avalanche de détails psychologiques, vestimentaires, architecturaux ou historiques dont Margaret Mitchell avait truffé ses innombrables scènes. À son tableau de chasse, il avait déjà accroché deux poids lourds de la littérature, Tolstoï et Dickens, mais la romancière de Géorgie n'aurait pas à rougir de la comparaison. Quelques passages l'avaient effrayé, notamment la description de la ville d'Atlanta en 1862, une ruche bourdonnante bouleversée par la guerre. Pour ce seul épisode, il devrait reconstituer les hôpitaux militaires, le quartier général des Sudistes, la gare accueillant les trains de blessés, les bureaux grouillant d'hommes en uniforme, les ateliers de construction mécanique, l'arsenal, les champs de manœuvre, les bars, les hôtels, les pensions de famille, les bordels… Et dire qu'ensuite, tous ces décors partiraient en fumée dans le grandiose incendie auquel Mitchell consacrait des dizaines de pages.

Était-ce le flottement de l'esprit auquel incitent les croisières ? L'incertitude le gagna. D'ici à quelques mois, sa société n'aurait plus de nouveau film à exploiter. Les recettes s'effondreraient. Dès son retour à Los Angeles, il lui faudrait mettre en chantier *Une étoile est née* dont le scénario restait à fignoler. Il s'apprêtait aussi à acheter un script, *Le Prisonnier de Zenda,* qui avait besoin d'un léger ressemelage, terme qui sous-entendait l'engagement d'un ou deux scénaristes dont le travail serait remanié par un troisième homme pour une version *finale* qu'il se chargerait lui-même de reprendre. Autant de frais supplémentaires. Était-ce bien le moment de se lancer dans cette production pharaonique ? Dans ses moments de doute, il partait dans les coursives à la recherche de son épouse Irene, avec qui, après l'achat des droits, il avait débouché plusieurs bouteilles de champagne.

À peine furent-ils arrivés à Honolulu qu'il l'entraîna sur la plage, un exemplaire du livre à la main. Il voulait sans tarder discuter de la première grande scène où Scarlett tentait de dissuader son amour, Ashley, de se fiancer avec sa cousine Melanie.

— Tout se joue là, Irene.

— En effet. Elle papillonne, elle essaie de sauver la face, mais elle écume de rage et montre déjà tout son caractère.

— Les sentiments de cette demoiselle vont me coûter cher, lui répondit Selznick. Elle ne flirte pas dans un champ, mais dans une belle demeure géorgienne, au beau milieu d'une centaine de figurants en robes et en costumes, à qui l'on sert de délicieux cocktails. Rajoutons le bal, la sieste des jeunes filles, la bibliothèque...

Irene éclata de rire :

— Si tu raisonnes comme ça, autant arrêter tout de suite. L'essentiel, ce sera ton scénariste, il ne faut pas que tu te trompes.

Selznick acquiesça. Il hésitait entre un sprinter audacieux et un cuisinier habile, capable de réduire ces mille pages sans en rompre les équilibres.

Après une heure de conversation animée, il abandonna son épouse pour aller piquer une tête. En plongeant dans l'eau, il éprouva la même sensation angoissante qu'à la lecture du roman et de son océan de pages. Cessant de nager, il se tourna sur le dos, le visage vers le soleil qui brillait à la verticale. Bercé par les vaguelettes, il oublia Scarlett, Ashley, Rhett Butler et le bal des Wilkes pour se préoccuper d'*Une étoile est née* et de sa dernière scène dont il n'était toujours pas satisfait. Qui pourrait empêcher le personnage de Vicki Lester de renoncer à faire du cinéma après le suicide de son Pygmalion ? Si ce sujet l'obsédait, c'était sans doute parce qu'il parlait d'un producteur, de sa dépression et de son sacrifice au profit de l'actrice qu'il avait découverte. Mais ne valait-il pas mieux désormais se concentrer sur *Gone with the Wind* ? Trop tard, il avait déjà dépensé trop d'énergie et d'argent dans ce projet.

Les yeux de Selznick se mouillèrent. Il venait de penser à son père Lewis J., qui avait rendu l'âme, trois ans auparavant, dévasté par une faillite que ses rivaux avaient accélérée. Il n'était encore que le bras droit de Louis B. Mayer, le père d'Irene, et ce jour-là, il s'était juré de rétablir le nom des Selznick sur le fronton des cinémas.

Il se laissa couler, puis d'un vigoureux coup de pied, repoussa le fond et remonta à la surface pour s'éloigner vers le large. Bientôt, il ne fut plus qu'un point minuscule au milieu des flots.

— Irene, j'ai trouvé le nom du scénariste.

De retour sur le rivage, il s'était mis à courir vers son épouse. Écrasée par la chaleur, elle s'était endormie.

Rejets inutiles

Sidney Howard songeait aux rencontres entre Scarlett et Rhett Butler à Atlanta. Leurs chamailleries étaient beaucoup trop nombreuses. C'était l'une des faiblesses du roman de Margaret Mitchell. Il fallait rassembler en une seule dispute emblématique ces empoignades si l'on voulait qu'elles fassent des étincelles. Ne conserver que les moments de haute intensité : telle était sa ligne de conduite, sinon le film risquait de s'embourber. Après qu'ils avaient fait connaissance de manière volcanique lors de la réception chez les Wilkes, après qu'il s'était moqué d'elle lors du bal de charité, quand fallait-il placer leurs retrouvailles ? Peut-être après la séquence où Scarlett aidait Melanie à accoucher et qu'elles s'enfuyaient d'Atlanta en flammes. Le retour de Rhett, venu les sauver, serait à la hauteur de ses deux premières apparitions.

Une dizaine d'années auparavant, Sidney Howard avait reçu le prix Pulitzer pour une pièce qui retraçait les hauts et les bas d'une histoire d'amour entre une jeune femme et un homme plus âgé. Sa virtuosité avait attiré l'attention du producteur Sam Goldwyn, qui lui demanda d'écrire son premier film parlant. Howard devint le spécialiste des aléas sentimentaux des couples mal assortis. Son adaptation théâtrale d'un roman de Sinclair Lewis, *Dodsworth*, qui menait de front les intermittences d'un mari et de son épouse, avait incité Goldwyn à lui réclamer une seconde transposition, cette fois pour le grand écran. Howard avait aussi un indéniable talent pour donner une cohérence aux revirements de ses personnages, ce qui lui avait valu une nomination pour l'Oscar du meilleur scénario.

C'est à cet homme que Selznick avait proposé de relever le défi de *Gone with the Wind*. Le dramaturge, qui avait engagé des frais considérables pour l'aménagement de sa ferme dans le Connecticut, devait de l'argent aux impôts. Il n'avait rien lu du roman-fleuve de Margaret Mitchell, mais la somme que le producteur lui agita sous le nez avait eu raison de ses réticences.

Il interrompit son travail pour s'occuper de l'érable qu'il souhaitait planter. Chez lui, effort intellectuel et tâches jardinières allaient de pair. Il fit tremper les racines dans un grand seau rempli d'eau où la motte bougea légèrement avant de se stabiliser. Quelques feuilles rouges annonçaient les couleurs flamboyantes que prendrait l'arbre si tout allait bien. Tandis que l'érable s'humidifiait, il se dirigea vers l'emplacement qu'il avait choisi, devant les bouleaux au feuillage argenté.

Il disposa une bâche en plastique afin de ne pas abîmer l'herbe. La terre était humide, la bêche s'enfonça sans peine. Quand il jugea le trou assez profond, il s'agenouilla et ajouta quelques poignées de terre de bruyère qu'il remua avec de la tourbe et de la corne séchée. Puis il s'immobilisa, l'air pensif.

Pour vérifier s'il était possible de supprimer ces confrontations entre Rhett et Scarlett, il fallait qu'il relise le livre des pages 220 à 370. Il en connaissait certains passages par cœur. Personne, pas même Margaret Mitchell, n'était désormais plus familier que lui de l'ouvrage. Après quelques heures, il n'eut plus aucun doute : toutes ces entrevues étaient répétitives et bavardes, elles n'apportaient rien, ni aux personnages ni à l'action. Scarlett était une vraie girouette, elle oscillait de l'intérêt au mépris puis à la colère, mais il ne pouvait imposer au spectateur toutes ses volte-face. Il décida donc qu'entre le bal de charité et la fuite d'Atlanta, elle ne verrait qu'un seul homme, Ashley, lors de sa permission, pour lui déclarer sa flamme.

Chaque fois qu'il amputait le livre d'un long passage, il éprouvait un immense soulagement. Les flash-backs sur les jumeaux Tarleton ou les parents de Scarlett, les digressions sur la tante Pitty ou sur les relations entre Melanie, la femme d'Ashley, et Scarlett… Il taillait le livre comme ses arbres, en l'allégeant de ses rejets inutiles. Il avait aussi coupé l'interminable séquence sur le Ku Klux Klan, par ailleurs embarrassante, car les scènes de lynchage risquaient de choquer le public. Cette seconde partie du livre qui s'ouvrait sur la reconstruction du domaine de Tara était affreusement mal ficelée. Margaret Mitchell s'attardait sur le travail dans les champs alors que Scarlett était déjà retournée en ville pour se marier avec Frank Kennedy et diriger une scierie.

Sur un mur de son bureau, il avait positionné quatre pastilles de différentes couleurs. Chacune d'elles incarnait un personnage, Scarlett, Rhett, Ashley et Melanie, qu'il suivait comme dans une course de petits chevaux. La pastille Scarlett était la plus grosse : tout ce qui ne se rapportait pas à elle devait être éliminé.

Mais il pataugeait encore dans la dernière partie qui s'ouvrait sur le mariage de Rhett et Scarlett. Que faire de la mort de leur fille Bonnie, puis du décès de Melanie ? Comment éviter cette répétition funèbre ? Il ne pouvait supprimer l'agonie de la femme d'Ashley, l'une des scènes les plus marquantes de l'ouvrage. Enlever le personnage de Bonnie ? Il avait déjà sacrifié Wade, le fils de Scarlett et de son premier mari, qui traversait le livre en bambin pleurnichard. Se passer de Bonnie, c'était renoncer à la déclaration finale de Rhett, la seule qui donnait de l'épaisseur à ce personnage :

> Je me plaisais à imaginer que Bonnie, c'était vous. Elle vous ressemblait tant. Si autoritaire. Si brave, si pleine d'entrain. Mais elle n'était pas comme vous, elle m'aimait. Quand elle est partie, elle a tout emporté avec elle.

Impossible de se priver de telles phrases.

Howard fut soudain distrait par un cri. Il vit sa femme s'agiter à l'entrée du champ, près du trou qu'il avait creusé. Elle devait être tombée dedans.

Métamorphose

Peu avant Noël, Howard avait réduit les 1 063 pages de l'ouvrage à un traitement de 250 pages, ce qui représentait un film de... six heures. Il expliqua ses choix dans un rapport préliminaire de 50 pages où il compara *Gone with the Wind* à un chapelet d'îles, certaines incontournables, d'autres fastidieuses. Or, leur ambition n'était pas de produire un archipel mais un film.

Selznick tenta de convaincre Howard de venir lui présenter son travail. Il aurait aimé disposer de son scénariste à sa guise, pouvoir le convoquer à l'heure qui lui convenait. Howard prétexta que deux de ses vaches s'apprêtaient à vêler et Selznick se résigna à examiner seul cette première version. Il y releva un défaut majeur : Howard avait manqué *le* tournant dramatique, en l'occurrence le retour de Scarlett à Tara à la fin de la première partie. Sur ce point, Selznick lui cita un passage du roman qu'il jugeait crucial :

> Scarlett considérait les choses d'un œil nouveau, car elle avait laissé derrière elle, sur la longue route menant à Tara, ce qui faisait encore d'elle une enfant. Elle n'était

plus une argile plastique sur laquelle chaque événement laissait son empreinte. L'argile avait durci au cours de cette journée qui avait duré un millier d'années. Désormais, elle était une femme, sa jeunesse s'était enfuie.

Le film devrait insister sur cette métamorphose, sinon il manquerait sa cible. Selznick raisonnait en homme de cinéma, soucieux de projeter sur l'écran une évolution qui ne fût pas seulement celle, trop subtile, des émotions et des amours. Il ne voulait pas d'une girouette capricieuse, mais d'une jeune femme qui, confrontée à la dure réalité d'un Sud ravagé, prenait son destin en main, se transformait à vue d'œil. C'est à ce prix que le public finirait par l'aimer et vibrerait à l'unisson de ses épreuves, parce qu'elle cessait de ne penser qu'à ses battements de cœur. *C'est parce qu'elle a pris des risques, parce qu'on a commencé à l'admirer, que cette solitude finale après le départ de Rhett Butler nous paraîtra injuste,* écrivit-il à Howard. *Si nous ratons le dénouement, nous ratons le film. Le retour à Tara est une première révélation qui annonce la seconde, à la fin du livre, où elle verra enfin clair, mais trop tard, sur ses véritables sentiments. L'équilibre du film devra s'articuler autour de ces deux moments...*

Selznick mit aussi Howard en garde contre toute forme d'ajout. Si les lecteurs leur pardonneraient d'avoir renoncé à certains épisodes, ils seraient moins indulgents envers les corrections qu'ils se seraient permis d'introduire. *Par expérience, j'ai appris à éviter de modifier ce qui a marché, même si c'est pour l'améliorer. On ne sait jamais quelle est l'alchimie à l'œuvre quand des millions de personnes se ruent sur un livre ou un film. Il se peut très bien que les défauts aient contribué à cette magie et qu'avec les meilleures intentions du monde, nous la mettions en péril en croyant bien faire avec des changements que nous estimons nécessaires.*

Selznick vouait une confiance aveugle au succès. Aussi décida-t-il de respecter à la lettre le texte de Margaret Mitchell. Quand il essaya de persuader la romancière de participer au scénario, elle lui répondit qu'il n'était pas question pour elle de détricoter ce grand *mouchoir en soie* qu'elle avait mis si longtemps à tisser. Selznick lui donna raison. Car si elle touchait à son livre, elle aussi inévitablement abîmerait ce qui en avait assuré le triomphe.

L'usine de Monsieur Selznick

Tandis qu'un deuxième scénario était en cours d'élaboration, les bureaux de la Selznick International Pictures se transformèrent en une gigantesque machine à désosser du texte. Le producteur mit à contribution toutes ses secrétaires ainsi qu'une équipe de jeunes scénaristes. Leur mission était simple : éplucher ce roman-fleuve. Le disséquer, le dépecer, en vue de son adaptation à l'écran. Selznick ne voulait rien laisser au hasard. Son ambition était de faire entrer le cinéma dans son ère moderne, méthodique, rationnelle, grâce à un immense travail à la chaîne. L'usine de monsieur Selznick n'aurait rien à envier aux usines de monsieur Ford.

Chacun se vit confier un exemplaire ainsi qu'une tâche bien précise. Une première équipe fut chargée d'identifier et de résumer chaque scène. L'ouvrage se divisait en cinq parties, cinquante-trois chapitres, soixante-dix-huit scènes, auxquelles il fallait ajouter une poignée de flash-backs.

Une autre équipe eut à numéroter chaque décor afin d'estimer leurs coûts respectifs. Les principaux seraient les demeures de Tara, des Wilkes, la maison de Rhett Butler, la scierie reprise par Scarlett, ainsi que la ville d'Atlanta, notamment la salle où se déroulait le bal de charité. Selznick exigea qu'on isole chaque description à l'intention des chefs décorateurs, qui se déplaceraient en Géorgie afin d'y trouver l'inspiration. L'ensemble serait coordonné par le directeur artistique, William Cameron Menzies, qui se mit à dessiner sur d'immenses tableaux les façades et les pièces principales. Chaque plan du film ferait l'objet de croquis, en vue de préparer les mouvements de caméra et les angles prévus. Cette technique du *storyboard*, Walt Disney l'avait employée pour son dernier film d'animation, *Blanche-Neige et les Sept Nains*. Selznick souhaitait y recourir, pour la première fois dans l'histoire du cinéma classique.

On examina la version d'Howard afin de dresser l'inventaire des personnages, de calculer le nombre de leurs apparitions et la longueur de leurs dialogues. Soixante-dix-neuf rôles étaient dotés de répliques : c'était beaucoup trop. Hal Kern, un monteur réputé pour sa rigueur, fut engagé afin de chronométrer ces dialogues selon différents rythmes. Il serait chargé de suivre les versions successives du scénario afin de comparer les durées de chaque scène et de faire la chasse à tout ce qui ralentissait le film. Une secrétaire, Lydia Schiller, fut affectée à la surveillance du script et de ses modifications. Une couleur fut attribuée à chaque version selon son degré d'avancement et un local spécial fut aménagé pour les entreposer.

Chaque personnage fut défini selon ses habitudes de langage, ses vêtements, ses relations avec les autres personnages. Selznick embaucha Walter Plunkett, un chef costumier dont il avait déjà pu apprécier le perfectionnisme. Mais sa première lecture du roman donna des sueurs froides à Plunkett. Il relut par deux fois l'ouvrage en notant la mention de chaque vêtement : leur nombre avoisinait les 5 500. Pour compliquer le tout, la mode avait évolué juste après la guerre de Sécession, les crinolines ayant disparu au profit de modèles plus légers qu'il faudrait ajouter à la garde-robe. Selznick confia aussi à un historien le soin d'isoler chaque combat militaire ainsi que tous les événements historiques évoqués en parallèle de l'intrigue principale. Il n'avait pas renoncé à filmer une ou deux batailles, aussi ruineuse que fût ce genre de séquence.

Des centaines de pages arrachées au scénario de Howard se retrouvèrent punaisées sur les murs des bureaux, surlignées selon divers codes couleur. Mais ceux-ci devinrent si nombreux qu'il fallut mettre au point un tableau explicatif.

En démantelant l'œuvre que Margaret Mitchell avait eu tant de peine à bâtir, Selznick nourrissait aussi l'ambition de percer le secret qui avait présidé à sa création. Comme si ce livre n'était qu'un mécano géant qu'il était nécessaire de démonter pièce après pièce afin d'en saisir les moindres ressorts pour pouvoir ensuite le remonter autrement. Mais cette formidable entreprise laissait de côté une mission dont on ne se privait pas de lui rappeler l'urgence : le casting.

Le nouveau virus

Le 24 décembre 1936, Selznick doutait fortement que ce fût déjà Noël. Il venait de recevoir les essais de Tallulah Bankhead dans le rôle de Scarlett.

Il l'aurait préférée en chair et en os. Ivre ou à jeun, bien coiffée ou les cheveux en bataille, tirée à quatre épingles ou mal fagotée, qu'importe, elle sortait toujours de l'ordinaire. S'il avait accepté d'organiser ces essais, c'était pour faire plaisir à son associé Jock Whitney, qui avait un faible pour elle. Originaire du Sud, elle aurait donc l'accent qui convenait, son grand-père était un général confédéré, elle ferait, selon Whitney, une splendide Scarlett.

Tallulah avait joint une lettre où elle déclarait sa flamme :

> *Mon cher David, je n'ai pas dévoré le livre, c'est le livre qui m'a dévorée. Lorsque j'ai lu que Scarlett redoublait de fièvre quand elle voyait Ashley, j'ai cru que Margaret Mitchell avait pensé à moi.*

Une victime du « syndrome Scarlett », songea Selznick. C'est ainsi qu'il avait baptisé le nouveau virus qui menaçait

Hollywood. Chaque actrice infectée éprouvait les symptômes suivants : être convaincue que le personnage avait été écrit pour elle, être persuadée que le public partageait cette opinion, et ne pas douter que lui, David Selznick, se réveillerait un matin avec le même avis.

J'aimerais tant jouer le tête-à-tête avec Ashley de retour pour une permission : Oh, je vous aime tant que j'irais à pied jusqu'en Virginie pour être près de vous ! Je vous ferais à manger, je cirerais vos bottes, je soignerais votre cheval… Quelle fougue dans ces mots, un feu qui m'embrase…

Tallulah Bankhead s'était fait un nom avec des rôles d'une intensité lyrique et érotique quelque peu exagérée. Selznick se rappela une déclaration de Tallulah dans la presse qui n'était pas passée inaperçue : *Je veux un homme, un vrai, c'est d'un homme dont j'ai besoin, Hollywood est le cadet de mes soucis.* Cette sortie lui avait valu une place d'honneur sur la liste des « indésirables » établie par la commission de censure. *Leur patron est un petit con serré du cul,* avait commenté l'actrice. Elle n'avait peur de rien, ce qui lui faisait au moins un point commun avec Scarlett.

Tallulah avait eu droit à une équipe de maquillage ainsi qu'à la présence bienveillante de George Cukor, pressenti par Selznick, qui avait produit ses premiers films, pour diriger *Gone with the Wind.* Cukor était un « cinéaste de femmes », le plus fin et le mieux à même de saisir leur sensibilité. Selznick avait demandé qu'on teste Tallulah sur la scène d'ouverture, le flirt de Scarlett, âgée à ce moment-là de 16 ans, avec les frères Tarleton. Tallulah en avait 34. Elle aurait pu postuler pour le rôle de la mère de Scarlett. Elle était une remarquable comédienne de théâtre, mais à l'écran, elle en faisait des tonnes, aussi extravagante qu'à la ville. Elle ne flirtait pas avec les jumeaux, elle les vampait. Et Selznick l'imagina plutôt entraîner les deux garçons dans son lit après s'être enfilée une bouteille de bourbon.

Ma chère Tallulah, les essais sont à la vérité très prometteurs... Si nous devons laisser la question ouverte, je puis néanmoins vous dire très sincèrement qu'il y a de belles possibilités. J'aimerais continuer à y réfléchir et envisager d'autres essais avec vous, notamment le duo avec Ashley que vous évoquez... En utilisant les dialogues du scénario que Sidney Howard prépare, ces essais devraient augmenter vos chances... En bref, j'aimerais vous dire très sincèrement que vous êtes pressentie, mais je ne pourrai vous donner de réponse avant quelque temps.

Il y avait mis les formes, Jock ne crierait pas au scandale. Après avoir enlevé un des deux « sincèrement » qu'il remplaça par un « honnêtement », il déposa un baiser sur ses fausses promesses, bien conscient du nouveau rôle qui l'attendait : donner de l'espoir et décevoir.

Votez Tallulah !

C'était compter sans Louella Parsons. Dès le lendemain, Selznick découvrit dans le *Los Angeles Examiner* le dernier billet de la concierge d'Hollywood, qui avait fait fuiter l'existence de cet essai :

> George Cukor, l'ami de Tallulah, dirigera le film. Jock Whitney, un autre de ses amis, le financera. J'ai donc bien peur qu'elle n'obtienne le rôle. Si tel est le cas, je compte me retirer chez moi pour pleurer. Mais David Selznick aura à en répondre devant chaque homme, chaque femme et chaque enfant américain.

Il entoura au stylo « chaque enfant ». Cette Louella était vraiment la dernière des garces.

Hélas, elle était également l'échotière la plus lue au monde. Et chacune de ses proses inoubliables était reprise comme parole d'évangile par des centaines de journaux. Il existait un théorème Parsons. Tout *gossip* distillé sous le sceau du secret dans le conduit étroit de son oreille en ressortait imprimé à quelques dizaines de millions d'exemplaires. Bien sûr, il fallait que le tuyau ne soit pas crevé. *Louella first !* Les studios se servaient d'elle pour terroriser les acteurs. Si l'un d'eux s'obstinait à mener une vie dissolue, on le jetait aux lions en transmettant l'information à Louella. Il y avait toutefois des intouchables, notamment Norma Shearer, sur qui elle avait amassé une mine de renseignements très instructifs mais qui échappait à ses foudres parce qu'elle était encore la reine de la MGM. Pas question de se fâcher avec les majors.

Elle venait de stupéfier le pays en lui apprenant que Douglas Fairbanks allait divorcer de Mary Pickford. La petite fiancée de l'Amérique avait eu le malheur de le lui révéler. Louella, tu ne diras rien, tu me le jures. Mary, tu me connais. Justement ! Mary, je te le jure. Autant demander à Louella d'arrêter de respirer.

Et puisque *Gone with the Wind* devenait la grande affaire, il lui revenait naturellement d'en orchestrer les cancans. Elle avait dégainé la première.

Mais Tallulah n'était pas pour rien la fille d'un député du Congrès. Après l'article assassin de Parsons, une véritable campagne électorale débuta en vue de soutenir sa candidature. Une ligue Bankhead se forma dans les États du Sud, d'où affluèrent des milliers de télégrammes et un monceau de pétitions. Le tout atterrit sur le bureau de Selznick, qui prit la mesure du prodigieux intérêt suscité par son projet. En parcourant certains de ces courriers, il remarqua la formule : Votez Tallulah ! Subventionnés par « papa Bankhead », les journaux sudistes vantaient les mérites de la fille du pays « dont la voix mélodieuse et le regard profond allaient donner chair à cette créature de papier qui a enflammé notre imagination ».

Cet épisode donna une idée à Selznick. Il allait mobiliser des centaines d'associations afin qu'elles expriment leurs avis sur le casting de Scarlett. Ces données convergeraient vers un bureau des statistiques qu'il confierait à ses comptables, avec pour mission de dresser des listes quotidiennes recensant les suffrages qu'il rendrait publics. Tout ce qui ferait parler du film serait bon pour le film.

Bonnes manières et mauvaises pensées

Après 1945, le collaborationniste Alphonse de Châteaubriant trouverait à Kitzbühel un lieu propice où finir ses jours en toute discrétion. Mais avant la guerre, cette station du Tyrol était surtout recherchée pour la renommée de ses pistes de ski, notamment de la *Streif*, où nombre de futurs champions venaient faire leurs classes.

Vivien Leigh souffrait-elle d'une technique aléatoire ou d'un matériel défectueux ? S'était-elle laissée aller à son impétuosité naturelle ? Toujours est-il que ce 31 décembre 1936, elle se foula la cheville droite. Plus de ski. Plus de *Streif*. Repos forcé et lecture obligée. Au moins, elle n'aurait pas pris en pure perte son livre, un pavé qui avait encombré sa valise et que son mari Herbert Leigh avait voulu la dissuader d'emporter avant leur départ de Londres. De quoi se mêlait-il ? Et tandis que Herbert enchaînait seul les pistes noires, son épouse avala d'épaisses tranches de Margaret Mitchell.

L'effet fut immédiat. Dès la première page, elle se compara à Scarlett.

Elle n'était pas belle, mais les hommes ne s'en apercevaient généralement pas tant ils étaient sous le charme, comme les jumeaux Tarleton.

Si, bien sûr qu'elle se trouvait belle, mais pas à la manière d'une Greta Garbo ou d'une Joan Crawford. Son charme éclipsait sa beauté. Un charme fébrile, nerveux, qui n'avait pas laissé indifférent Laurence Olivier lorsque la jeune comédienne de théâtre avait fait irruption dans sa loge après son *Roméo et Juliette*. Ses yeux papillonnaient, sa gorge palpitait, son cou trop fragile ployait comme une fleur au vent. *Oh, monsieur Laurence Olivier, vous avez révolutionné le rôle de Roméo jusque-là si fade, si plat, mais vous…* Et sans terminer sa phrase, elle avait déposé un baiser sur l'épaule de celui qu'elle appellerait bientôt Larry.

Où était-il, Larry, en ce moment ? La lecture des amours de Scarlett pour Ashley la replongea dans les affres de son absence. Elle imagina son amant arpentant la scène dans son costume d'Hamlet, sensuel et tourmenté, enragé et hésitant. Une tournée était prévue au Danemark, dans le château d'Helsingør, le décor inventé par Shakespeare. Elle rêvait de rejoindre la troupe pour devenir son Ophélie. Car cette pièce racontait leur histoire, lui avait-il expliqué, la culpabilité d'un amour interdit. Mais quand oserait-il enfin parler à son épouse ? Cet été, elle s'était arrangée pour les rencontrer tous les deux, fortuitement en apparence. Laurence lui avait offert la photo où ils posaient tous les trois, lui entre ses deux femmes, mais elle l'avait déchirée de telle manière qu'il ne restait plus rien de sa rivale. Sur ce point, Vivien était bien comme Scarlett : ce qu'elle voulait, elle l'obtenait. C'est ainsi qu'elle avait eu Laurence.

Elle reprit sa lecture. Scarlett était une sorte de comédienne, certes médiocre. Son attitude compassée jurait avec ses flamboyants yeux verts – comme les siens. Bonnes manières et mauvaises pensées. Scarlett laissait exploser la vie qui bouillonnait en elle, avant d'en éprouver le remords. Quel beau défi, pour une actrice, d'incarner une femme aussi girouette !

Le soleil hivernal des Alpes suisses éclairait ces pages écrites dans le Sud des États-Unis. Vivien s'était installée au bas des pistes, à la terrasse d'un restaurant. Sa douleur à la cheville n'était plus qu'un mauvais souvenir. Elle regarda distraitement les skieurs qui traçaient de belles courbes harmonieuses en travers de la pente. Ils ne furent bientôt plus que quelques points noirs s'agitant sur les flancs de la montagne blanche. Comme elle, Scarlett était impatiente, agitée, intenable. Obstinée. Quand elle avait une idée en tête... Elle aussi aurait pu se décourager. Heureusement, il y avait eu ce film, *Fire over England*, avec Laurence dans le rôle principal, qui l'avait aidée à décrocher celui de la dame de compagnie de la reine Elisabeth. Le scénario prévoyait qu'ils tombent amoureux. Ils l'étaient déjà. Les critiques avaient salué son entrain, son charme, sa vivacité. Le film ne valait pas tripette, elle était bien d'accord là-dessus avec Laurence qui répétait : *It's no fucking good*. Il jouait Shakespeare divinement bien mais jurait comme un charretier. Elle aussi maintenant, il lui arrivait de lâcher : *It's no fucking good*. Ce livre par contre était *fucking good*. Scarlett ne se laissait jamais abattre, elle non plus. En revanche, Vivien avait bien plus d'humour. Mais en matière de courage, aucun doute, Scarlett la battait à plate couture.

Et ainsi se poursuivit sa lecture, au gré de ses points communs et de ses différences avec l'héroïne. Elle recopia certaines phrases.

> Craignant qu'on ne pût lire sur son front les pensées impies qui se pressaient sous son crâne, elle regarda furtivement autour d'elle. Oh ! Pourquoi n'éprouvait-elle donc pas les mêmes sentiments que ces femmes ?

Elle brûlait déjà d'envie d'incarner cette jeune femme qui se savait si différente. N'avait-elle pas *son entrain, son charme, sa vivacité* ? Une scène l'avait terrifiée : la réception de Melanie à laquelle Scarlett, après avoir été surprise dans les bras d'Ashley, était contrainte par son mari Rhett Butler de se rendre et d'affronter les regards scandalisés de la bonne société.

> Tout le monde allait-il lui tourner le dos ? Eh bien, cornebleu, qu'ils essaient un peu ! Le menton relevé, les paupières plissées, elle se mit à sourire.

Si pareille mésaventure lui arrivait avec Laurence et son épouse, elle craignait de ne pas se montrer à la hauteur.

Dès son retour à Londres, elle se renseigna puis convoqua son agent, John Gliddon.

— Il faut que tu parles de moi à David Selznick pour le rôle de Scarlett O'Hara.

Gliddon écarquilla les yeux.

— Selznick ? Eh bien, toi, tu n'as pas le trac. Je te rappelle que tu es sous contrat avec Alexander Korda à qui tu dois tout…

Vivien haussa les épaules.

— … et ensuite, que tu es anglaise et qu'en Amérique, personne n'a vu un seul de tes films. Tu te rends compte de ce que tu me demandes ?

Vivien s'en rendait compte. Mais elle avait un atout. *Fire over England*, le film élisabéthain, allait sortir aux États-Unis où Laurence disposait d'un agent qui n'était autre que Myron Selznick, le propre frère de David Selznick. Durant le tournage, elle avait rencontré ce drôle de bonhomme, bourru et ivre du matin jusqu'au soir. Grâce à Myron, elle avait peut-être une chance.

Le rôle de Scarlett tremblait déjà au loin, tel un mirage. Elle échafauda des plans, se repassa les scènes de *Fire over England* où elle figurait et que le grand Selznick visionnerait bientôt.

Pour faire plaisir à Laurence, Myron Selznick accepta de jouer les intermédiaires. Il alerta à New York Kay Brown qui crut avoir déjà entendu le nom de Vivien Leigh prononcé par son patron. Le 3 février 1937, Selznick rectifia par un mémo adressé à Kay :

> Je n'éprouve pas d'enthousiasme pour Vivien Leigh. J'en aurais peut-être, mais jusqu'à présent, je n'ai vu aucune photo d'elle. Verrons bientôt Fire over England et à ce moment-là, nous nous intéresserons à Leigh.

La projection fut organisée peu après. Selznick s'enthousiasma pour le travail du directeur de la photographie, James Wong Howe, qu'il embaucha pour deux de ses projets, *Le Prisonnier de Zenda* et *Les Aventures de Tom Sawyer*. En revanche, il ne manifesta pas le moindre intérêt à l'égard de Vivien Leigh, qui resterait donc sur son île, avec son amoureux.

Rumeur

Scarlett, ce sera elle !

L'article s'étalait à la Une des pages spectacles du *Los Angeles Times* daté du 6 mars 1937. Sous ce titre accrocheur, une photo en couleurs d'une actrice blonde au petit nez fin qui avait fait les beaux jours des brillantes comédies de Lubitsch : Miriam Hopkins.

D'après les informations évidemment vérifiées de la journaliste, la comédienne avait non seulement dévoré le chef-d'œuvre de Margaret Mitchell – en deux jours, ajoutait-on, une performance nullement surprenante au vu des qualités de lectrice de Hopkins qui animait un salon fréquenté par des intellectuels de tous poils –, mais elle avait réussi à se procurer une première version du scénario. Par quel moyen ? On se gardait bien de le préciser.

La crédibilité d'une rumeur repose sur la présence d'un élément vraisemblable. Celle-ci en avait deux. Hopkins était la seule vedette d'Hollywood originaire de Géorgie et elle avait reçu une nomination à l'Oscar pour un rôle de jeune femme insolente, Becky Sharp, une battante qui se frayait un chemin jusqu'à la haute société. Elle y faisait preuve d'un culot monstre, d'un sens de la répartie délicieux, d'une manière étourdissante de se jouer des hommes, en tout point semblable à l'héroïne de Margaret Mitchell. Si elle avait été Becky Sharp, elle pouvait être Scarlett O'Hara.

L'article était signé Hedda Hopper, la rivale de Louella Parsons. Comme d'habitude, la commère du *L.A. Times* n'en avait pas écrit une ligne, se contentant de dicter quelques bribes d'information. Qu'importe ! Elle n'avait pas été embauchée pour son style, mais pour sa capacité à infiltrer les majors. En l'occurrence, elle avait recueilli une confidence de l'habilleuse de Hopkins : sa cliente venait de commander une jupe de velours vert à la Scarlett. Par une agence de coursiers de Beverly Hills, Hedda avait aussi appris la livraison de cinq exemplaires de *Gone with the Wind* à Miss Hopkins. Que l'actrice, après lecture, ait eu envie d'en faire cadeau et de s'offrir un petit plaisir vestimentaire n'avait pas effleuré l'esprit de Hedda Hopper. Ou si tel avait été le cas, elle avait vite balayé cette hypothèse pour retenir celle, plus alléchante, qui ferait l'objet de sa prochaine chronique.

En découvrant le papier du *Los Angeles Times*, Hopkins ne fut pas dupe. Si elle avait dû jouer Scarlett, on l'en aurait déjà informée. L'ennui, c'était la cascade de coups de téléphone que ce genre d'article déclenchait. Son agent tenta de se faire mousser en suggérant le rôle occulte qu'il avait joué dans sa rédaction. Le réalisateur de son dernier film, Anatole Litvak, dont elle était tombée amoureuse, s'agaça de ne pas avoir été tenu au courant. Miriam Hopkins reçut même un appel de Selznick, curieux de savoir si la perspective de devenir Scarlett lui déplaisait.

— David, depuis quand lisez-vous les articles de Hedda Hopper ?

— Miriam, nos premiers sondages d'opinion vous placent en tête et vous avez toutes les qualités pour incarner une merveilleuse Scarlett.

L'intéressée en doutait. Il lui manquait cette fraîcheur qu'elle avait perçue à la lecture. Et sa malice pétillante convenait davantage aux comédies qu'aux mélodrames.

— Ne vous donnez pas tant de mal, David, je suis une fille du Sud et je n'aime pas l'image nostalgique et désuète que ce livre donne de mon pays, lui répondit Hopkins, qui s'était battue pour échapper au provincialisme étriqué de la ville de Savannah.

— Cela signifie-t-il qu'il ne faut pas compter sur vous ?

Selznick non plus n'était pas convaincu par la piste Hopkins.

— Vous pouvez toujours laisser courir le bruit, je ne réagirai pas. À moins qu'on ne m'interroge sur la qualité du scénario que j'aurais reçu.

Selznick éclata de rire :

— Et quel serait votre verdict ?

— Un peu long, trop de scènes de bal, s'amusa Hopkins.

— C'est bien ce qu'il me semblait. À bientôt, Scarlett !

Contre-attaque

Il y en eut une que cet article n'amusa pas du tout. Louella Parsons déversa sa colère sur son boy Melvin, qui revenait d'une tournée nocturne des cliniques où les actrices accouchaient ou avortaient en secret. Cette garce de Hedda lui avait coupé l'herbe sous le pied. Une actrice ratée qui avait été l'une de ses rabatteuses, qu'elle avait même encouragée à entrer dans la carrière. Elle téléphona à Miriam Hopkins pour lui arracher un démenti.

— Évidemment, ma chère Miriam, que tout cela est faux, il n'y a pas de scénario, vous ne pouvez donc l'avoir reçu, c'est d'une bêtise !

Hopkins se contenta de lui rire au nez.

Démolir Hedda ne suffisait pas à Louella. Elle devait contre-attaquer. Qui était la candidate la plus vraisemblable ? Qui serait celle de Louella Parsons ? Quel triomphe si l'actrice qu'elle allait défendre se révélait être l'heureuse élue ! Elle se mit à réfléchir. Si Gable, la star de la MGM, était favori pour Butler, Selznick, pour Scarlett, irait également pêcher dans le même studio. Crawford ? Non, trop de décolleté. Scarlett était une chipie, pas une garce. Là-bas, elle n'en voyait qu'une, Norma Shearer. La reine de la MGM.

En fouinant dans les comptes de la société de Selznick, Louella avait eu la surprise de découvrir que l'actrice y avait investi en souvenir des services jadis rendus par le producteur du temps où il travaillait pour la MGM. N'était-ce pas un argument de poids ? Depuis la mort de son époux qui n'était autre que le producteur Irving Thalberg, Norma était en litige avec Louis B. Mayer, le patron du studio, qui refusait de lui verser l'intégralité de son héritage prévu selon les contrats signés par son mari. Mayer pourrait chercher un compromis en la prêtant pour ce projet prestigieux. La coiffeuse de Norma avait d'ailleurs confié à Louella que son veuvage la déprimait. Scarlett serait donc le rôle idéal pour se relancer. Certes, à 35 ans, elle n'était plus de la première jeunesse, mais son teint était encore magnifique et quelques projecteurs puissants et bien placés l'éclaireraient à merveille.

> Les rumeurs concernant la possibilité que Miriam Hopkins obtienne le rôle dont rêvent toutes les actrices sont tout à fait fantaisistes. L'actrice a éclaté de rire lorsque je lui ai soumis cette éventualité que vous avez pu lire ailleurs. Il ne fait aucun doute que c'est bien plutôt la sublime Norma Shearer qui part grande favorite pour le rôle de Scarlett. Quelle rencontre au sommet ! De source sûre, nous avons appris son intérêt pour le rôle et celui de nombreuses lectrices absolument ravies que la plus populaire de nos comédiennes se glisse dans les habits de Scarlett.

Louella était bien plus prudente que Hedda. Elle n'écrivait rien qui puisse être contredit.

Selznick flaira aussitôt le danger. Malgré tout le respect qu'il devait à Norma, il la jugeait bien trop froide et hautaine pour incarner la jeune fille d'Atlanta. Si elle en avait émis le souhait, il aurait été ravi de lui faire passer un test, ne fût-ce que pour l'ajouter à sa collection. Il ne doutait pas non plus qu'elle l'interpréterait avec assez de nuances. Mais elle aurait beau faire, cela sonnerait faux. Scarlett n'était pas une reine, juste une ravissante jeune femme qui se prenait parfois pour une princesse. Plus le temps passait, plus il avait la conviction que le rôle de Scarlett ne devait justement pas revenir à « la plus populaire » des comédiennes. Il y avait quelque chose d'indéniablement neuf chez elle et il ferait fausse route s'il choisissait l'un des visages les plus connus des États-Unis. Il redoutait cependant l'influence de cette vieille bique de Parsons, qui se mêlait de ce qui ne la regardait pas.

Il jugea bon d'allumer un contre-feu en contactant l'homme de radio Walter Winchell que huit millions d'auditrices écoutaient chaque dimanche. Pouvait-il sonder son public sur la piste Shearer ? Winchell voulut évidemment savoir si c'était elle qui tenait la corde. Selznick se garda bien de le détromper. L'hameçon fut lancé et une semaine plus tard, Winchell rappela le producteur :

— David, c'est unanime. On n'en veut pas. Ce n'est pas qu'elle ne soit pas aimée, mais ses admiratrices estiment que ce serait une erreur tragique.

Selznick fit semblant de s'étonner.

— Et j'ai reçu un courrier intéressant signé Margaret Mitchell. Vous voulez que je vous le lise ?

Et comment ! Selznick piaffait d'impatience.

— *Si chacun reconnaît qu'elle est une merveilleuse comédienne, chacun estime aussi qu'elle n'est pas faite pour interpréter Scarlett. Elle est trop distante et manque de tempérament.*

— Je pense que vos auditrices seraient ravies d'apprendre cela.

— Je le crois aussi.

La reine Norma accueillit la nouvelle de son élimination avec d'autant plus de flegme qu'elle n'avait jamais songé à être candidate. Le seul rôle qui l'intéressait dans *Gone with the Wind* était celui de Rhett Butler, se contenta-t-elle de déclarer avec humour.

Une idée folle

Son visage était un mélange des traits délicats de sa mère, une aristocrate de la Côte d'ascendance française, et de ceux plus lourds de son père, irlandais, mais c'était un visage attachant, avec un menton pointu et une mâchoire carrée. Ses yeux étaient vert pâle, mis en valeur par des cils très noirs et un peu recourbés au bout.

En relisant le début de l'ouvrage, Selznick eut une illumination. Ces lignes esquissaient un portrait-robot à la fois vague et précis. Combien de jeunes femmes avaient les yeux verts et les cils noirs ? Puisque ce livre suscitait un tel engouement, il ne fallait pas que le public en soit dépossédé. Scarlett appartenait à ses lectrices. Si cette jeune femme tombée du ciel ne ressemblait à aucune actrice connue, pourquoi ne pas lancer un grand concours national qui leur serait ouvert à toutes ? On leur accorderait la possibilité de devenir Scarlett, on leur offrirait ce rêve inouï d'interpréter leur héroïne et de supplanter les vedettes d'Hollywood, ces stars inaccessibles auxquelles elles s'identifiaient le samedi soir.

Sans compter le retard qui s'accumulait. Il avait fixé le début du tournage à l'automne 1937, car il fallait bien établir un calendrier, dont il savait déjà qu'il ne serait pas respecté. Le scénario laissait encore à désirer et aucun rôle n'avait été distribué. Si le tournage était différé, l'enthousiasme risquait de retomber. Il fallait entretenir l'intérêt. Tout le monde se passionnerait pour la recherche de la future Scarlett. Chacun voudrait donner son avis sur de jeunes actrices sorties de nulle part, des inconnues promises à un destin aussi merveilleux que cette héroïne devenue la coqueluche des Américaines. Le peuple pourrait croire qu'il avait un droit de regard, qu'on le consultait comme pour une élection. Il allait concevoir le premier film participatif.

L'idée assurément était folle. Mais elle était à l'image d'un producteur qui ne reculait devant rien. Et elle ressemblait aussi à ce pays démocratique dont le président avait lancé des programmes encourageant les artistes à partir à la rencontre d'une population éprouvée par la Dépression. Lui aussi irait au-devant de l'Amérique.

Du jamais-vu

Russell Birdwell, un ancien reporter spécialisé dans les faits divers de Los Angeles, avait couvert les affaires les plus sordides en usant des expédients les plus crasseux. Selznick en avait fait son chef de la publicité en lui laissant carte blanche.

Il n'avait pas eu longtemps à attendre : pour le lancement du *Petit Lord Fauntleroy*, Birdwell avait fabriqué des panneaux d'affichage qui couraient jusqu'à la mer, de petits lords reproduits à une échelle industrielle. Du jamais-vu. Il avait ensuite engagé un agent du FBI pour surveiller les studios de la SIP, faisant croire que des concurrents mal intentionnés cherchaient à dérober les projets géniaux de son patron. Lorsque Selznick eut admis devant la presse que le procédé n'était peut-être pas très fin, Birdwell s'était précipité dans son bureau pour lui rappeler que la finesse n'était pas la qualité requise d'un chef de publicité et il avait regretté de ne pas avoir travaillé pour le seul, le vrai Selznick, Lewis J. Selznick, celui qui osait tout et dont le portrait trônait au-dessus du bureau de son fils.

L'ex-grouillot mal rasé de la presse des bas-fonds avait élargi son carnet d'adresses. De brillants cerveaux spécialisés dans les relations publiques l'avaient initié aux nouvelles théories sur la manipulation des foules et les phénomènes de sidération. La sortie du *Jardin d'Allah*, promis à un fiasco retentissant, approchait. Comment sauver les meubles ? Puisque l'auteur du roman adapté tenait un hôtel baptisé Le Jardin d'Allah en Égypte, Birdwell lui avait suggéré d'y inviter le roi Édouard VIII qui venait d'abdiquer à Londres. Le voyage serait couvert par des journalistes triés sur le volet. Birdwell avait inventé le happening cinématographique. Édouard VIII n'avait rien à voir avec *Le Jardin d'Allah*, mais qu'importe. Le but était d'organiser un événement exceptionnel, une rampe de lancement qui marquerait les esprits. L'occasion, bien sûr, de citer le produit à vendre, associé à cette manifestation d'éclat.

— Russell !

Le collaborateur de Selznick qui occupait le bureau voisin déboula aussitôt.

— Écoute un peu ça.

Le producteur lui exposa son brillant projet d'une compétition ouverte à toutes pour le rôle de Scarlett. Birdwell fut dépité de ne pas avoir eu l'idée lui-même, mais beau joueur, il admit qu'elle était sensationnelle. Et pour ne pas être en reste, il enchaîna à la vitesse de l'éclair :

— Nos hommes partiront en éclaireurs dans chaque État. Leur venue sera annoncée quelques jours à l'avance dans les grandes villes. Devenez Scarlett ! On louera des chambres d'hôtel pour faire passer des castings, puis chaque semaine, on publiera le nombre de filles auditionnées. Les plus jolies auront droit à leur portrait. À ce rythme-là, on devrait pouvoir feuilletonner pendant des mois…

Selznick avait acquiescé à chaque parole de Birdwell.

— Tu m'organises une belle réception sur nos plateaux pour lancer l'opération. Radios, correspondants... Aïe, pardon...

Les deux hommes qui déambulaient en parlant venaient de se télescoper :

— Qu'est-ce que je disais ? Ah oui, correspondants des revues et magazines, presse étrangère, qu'ils soient tous là. Demande un petit jardin sudiste, des glycines, des chèvrefeuilles, un cornouiller...

— Qu'est-ce que c'est ?

— L'arbre typique d'Atlanta. Tu n'as pas lu le livre ?

Birdwell haussa les épaules et surenchérit :

— On préparera aussi des plats typiques du Sud, servis par des Noirs en gants blancs, impeccables, pour donner un petit avant-goût...

Mais il fut soudain pris d'un doute :

— Dis-moi, David, tout ça, c'est du flan, évidemment. On les mène en bateau ? On leur raconte une histoire ?

Selznick le gratifia de son sourire carnassier.

— À ton avis ? J'ai à ma disposition tout le cheptel d'Hollywood qui va faire des pieds et des mains pour ce film et je m'amuserais à prendre une anonyme, une débutante ? Il n'y a pas marqué philanthrope sur mon front.

Birdwell éclata de rire, soulagé.

— Et en même temps, reprit Selznick, je me demande si ce ne serait pas ça, la bonne idée. Qu'elles viennent se prosterner, qu'elles me supplient de les prendre, et quand elles auront fini leurs danses du ventre, je leur présenterai la petite. Désolé, mes chéries, mais ce sera elle.

Birdwell observa son patron, qui balançait, hilare, son immense boîte crânienne. Il était encore plus givré qu'il ne le pensait. Bien sûr, il n'en ferait rien, il n'avait pas envie de se brouiller avec toute la profession. Et pourtant, avec lui, comment savoir ? Il lorgna le portrait du père, qui n'était plus là pour applaudir leur dernier stratagème : finalement, il ne regrettait pas de travailler pour le rejeton.

Cinq milligrammes

L'hilarité de Selznick n'était pas tout à fait naturelle. Depuis près d'un an, il consommait à haute dose un médicament conçu pour dilater les bronches, mais qui était aussi prescrit comme remède à la narcolepsie. Par ses vertus toniques, cette amphétamine fluidifiait les vaisseaux cérébraux. Elle serait bientôt distribuée aux pilotes de la Royal Air Force afin de stimuler leurs réflexes, et aux soldats anglais du désert libyen qui auraient à foncer sur les chars invincibles du maréchal Rommel. Selznick n'avait aucun nazi à combattre, mais plusieurs projets à mener de front, qui menaçaient de l'engloutir. Comme Jock Whitney, son associé, et Harry Grinsberg, son directeur financier, le lui rappelaient avec insistance, les comptes de la SIP avaient basculé dans le rouge. *Une étoile est née* n'existait qu'à l'état de bobines, *Le Prisonnier de Zenda*, dont il avait dû racheter le scénario plus cher que prévu, était en production, et Howard ne bradait pas non plus ses talents de scénariste pour *Gone with the Wind.* Mais avec quelques pilules de benzédrine, Selznick piquait moins souvent du nez et les ennuis glissaient désormais sur lui.

Ce soir-là, Irene l'avait attendu pour le dîner. Puis elle cessa de l'attendre. Quand avait-il été ponctuel pour la dernière fois ? Peut-être le jour de son mariage. Il fit son apparition avec deux heures de retard, les bras chargés de scripts qu'il laissa tomber sur le canapé.

— Tu comptes ne pas retourner au bureau de la semaine ? s'étonna Irene.

— Si, dès demain, pourquoi ?

— En une nuit tu vas pouvoir travailler sur ces trois scénarios ?

Selznick haussa les épaules. En une nuit, porté par l'euphorie de la pilule magique, il abattait le travail d'une semaine, même si le lendemain, il défaisait souvent tout, dégrisé, rongé par le doute et l'incertitude.

— Et nous pourrions même disputer une petite partie de backgammon.

Irene accepta avec joie. Mais tandis qu'elle se concentrait avant chaque coup, Selznick poussait ses pions nonchalamment tout en griffonnant un mémo adressé à Birdwell sur la recherche de Scarlett parmi les jeunes filles d'Atlanta. Irene fit semblant de ne rien voir, puis explosa :

— Tu pourrais au moins arrêter pendant que nous partageons ce moment.

David reposa son stylo à regret.

— J'aimerais savoir d'où te vient cette manie de transformer en recommandation écrite des considérations qu'une simple remarque suffirait à exprimer.

Selznick regarda son épouse comme si elle venait de lui avouer qu'elle ne l'aimait plus.

— J'ai besoin de fixer les choses, sinon elles m'échappent.

Irene fit la moue :

— Tu as surtout envie de rappeler que tu es le chef.

Il secoua la tête. Ce soir, elle avait décidé de l'embêter. Une nouvelle tactique pour le faire perdre ?

— Détrompe-toi. Un texte, c'est un peu de stabilité dans un monde incertain. Si mon père avait écrit davantage, il n'aurait pas fini ruiné. Un jour, l'un de ses concurrents a refusé de lui rembourser l'argent dont il avait besoin. S'il lui avait demandé une reconnaissance de dette, tout cela ne serait pas arrivé.

Irene hocha la tête. Quand il brandissait le souvenir de son père, elle n'avait plus rien à dire.

— En écrivant, poursuivit-il, je m'assure de ne pas vivre la même mésaventure, je signe une traite sur l'avenir, je rappelle que je suis le maître chez moi.

Irene esquissa un sourire. C'est bien ce qu'elle venait de lui expliquer.

— Stop David, j'ai compris, si nous revenions au jeu.

Mais il n'avait plus la tête à jouer.

— Tu sais comment j'ai eu la peau de mon chef, Harry Rapf, chez ton père. En bourrant son casier de liasses de papier. Il a crié grâce. Et tu te souviens de notre premier rendez-vous ?

Irene acquiesça. Elle fit toutefois semblant d'hésiter, pour lui laisser l'occasion d'évoquer ce beau souvenir :

— Le soir où tu m'as emmenée devant l'ancien studio du producteur Thomas H. Ince ?

— Bien sûr, répondit-il avec impatience. Et qu'est-ce que je t'ai promis ?

Irene hésita pour de bon. Ce soir-là, il lui avait promis la Terre entière.

— C'est là que j'aurai ma propre compagnie avec mon nom. Tu m'avais pris pour un fou.

— Mais non.

— Mais si. Et l'an dernier, c'est à cet endroit que j'ai emménagé pour fonder la Selznick International Pictures, après avoir enfin claqué la porte de la MGM et de ton père. Je n'étais plus un gendre. Je n'étais plus un fils. J'étais David O. Selznick.

Irene se mit à applaudir puis relança les dés qui lui furent à nouveau favorables. Son mari s'affaissa sur son siège, accablé par la fatigue. Il reprit un petit comprimé blanc.

— J'imagine que ce n'est pas ton premier de la journée, s'inquiéta Irene en lui jetant un regard noir.

— M'ennuie pas avec ça, veux-tu. Wasserman m'a appelé.

— Wasserman ? s'exclama Irene, comme si elle ignorait ce nom.

— L'endocrinologue. L'ami de ton docteur Hirschfeld. Il a forcé le barrage de ma secrétaire pour m'expliquer qu'il fallait en prendre cinq milligrammes et non cinq cachets.

— Ce qui fait une légère différence, tu ne crois pas ? Sachant qu'un cachet à lui seul contient déjà cinq milligrammes.

Selznick releva le nez du tablier.

— Tu m'as l'air bien au courant. Ce ne serait pas toi par hasard qui aurais demandé à Wasserman de corriger le tir ?

Irene ne répondit pas tout de suite.

— Et tu ne vas pas le corriger, je suppose ?

Il sembla soudain furieux. On voulait l'empêcher de faire son métier.

— Perdu !

Irene s'était débarrassée de tous ses pions, un nouveau succès qu'elle s'empressa de noter sur son carnet.

— Depuis le début de l'année, j'en suis déjà à dix-huit victoires contre une seule pour toi.

Il secoua la tête.

— Ce n'est pas possible. Tu truques les résultats. Montre-moi ça.

Irene lui tendit la page d'un air triomphal. Il dut admettre qu'au backgammon, il traversait une mauvaise passe.

Le dilemme de l'acteur noir

Hattie McDaniel semblait nerveuse et dévisageait tour à tour ses collègues assis comme elle autour d'une table de la salle paroissiale située près de Central Avenue. À ses côtés, Ernest Whitman affichait un air plus serein : il s'était fait connaître en jouant le pharaon dans *Les Verts pâturages*, une relecture de la Bible par des comédiens noirs. En face de lui se tenait Louise Beavers, à qui Hollywood réservait les principaux rôles de domestique. Si les studios appréciaient sa douceur, son application et sa courtoisie, les activistes noirs lui reprochaient de servir la soupe aux Blancs, au propre comme au figuré.

En face d'elle se tenait Clarence Muse, un comédien membre de l'Association nationale pour la promotion des gens de couleur. Dans les colonnes du *California Eagle*, il réclamait régulièrement une législation punissant le lynchage et encourageait les pays africains à s'affranchir des pays coloniaux. Il avait également édité une brochure très instructive, dont le titre, *Le Dilemme de l'acteur noir,* résumait l'état d'esprit des participants à cette réunion de crise. On pouvait y lire la phrase suivante :

> Il existe deux types de publics aux États-Unis auxquels il faut se confronter : le public blanc, qui a envie de voir le Noir faire le clown et de l'entendre chanter ; le public noir, qui aimerait retrouver à l'écran les conditions réelles de son existence.

Si les clichés sur les Noirs se perpétuaient, c'était selon Clarence Muse la faute des Blancs. Ils régnaient sur l'industrie du spectacle et s'évertuaient à flatter les bas instincts de leurs congénères. Il appelait les Blancs progressistes à faire pression sur les patrons du cinéma pour offrir aux comédiens noirs des rôles dignes de ce nom. On était encore très loin du compte. Comment sortir de cette impasse ? L'acteur noir devait-il penser à ses fins de mois ou bien se révolter et cesser d'être l'idiot du Blanc ?

> L'acteur noir est embarrassé : deux publics, blanc, noir. Que lui reste-t-il à faire s'il nourrit de plus nobles ambitions ?

Tous autour de la table étaient confrontés à ce dilemme. Figures en vue de la communauté noire, ils étaient devenus récemment la cible de journalistes afro-américains qui les accusaient d'avoir vendu leur âme aux Blancs pour une poignée de dollars. En acceptant ces rôles stéréotypés, ils déshonoraient leurs frères de couleur.

Malgré des personnages de servantes au verbe haut, Hattie n'avait pas été épargnée. On lui reprochait ses grimaces et sa manie de tirer les larmes. Où était passée sa capacité à se moquer ? Mais au cinéma, ce n'était plus elle qui écrivait ses répliques.

Hattie se gardait de toute déclaration publique. Comme la plupart de ses collègues, elle faisait profil bas, car si elle prenait position, elle risquait de se mettre à dos aussi bien le milieu des producteurs blancs que le public noir.

— Qui sont ces gens pour nous faire la leçon ? explosa-t-elle. Sont-ils à notre place, ont-ils vécu toutes nos souffrances ?

Et Hattie se lança dans le récit de sa vie, qui était aussi celui de ses humiliations. N'avait-elle pas droit à un peu de répit ? Elle faisait son métier du mieux possible, sans avoir l'impression de se prostituer ni de nuire à quiconque.

— Je ne peux pas, du jour au lendemain, être Joan Crawford ou Barbara Stanwyck ou Jean Harlow…

— Oh, non, ma chère Hattie, ça, tu ne peux pas, confirma Clarence Muse en riant.

— Je ne peux pas dire aux producteurs : c'est à moi que vous donnerez le rôle principal, parce que voilà le genre de personnages que les Blancs veulent voir dorénavant à l'écran.

— Puisque tu es devenue amie avec Clark Gable sur ton dernier tournage, fit Ernest Whitman, tu devrais lui demander de te donner un coup de main, je suis sûr que Louis B. Mayer l'écoute d'une oreille attentive.

— Arrête de te moquer de moi. Louise, tu ne dis rien…

Louise Beavers paraissait embarrassée.

— Je partage ton point de vue, Hattie, nous faisons ce que nous pouvons sans insulter le Seigneur, il n'y a rien dont nous devrions avoir honte.

— Et l'idée de se mettre en grève est absurde. Si on se retire, si on boycotte Hollywood comme ces journalistes nous y incitent, d'autres que nous prendront notre place et feront pire. Je ne veux pas me sacrifier. Je préfère jouer une domestique plutôt que d'en être une, ajouta celle qui avait dû parfois faire le ménage pour survivre.

— Tous ceux qui écrivent contre nous raisonnent de manière fausse, analysa Clarence Muse. Ils pensent que le changement doit venir du cinéma, alors que c'est la société qui le provoquera. Si les Blancs nous traitaient avec justice et égalité, si nous obtenions des droits, nos rôles ne seraient plus les mêmes. Mais on ne peut pas aller plus vite que la musique.

Hattie, qui se sentait enfin comprise, acquiesça ostensiblement.

— Hollywood, ajouta Whitman, gagne son argent surtout avec le Sud, avec la Géorgie ou l'Alabama. Si les studios se mettent à proposer des films qui montrent des Blancs racistes, plus personne n'ira au cinéma… D'ailleurs, pour *Gone with the Wind,* je vous parie que Selznick n'osera rien modifier du livre. On aura du « négro » à tout bout de champ et nous, les Noirs, on va encore être traité comme du bétail.

Louise et Hattie échangèrent un regard entendu. Toutes les deux avaient pris le temps de lire le roman pour Mammy, la gouvernante de Scarlett O'Hara. Elles étaient les mieux placées pour décrocher le rôle. En ce mois d'avril 1937, chacun des participants à cette réunion pouvait d'ailleurs prétendre à rejoindre la distribution pléthorique du film.

— Allons, prions, fit Hattie, pour que les choses s'arrangent.

Ils baissèrent la tête et se donnèrent la main.

Votre film de merde

— Pas si vite, David.

Birdwell l'avait retenu par la manche alors qu'il s'apprêtait à bondir vers la tribune.

— Mesdames, Messieurs, je vous prie de réserver un accueil triomphal à l'homme qui nous a réunis ce soir, au producteur assez fou pour entreprendre ce rêve qui nous tient tous à cœur, voir le plus beau roman de notre époque porté au cinéma, Da-vid-O.-Selz-nick.

Jock Whitney, qui venait de détacher ces quelques syllabes, jouait les Monsieur Loyal. Cette soirée, c'était aussi lui qui la payait, mais lorsqu'il entendit le tonnerre d'applaudissements, il oublia le prix qu'elle lui avait coûté.

— Doucement, David, insista Birdwell, compte les secondes en allant jusqu'au micro, il doit y en avoir vingt, pas une de moins.

Selznick s'efforça de marcher lentement. Parvenu au centre de l'estrade, il n'en était qu'à sept : Birdwell avait dû se tromper dans ses calculs. Il appuya ses bras sur le pupitre et promena son regard de myope au-dessus de la marée de journalistes agglutinés. Derrière eux, au loin, se confondaient les taches blanches et noires des serveurs, de leurs gants et des nappes du buffet.

— Mes amis !

Il avait repris la formule préférée du président Roosevelt quand il s'adressait pour ses causeries aux Américains plongés dans la Dépression.

— Mes amis, répéta-t-il, d'une voix forte amplifiée par l'excellente acoustique, je ne vais pas vous faire lanterner. Vous êtes tous là pour savoir une chose et une seule : qui sera notre Scarlett ?

Il laissa passer quelques secondes. Ne pas enchaîner, lui avait conseillé Birdwell, laisser le temps de réagir.

— Bette Davis, cria quelqu'un dans la foule.

— Crawford, lui répondit-on.

— Bankhead, si ce n'est pas elle, on boycotte !

— Eleanor Roosevelt !

Des rires se mirent à fuser.

Birdwell voulait qu'ils réagissent, ils réagissaient.

— Shirley Temple ! beugla un petit plaisantin.

— Minnie Mouse ! répliqua un autre qui ne voulait pas être en reste.

Selznick reprit le micro.

— Rassurons monsieur Walt Disney, nous ne lui volerons pas Minnie Mouse. Mes amis, je vous fais une promesse, rien ne sera négligé pour vous offrir la meilleure Scarlett. Voilà pourquoi je suis fier de vous annoncer, au nom de la Selznick International Pictures, que nous allons lancer la plus grande campagne de découverte de talents de toute l'histoire du cinéma.

Il fit un geste. La salle fut plongée dans l'obscurité, et dans un timing parfait, une carte des États-Unis qui couvrait le mur du fond descendit derrière lui.

— Le Nord-Est, le Sud-Est, le Sud-Ouest, le Nord-Ouest, énuméra-t-il, tandis que les quatre zones se teintaient d'une couleur différente. Dans chacun de ces secteurs, nos équipes partiront à la recherche de la candidate idéale. Nous vous tiendrons bien sûr informés du déroulement des sélections.

L'assistance digérait la nouvelle. On espérait un nom, pas une opération. S'il s'agissait d'une blague, certains la trouvèrent très mauvaise.

— On nous prend pour des cons ou quoi ?

— Elle a un problème, votre carte, elle est trop grande. Un seul État suffit, la Géorgie, gueula un soi-disant journaliste qui hissa le drapeau sudiste et se coiffa d'une casquette des Confédérés.

Il fut rejoint par un colosse qui avait surgi du fond de la pièce en brandissant un vieux revolver qui devait dater de la guerre de Sécession.

— Prospectez les autres États et vous êtes des hommes morts. Si c'est pas une fille de Géorgie qui gagne, vous ne mettrez jamais les pieds chez nous avec votre film de merde. Et vous n'avez pas intérêt à supprimer les scènes avec le Ku Klux Klan ou on vient faire exploser votre villa de sale youpin.

Birdwell s'élança vers la tribune et murmura à l'oreille de David :

— Pas un mot, tu ne réponds pas.

Il fit un signe discret en direction des quelques policiers en civil que sa paranoïa l'avait incité à recruter. Les deux énergumènes furent ceinturés.

— Ce n'est rien, Mesdames et Messieurs, juste la passion que provoque déjà *Gone with the Wind*.

— La passion, mon…

Le Sudiste fut bâillonné avant d'avoir pu achever sa phrase. Selznick, le sourire crispé, chercha du regard Birdwell, qui coupa le micro et le rassura.

— Tout ça, c'est très bon, je la trouvais un peu molle, cette réception. Là, au moins, on va en parler.

Gentleman farmer

Selznick manqua de tomber à la renverse. Les pieds sur son bureau, il se balançait sur sa chaise en feuilletant le numéro d'avril 1937 de *Photoplay*, un magazine à peu près aussi ancien que le cinéma à Hollywood, sur lequel se jetaient chaque mois les employés des studios, à l'affût des derniers ragots. Clark Gable apparaissait en pleine page, vêtu d'un costume sombre du siècle dernier, très gentleman-farmer du Sud. Il s'agissait bien sûr d'un montage. La rédaction ne s'en cachait d'ailleurs pas, expliquant vouloir montrer à ses lecteurs ce que Gable donnerait en Rhett Butler. Avec son regard de braise, son sourire à fossettes, sa petite moustache virile et la commissure ironique de ses lèvres, c'était lui, indéniablement. À se demander s'il n'avait pas hanté les nuits de Margaret Mitchell.

Le producteur n'était pas sans ignorer que ces magazines dépendaient des studios qui les fournissaient en photos, interviews, informations prétendûment confidentielles, fausses confessions… Un mot de travers, une ligne de critique et ils se retrouvaient tricards.

— Russell !

Son chef de pub avait surgi. Depuis la réception « Devenez Scarlett », il était sur les charbons ardents.

— David, tu sais que notre opération marche du feu de Dieu. À Boston, c'est l'émeute devant l'hôtel. Cinq cents jeunes femmes ont fait la queue dans le froid dès 3 heures du matin. À Atlanta, je te laisse deviner…

— Mille ? lança Selznick qui avait reçu un rapport de Kay Brown qu'il avait envoyée sur le terrain.

— Deux mille, tonna Birdwell, qui gonflait les chiffres. À elles seules, elles remplissaient la plus grande salle de cinéma de la ville. La police était sur les dents, il a fallu étaler sur plusieurs journées. On en a gardé trente pour des tests caméras, Cukor est épuisé, depuis hier, il s'est mis à loucher, il nous en enverra six, pas une de plus.

— Il faut engager d'autres personnes pour le courrier Scarlett. Il encombre la réception, ce n'est plus possible. Qu'est-ce qu'il y a, tu n'as pas l'air content ?

Birdwell faisait la grimace.

— Puisque tu parles d'embauche, je me suis permis de faire venir deux vigiles. Hier, une quinzaine de filles ont forcé les portes en hurlant qu'elles voulaient passer un test. Si ça continue, on va en retrouver dans les toilettes ou sous ton bureau.

Selznick regarda à ses pieds pour vérifier.

— Accordé. Simplement, j'imagine qu'ils ne travaillent pas à l'œil. Et sur quelle ligne on les inscrit ? Sécurisation du site ? Protection du personnel dirigeant ? Création d'un groupe de répression de la frénésie ? Je te laisse choisir. Tu as vu le tour de passe-passe de *Photoplay* ?

— Gable ?

Birdwell s'attendait à ce que Selznick l'entreprenne sur le sujet. Mais il croulait sous le travail et les conversations de son patron pouvaient s'éterniser.

— Qu'en penses-tu ?

— Il fait évidemment l'affaire. C'en est même troublant.

— Un hasard ? Tu crois vraiment que la rédaction s'est permis d'affirmer sans en référer à la MGM que Gable, le joyau du studio, est le seul Rhett Butler possible ?

Birdwell hocha la tête.

— La MGM… elle est en train de pousser ses pions.

Selznick se frotta l'arête du nez avec ses lunettes.

— Elle ? Je dirais plutôt lui. Le vieux Mayer. Il est fumasse d'avoir loupé le livre. Je te parie un dîner au Clover Club qu'il va bientôt rappliquer avec son catalogue d'acteurs.

Birdwell vit s'assombrir le visage de son patron. Il en allait toujours ainsi quand il pensait à son beau-père.

Cher beau-père…

Selznick avait vu juste. Dès le lendemain, son assistante Sylvia, contactée par la MGM, lui demanda s'il était disponible pour un rendez-vous téléphonique avec son beau-père. Selznick avait horreur des rendez-vous. Il prit l'appel et comme par hasard Mayer se trouva libre.

Après s'être assuré que les enfants se portaient bien, le patron de la MGM voulut en savoir plus sur le concours. Était-ce du bluff ? Selznick lui affirma qu'il n'y avait rien de plus sérieux tout en lui donnant à croire, au son de sa voix, qu'il bluffait. Mayer était bien avancé. Il mit en garde son gendre contre l'attente qu'il allait susciter et qui pourrait se retourner contre lui. Selznick le laissa parler. Depuis qu'il avait claqué la porte de la MGM, il ne croisait plus son beau-père que pour des fêtes de famille, où ils oubliaient leurs rancœurs réciproques.

— Tout dépend de la manière dont se termine l'histoire, se contenta-t-il de répondre. C'est comme au cinéma, tout se joue à la dernière scène.

Mayer se massa l'estomac. Pourquoi fallait-il que ça le brûle quand il s'entretenait avec le mari de sa fille ? Puisqu'on en était aux dénouements, il lui en soumit un à son goût : Clark Gable plus Joan Crawford dans le rôle de Scarlett. Il les lui offrait. Et pour faire bonne mesure, il ajouta des acteurs de son studio pour les autres rôles ainsi que les plateaux de la MGM et ses techniciens. Selznick écarquilla les yeux. Durant toutes ses années de collaboration avec Mayer, il ne l'avait jamais vu rien *offrir*, pas même à sa fille Irene à l'occasion de son mariage.

— En somme, résuma Selznick, on se dirige vers une production MGM.

Il sentit qu'à l'autre bout du fil, le Vieux s'agaçait et prenait sur lui pour garantir à son gendre qu'il resterait le seul maître à bord. Selznick savait à quoi s'en tenir.

— Vous ne seriez pas, cher beau-père, en train d'essayer de me faire revenir au bercail ?

Mayer esquiva la question. Il préféra insister sur Gable qui avait reçu ce mois-ci 1 500 lettres. Les demandes habituelles de sous-vêtements, de mèches de cheveux, de morceaux de drap, mais surtout, des invitations suppliantes à jouer Butler. Et dans son dernier film, *San Francisco* – un triomphe, souligna Mayer – il campait un personnage de rebelle qui n'avait rien à envier à Rhett Butler. Selznick recevait le même genre de missives implorantes, mais se garda bien de le mentionner. Il n'était pas assez stupide pour ignorer que Gable risquait d'être incontournable. Et s'il l'était, il ne pourrait se passer de la MGM. Or, s'il avait créé la SIP, s'il avait conquis sa liberté de haute lutte, ce n'était pas pour retomber entre les pattes de son beau-père, qui ne lui avait jamais pardonné son départ.

— Comment va votre Marie-Antoinette ?

En mentionnant le dernier caprice de Norma Shearer, Selznick venait de renvoyer la balle dans le camp de Mayer. En plus d'attaquer la MGM en justice, la veuve d'Irving Thalberg lui avait imposé un film qui s'annonçait comme un gouffre financier.

— Willis, notre monsieur accessoires, répondit Mayer aussi courtoisement que possible, est parti à Paris d'où il nous expédie des navires remplis de meubles, de statues, de tableaux du XVIIIe siècle. Il est en train de piller la France. Je crois que je vais pouvoir ouvrir un musée.

— Entre Scarlett et Marie-Antoinette, qui va nous coûter le plus cher ? lança Selznick.

Il n'eut pas la réponse. Excédé, son beau-père avait raccroché. David avala une pilule. Non seulement il avait un problème avec Scarlett, mais aussi avec Rhett Butler dorénavant. La seule façon d'échapper à son beau-père était de renoncer à Gable. Par quel subterfuge ? La molécule à l'effet foudroyant lui fit penser à… Gary Cooper.

On les entend s'entrechoquer

Gary Cooper, c'était l'Amérique. Un gars honnête, carré, sincère, parfois un peu naïf comme ce monsieur Deeds qu'il venait d'incarner, un brave type de la province qui arrivait à New York pour toucher son héritage et se faire plumer. Il demanda à son assistante de lui apporter des photos de l'acteur.

Il avait le nez droit. Le regard droit. Les lèvres droites. Chez lui, tout était droit. Et c'était bien ça le problème. Rhett Butler était tout en détours, il avait du vice, de la roublardise, de la vanité. Il était l'homme du mensonge, du subterfuge. Selznick sortit une photo de Cooper et la compara à celle de Gable. Sur l'une, il écrivit : ce type a des couilles. C'était Cooper. Sur l'autre, il ajouta : on les entend s'entrechoquer.

Il rangea l'image de Gable dans un tiroir et garda celle de Cooper. Il ne lui restait plus qu'à appeler son propriétaire, Samuel Goldwyn. Comme lui, l'ancien gantier polonais, né Schmuel Gelbfisz, avait eu maille à partir avec Mayer dont il avait été l'associé au début des années 1920. À l'origine, le lion rugissant, l'emblème de la MGM, était une idée de Goldwyn et le G, l'initiale de son nom, mais le Vieux l'avait viré à coups de pompes, utilisant désormais son nom sans lui verser un dollar. Ainsi en allait-il au royaume merveilleux d'Hollywood où les coups bas n'empêchaient pas les grands seigneurs de s'embrasser aux avant-premières. Goldwyn, qui avait entre-temps fondé la Samuel Goldwyn Inc., et qui n'était pas non plus un enfant de chœur, venait justement de piquer Gary Cooper à la Paramount, qui avait répliqué en l'attaquant en justice. Quand Goldwyn expliqua la situation à Selznick, celui-ci fit la grimace. Il arrivait au beau milieu de la bataille.

— Cooper, la castagne, pas peur. Moi non plus. Très bonne idée, *Gone with the Wind.*

Goldwyn ne s'encombrait ni de verbes ni de sujets, conséquence d'une arrivée tardive sur le sol américain. S'informant des prochains projets de Cooper, Selznick apprit que Goldwyn songeait à lui faire jouer Marco Polo en Chine, et tant pis si ces fascistes d'Italiens protestaient, ils l'auraient dans le fion, Marco aurait les traits d'un cowboy et parlerait anglais. Qu'importe également si Cooper venait d'incarner Buffalo Bill, un grand acteur était capable de tout jouer. Après l'avoir félicité pour cette audace, Selznick s'informa du cachet versé au Buffalo Bill de l'Asie.

— 150 000 ! lâcha Goldwyn.

C'était trois fois plus que Gable à la MGM. Selznick comprit pourquoi Cooper avait quitté la Paramount. Pour l'avoir, il lui faudrait donc débourser au moins cette somme. Mais après Buffalo Bill, après Marco Polo, Cooper pouvait-il être Rhett Butler ? Ce serait avec plaisir s'il pouvait lui rendre service, lui affirma Goldwyn. À ce prix-là, songea Selznick… Ce vieux singe avait déjà compris que s'il venait taper à sa porte, c'était pour fuir l'affreux Mayer et son poulain Gable.

— Tiens bon, David, ton film, c'est ton film, les gens ils pensent ce qu'ils pensent, tant que tout le monde va le voir, hein ?

— Tu as raison, tu as raison…

Il ne savait jamais quoi répondre à ce genre de préceptes, autre spécialité du Polonais.

— J'en parle à cette tête de mule de Cooper. Pour Scarlett, par contre, rien en magasin…

— Je me débrouille, lui assura Selznick.

Le plus grand flop

Se débrouiller était sa nouvelle expression favorite. Produire le plus grand film de tous les temps ne saurait être une partie de plaisir. La facilité l'aurait sans doute déçu, peut-être même inquiété. Voilà pourquoi il avait lancé cette campagne de recrutement : pour compliquer la donne. Il lui fallait son parcours du combattant. La réussite du film serait à la mesure de son martyr. Lui aussi en était venu à s'identifier à Scarlett O'Hara.

Que Selznick ne compte pas sur moi, fit savoir Gary Cooper à Goldwyn. Quand on lui avait résumé le livre, sa première réaction fut d'affirmer que Rhett Butler était un sacré tordu et que jamais il n'abîmerait son image pour ce type sans foi ni loi. Il avait déjà joué des outsiders, mais il y avait des limites.

Goldwyn, qui en cas d'accord toucherait une commission non négligeable, lui demanda d'y réfléchir à deux fois. Cooper consentit à ouvrir l'exemplaire qu'on lui avait remis mais ses réticences furent confirmées : Rhett Butler était un pervers qui s'amusait avec Scarlett comme avec une poupée avant de la laisser tomber quand elle lui déclarait enfin son amour. On n'agissait pas ainsi avec les dames. Et puis cette déchéance dans l'alcool lui répugnait, tout ça parce que leur couple battait de l'aile : par principe, il refusait les alcooliques.

— Ce sera le plus grand flop de l'histoire du cinéma, prédit-il à Goldwyn.

Et en référence à leur bataille juridique avec la Paramount, il ajouta :

— Vous ne croyez pas qu'en ce moment, on a assez d'ennuis comme ça ?

Goldwyn transmit à son collègue le refus de Cooper en répétant si souvent qu'il était désolé que Selznick n'en crut pas un mot. Puis Goldwyn émit un rugissement, en hommage à Léo le Lion, la mascotte de la MGM, qu'il avait jadis imaginée.

— Sois fort comme le lion, David.

Lion ou pas, la piste Cooper était une impasse. Mais il allait se débrouiller.

L'emmerdeuse et le castrateur de moutons

Il s'adressa à un autre grand ennemi de Mayer : Jack Warner. Entre Lazar Meïr, alias Louis B. Mayer, le ferrailleur biélorusse né à Minsk, et Jakob Wonskolaser, alias Jack Warner, le cordonnier polonais, des noms d'oiseaux avaient volé. Dans leurs productions respectives, Mayer était toujours pour le banquier, Warner pour le gangster. Mayer en pinçait pour les mondaines distinguées à l'accent *british*, Warner avait un faible pour les garces de Chicago.

Selznick tombait bien, Warner avait justement un poulain à louer : l'Australien castrateur de moutons ! C'est ainsi qu'il avait surnommé Errol Flynn en hommage à ses premières activités en Tasmanie. Selznick connaissait mal ce nouvel acteur qui avait le vent en poupe. En appelant Warner, il songeait surtout à la star de son studio, l'emmerdeuse en chef, Bette Davis, qui caracolait en tête des sondages hebdomadaires de son département publicitaire. Elle recueillait près de 40 % d'opinions favorables. Pourquoi ne pas respecter le choix du public qui pouvait avoir aussi bon goût ? De toutes les actrices, elle était la plus douée, et pour incarner Scarlett, elle avait du tempérament à revendre.

— La Hitler en jupons ? gueula Warner. Nous sommes allés jusqu'au procès et elle m'a fait le coup de la pauvreté en se présentant avec des fringues achetées aux puces.

Warner oubliait de préciser qu'il avait obtenu le retour de la diva dans son pénitencier. Tout à son envie de placer son Australien, il écouta toutefois Selznick. Puisque *Gone with the Wind* serait la production de l'année, il pourrait peut-être récupérer son acteur avec une forte plus-value. Selznick, lui, ne pensait qu'à Bette Davis. Warner transigea en proposant un tandem : l'emmerdeuse et le castrateur de moutons.

Il évoqua même la possibilité de financer le film en avançant les frais de distribution des bobines. En échange, il ne lui demanderait que 25 % des entrées, alors que United Artists, le distributeur habituel de Selznick, lui prenait 30 %. Celui-ci soupçonna une embrouille. Pourquoi Jack Warner était-il aussi bien disposé ? Parce qu'il se mordait les doigts d'avoir raté les droits du livre, qui venait d'obtenir le prix Pulitzer et dépassait le million d'exemplaires vendus ?

— On pourrait peut-être demander leur avis aux intéressés, suggéra Selznick.

Dialogue de sourds

Bette Davis, qui avait jadis qualifié de navet un ouvrage qu'elle n'avait pas ouvert, avait changé d'avis. Elle l'avait lu entre-temps et même dévoré. Du cran et du charme, de la poigne et de la séduction : Scarlett était tout ce dont elle rêvait. Certes, un peu frivole, mais la vie se chargeait vite de lui mettre du plomb dans la tête.

Elle avait relu dix fois la séquence du bal de charité où Scarlett revoyait Rhett Butler qu'elle ne reconnaissait pas de prime abord. Car elle ne voulait pas le reconnaître. La honte, le souvenir de leur première rencontre l'aveuglaient. Aimer commençait par la honte d'aimer, avait noté l'actrice qui fut touchée par un autre détail. Au moment de s'enfuir d'Atlanta, Scarlett emportait dans ses bras le bébé de Melanie qui était aussi l'enfant d'Ashley, puis elle se coiffait du bonnet de Melanie. Elle subtilisait ses vêtements, prenait son enfant. Quelle intrigante figure, songea la comédienne.

La montée en flèche des ventes de l'ouvrage n'avait pas échappé non plus à cette femme d'affaires. Le navet était devenu un chef-d'œuvre. Un seul obstacle se dressait sur sa route. Errol Flynn et son physique de cape et d'épée.

Il était hors de question que son talent soit salopé par un rustaud de Tasmanie, qui parlait comme un boucher. Selznick, qui avait visionné *Capitaine Blood* et *La Charge de la brigade légère*, partageait son avis.

On ne la braderait pas avec cette petite merde d'Australien, répondit Bette Davis à Jack Warner qui s'accrochait à son tandem. La négociation était un dialogue de sourds. Bette Davis ne serait jamais Scarlett. Elle se consola en harcelant Jack Warner afin qu'il obtienne les droits d'une pièce, *Jezebel,* dont l'héroïne était aussi une héritière du Sud, capricieuse et frondeuse. Une petite cousine de Scarlett. Cela ne fut pas sans déplaire à Warner, qui vit une occasion de concurrencer le projet de *Gone with the Wind*, avec l'espoir même de le devancer, compte tenu de la lenteur de Selznick.

Quant à celui-ci, il cessa de sourire. Pourquoi s'obstiner ? Un jour, il s'assoirait autour d'une table avec la MGM. Une capitulation en rase campagne, où il serait dans la peau des Confédérés, humilié par le Vieux, qui tiendrait le rôle du général en chef yankee. Et ce jour-là, ce ne serait pas 25 % des entrées qu'il réclamerait comme Jack Warner, ni 30 % comme le prévoyait le contrat actuel de Selznick avec United Artists, mais 40 ou 50. Selznick n'aurait pas le choix. Il n'était toutefois pas pressé de se passer la corde au cou.

La bombe Scarlett

Selznick se balançait dans son fauteuil tout en révisant la dernière version du scénario de Sidney Howard. On en était déjà à la troisième, de couleur rose. La première avait eu droit à la couleur blanche, la deuxième à la bleue. On était loin d'avoir épuisé toute la gamme.

— La barbe, la barbe, la barbe ! s'énerva Selznick.

Howard avait cette fois trop fidèlement suivi sa consigne. Il avait si bien respecté le texte qu'il en avait réinjecté des passages entiers, de telle sorte que le scénario avait grossi au lieu de maigrir. Selznick allait devoir confier la cure d'amaigrissement à quelques plumes qu'il avait bouclées dans l'un de ses bureaux. Car pourquoi se contenter d'un seul scénariste quand on pouvait s'offrir toute une équipe ?

Absorbé dans ses réflexions, il n'entendit pas tout de suite la sonnerie du téléphone. Son réalisateur George Cukor l'appelait de Floride, où il venait d'arriver après des auditions à Atlanta.

— David, je ne sais pas ce qu'on a déclenché. À la gare d'Atlanta, j'ai été poursuivi par une dingue qui avait tenté sa chance à New York. Elle s'est mise à gueuler sur le quai, monsieur Cukor, je veux voir monsieur Cukor. Un de mes assistants l'a occupée pendant que je filais par l'autre côté, mais elle a réussi à monter dans le train, elle a bousculé tout le monde en criant mon nom, des gosses chialaient, une vraie furie.

Selznick, qui imagina la scène, pouffa de rire.

— Et toi, mon vieux ?

— Planqué dans le wagon à charbon.

— Arrête, George, je ne te crois pas.

— Je t'assure, David, mes vêtements sont foutus.

Selznick posa le récepteur sur le bureau. Il allait exploser. Le dandy Cukor noir comme de la suie. Il faudrait qu'il raconte ça à Irene, qui adorait le cinéaste.

— David, tu m'écoutes ? David ?

Selznick, qui avait repris son sérieux, demanda à Cukor s'il avait pu rencontrer Margaret Mitchell. Ils s'étaient vus en effet. La romancière l'avait assommé avec ses cornouillers, ses villas géorgiennes et ses recettes de cuisine du Sud. Elle s'était plainte aussi de ne plus pouvoir faire un pas dans les rues d'Atlanta sans être assaillie par des lectrices qui la suppliaient de prendre Bette Davis, Katharine Hepburn, Miriam Hopkins ou Norma Shearer, pour le rôle de Scarlett. Et bien sûr Clark Gable pour Butler. Adressez-vous à David O. Selznick, répondait-elle invariablement.

— Je ne t'ai pas raconté la fin de mon aventure, David. Tout le monde dans le train me regardait bizarrement. J'ai cru bien faire en donnant la raison de ma présence, mais une autre femme m'a sauté dessus pour que je l'auditionne... Je n'en peux plus... Mon assistant m'a appelé à Orlando pour me dire qu'il avait rattrapé la dingue qui lui a répété que si on ne la prenait pas, elle se tuerait, ce qui, tu en conviendras, nous ferait une très mauvaise publicité. Tu te rends compte ?

Selznick hocha la tête. Oui, il s'en rendait compte. Cukor, comme Mayer, avait raison. Il avait lâché une bombe, la bombe Scarlett, au milieu d'une foule en délire. Car ce pays était fou, tout le monde était fou, Scarlett, Rhett Butler, et bien sûr, lui aussi. Lorsqu'il eut raccroché, il se balança à nouveau sur sa chaise. Toute cette folie, songea-t-il, allait lui péter un jour entre les mains. Un rire énorme le secoua et il se cassa la figure.

Joyeux anniversaire, monsieur Selznick

Il était 7 heures du matin et Irene et les enfants dormaient encore. Selznick, déjà levé, déambulait sur la terrasse lorsqu'un coup de sonnette le fit sursauter. Il se retourna vers le fond de l'allée où deux hommes se tenaient derrière le portail.

— La société Rutherford. Un colis pour vous.

Les employés de maison s'occupaient d'ordinaire des coursiers, mais il était trop tôt. Les deux livreurs avancèrent en vacillant sous le poids d'un parallélépipède qui ressemblait à un lit. Parvenus à quelques mètres de la porte, les hommes de Rutherford redressèrent leur fardeau et l'un d'eux fit une encoche au couteau pour arracher le carton d'empaquetage. De très gros caractères furent bientôt visibles, le tout composant un titre qui lui était familier : *Gone with the Wind*. Une édition géante du livre. Quelle délicate attention ! Tandis qu'il cherchait un message, la couverture bougea et du fond du livre s'extirpa une jeune femme habillée d'une jupe verte à crinoline. Après avoir posé le pied par terre, elle porta les mains à sa tête, puis, lorsqu'elle eut retrouvé son équilibre, elle s'écria :

— Joyeux anniversaire, monsieur Selznick ! Je suis votre Scarlett.

Après un moment de stupéfaction, Selznick éclata de rire. C'était en effet son anniversaire. Le trente-cinquième.

— Qui vous envoie, Mademoiselle ?

La demoiselle parut surprise.

— Mais personne. Oh, monsieur Selznick, j'espère que vous ne m'en voudrez pas de m'être invitée chez vous. Je ne voulais pas faire comme les autres. J'aurai droit à un essai ?

Selznick observa l'intruse. Costume réussi, taille bien prise, poitrine généreuse, mais visage dénué de charme.

— Oui bien sûr, passez au studio demain, dites à la réception que nous nous sommes rencontrés.

— Monsieur Selznick, que fait-on du livre ? s'inquiétèrent les déchargeurs.

— Je le garde, vous pouvez reprendre le carton.

Ils ramassèrent les morceaux qui encombraient l'allée tandis que Selznick ne quittait pas des yeux son cadeau, qui semblait attendre la suite des événements.

— David, qui est cette jeune femme ?

Réveillée par le remue-ménage, Irene avait ouvert la fenêtre de sa chambre.

— Irene, je te présente Scarlett, livrée par la Poste… Mademoiselle, je vais vous appeler un taxi. Vous ne pouvez pas rester…

Lorsqu'elle s'engouffra à l'arrière du véhicule, des larmes jaillirent des yeux de l'aspirante comédienne, qui avait froissé sa toilette. Le chauffeur l'examina dans le rétroviseur avec un sourire ironique. Quant à Selznick, il avait renversé l'exemplaire sur l'herbe pour s'allonger à l'intérieur.

— Irene !

Son épouse vint se pencher au-dessus de lui.

— Qu'est-ce que tu fiches là-dedans ?

— Tu peux me le dire maintenant, la fille, c'est une idée à toi ?

Irene nia énergiquement. Elle s'était promis de rester en dehors de toute cette compétition qu'elle trouvait absurde.

— Dans ce cas, veux-tu avoir l'obligeance de refermer le livre ?

— Tu es certain ? fit Irene, qui pouvait encore s'étonner de ses lubies.

— C'est très confortable, agréablement parfumé, je vais faire une sieste, il me viendra peut-être une idée pour Scarlett.

Irene abaissa prudemment la couverture géante.

Qu'ils aillent se faire foutre

— Il fait beau, il fait chaud, mais il y a du bon air sous les branches des arbres… L'eau est fraîche, et ça a l'air de mordre, un peu de patience, je crois que ça vient, oui, ça mord.

Il rembobina doucement, puis souleva d'un coup sec la canne à pêche qui lui ramena un brochet. Un sourire effleura ses lèvres, creusa ses joues, illumina ses yeux. Le sourire dont toutes les Américaines étaient folles et que tous les Américains lui enviaient. Le sourire de Clark Gable.

— Belle bête, non ?

Il la déposa à côté de sa partenaire de pêche, qui ce jour-là n'était autre que Hattie McDaniel. Ils s'étaient rencontrés sur le tournage de *Saratoga* où il était l'amant de Jean Harlow dont Hattie jouait la domestique.

— Monsieur voudrait peut-être que je la lui prépare ? fit-elle en donnant un coup de coude à Gable.

— Et pourquoi pas ? En attendant, tu ne veux pas tenter ta chance ?

Il lui glissa la canne entre les mains.

— Je ne touche pas aux créatures du Seigneur.

Gable haussa les épaules. Entre les canards qu'il tirait et les poissons qu'il attrapait, il irait droit en enfer.

— Eh bien, moi, j'y touche, fit-il en lui lançant un clin d'œil. Celui-là, ajouta-t-il en désignant sa prise, on le fera cuire en souvenir de Baby.

Baby, c'était Jean Harlow, morte brusquement peu avant la fin du tournage de *Saratoga.* Baby Jean. Gable surnommait *baby* toutes les séduisantes starlettes, qui juraient comme des charretiers, ne portaient pas de sous-vêtements et frottaient le bout de leurs seins avec de la glace pour qu'ils pointent à travers leurs robes de satin. Mais Jean était la *baby* numéro un, la première qu'il avait baptisée ainsi.

— J'ai battu mon record de canards le jour où son mari s'est suicidé. J'étais chez elle en train de chasser avec son beau-père. Tu imagines le scandale, les reporters qui débarquent. Les gars de la MGM m'ont poursuivi dans la forêt pour m'empêcher de revenir.

À l'écran, Gable était l'homme le plus sexy de la Terre. À la ville, il avait des plaisirs simples. Une battue dans les bois, une partie de pêche, une virée à moto. On risquait moins de le trouver dans le lit d'une actrice que dans un garage où cet ancien ouvrier d'une usine de pneus discutait carburation. Cette simplicité ne l'empêchait pas d'être l'icône du plus sophistiqué des studios. Un trésor chouchouté, mais surveillé. Gable avait une épouse, de dix-sept ans son aînée, mais il avait aussi une relation extra-conjugale avec l'actrice Carole Lombard, dont Louis B. Mayer recevait avec une curiosité mêlée de dégoût les comptes rendus scrupuleux.

— Alors, Hattie, quand est-ce qu'on tourne à nouveau ensemble ? Je commence en décembre un film où je suis un pilote, un casse-cou, tu...

— Sur *Gone with the Wind* ? l'interrompit Hattie.

Gable fit la grimace.

— Ce sera sans moi. Pour que des millions d'Américains viennent me dire : ah, Rhett Butler, ce n'est pas du tout comme ça que je le voyais, il ne fallait pas le jouer ainsi… qu'ils aillent se faire foutre. Chaque fois que j'embrasserais Scarlett, j'aurais l'impression de sentir leur souffle sur ma nuque.

Et Gable relança la canne en secouant les épaules.

— Tu y viendras, Clark, tu n'auras pas le choix.

— On a toujours le choix, protesta-t-il.

Hattie secoua la tête.

— Pas quand on s'appelle Gable. Si tu ne veux pas de Rhett Butler, moi, je veux bien de Mammy, la gouvernante de Scarlett. Tu pourrais peut-être glisser un mot pour moi à ton patron.

Gable leva un sourcil.

— Mayer ? C'est à Selznick qu'il faut s'adresser. C'est lui qui produit.

Hattie acquiesça.

— Je suis noire, mais pas idiote. Mayer est le beau-père de Selznick, ils doivent bien évoquer ce film.

Gable la regarda en souriant du coin des lèvres.

— Toi, ma belle, tu ne perds pas le nord. Tu crois que Mayer s'intéresserait à une gouvernante, noire de peau par-dessus le marché ? Mayer ne s'intéresse qu'à Mayer, éventuellement à quelques starlettes.

— Qui ne tente rien n'a rien, répliqua Hattie.

— J'en parlerai à l'incontournable monsieur Mayer. À condition que tu m'attrapes un poisson, fit Gable en lui tendant la canne à pêche.

— Clark, ce n'est pas très gentil.
— Le gentil gars, c'est pour le cinéma.
Hattie consentit à s'en saisir en priant tout bas pour que les créatures du Bon Dieu filent au large.

Une première fois

— Et toi, jeune fille, c'est quoi ton petit nom ?

— Susan, Monsieur.

— Susan comment, faut qu'on inscrive tout le tralala sur notre registre.

— Susan Campbell, Monsieur.

— Comme la soupe !

Sam Pendove s'esclaffa. Qu'est-ce qu'on s'amusait !

— Note, Gary, Susan Campbell, âge…

— 21 ans, Monsieur.

Sam se tenait derrière la caméra qu'il avait disposée près du grand lit. La chambre était magnifique. Il ne regrettait pas d'avoir réservé une suite au Driskill – l'une des belles adresses d'Austin, Texas – qui possédait huit somptueux miroirs ayant appartenu à l'empereur Maximilien d'Autriche venu mourir non loin de là au Mexique. Aucun doute, le nom de la Selznick International Pictures était un vrai sésame. Sam Pendove et son acolyte Gary Seville avaient fait passer une annonce dans *The Democratic Statesman*, le principal quotidien d'Austin, indiquant le jour et les horaires où les candidates devaient se présenter au Driskill et enregistrer un bout d'essai pour le rôle de Scarlett.

— Bon, Susan, tu t'allonges sur le lit et avec Gary, tu vas nous jouer la scène où Rhett Butler lui arrache un baiser. Gary, donne-lui son texte qu'elle le répète.

Pendant qu'elle s'emparait de la feuille d'une main ferme, Sam observa à travers l'objectif cette jolie rousse bien en chair dont le pull de collégienne moulait avantageusement la poitrine. Avec Gary, ils avaient longuement discuté pour décider qui ferait l'acteur et qui serait à la prise de vues. À sa manière de lorgner la caméra, la nouvelle candidate semblait ne pas avoir froid aux yeux. Avec elle, ça marcherait peut-être. La première était repartie en larmes, la deuxième était trop laide.

— Attends Susan, avant de te lancer, bois un petit coup. Tu as vu dans le scénario, elle s'enivre avant de céder à Rhett Butler.

Ils avaient tout préparé. Un plateau avec des verres. Une bouteille de whisky, du mauvais whisky. Susan avala la boisson en faisant la grimace. Sam lui tendit des gâteaux salés qu'elle refusa. En lisant l'annonce, elle n'avait pas hésité. Certes, elle n'avait pas lu ce gros livre – elle préférait le cinéma ou le dancing quand son emploi de secrétaire et ses deux petits frères lui en laissaient le temps – mais ses collègues n'avaient cessé de lui décrire certaines scènes avec un enthousiasme qui lui avait donné envie de se lancer. Elle gardait de bons souvenirs du lycée où elle était montée sur les planches pour des pièces du répertoire. Avec des encouragements, peut-être aurait-elle persévéré. Et comme on prétendait que pour Scarlett, tout le monde avait sa chance, pourquoi ne pas tenter la sienne ? Au bureau, elles ne parlaient plus que de ça depuis que l'annonce avait paru dans *The Democratic Statesman*. Qui oserait se présenter ? Elle était la seule à avoir franchi le pas. On lui avait fait promettre de tout raconter à son retour, notamment la suite du Driskill Hotel.

— Alors, vous avez fait tout ce voyage depuis Hollywood pour venir nous voir, lança-t-elle aux deux recruteurs.

— Eh oui, ma petite, répliqua Gary, qu'est-ce qu'on ne ferait pas pour venir au Texas !

— C'est votre première fois ? demanda Susan, à qui l'alcool avait donné plus d'assurance encore.

Ce n'était pas tous les jours qu'elle se retrouvait seule avec deux hommes dans une chambre d'hôtel. Pour le costume, elle avait choisi la jolie jupe de velours vert qu'elle portait d'habitude pour ses sorties au dancing. Elle lui allait à ravir. Le vert était la couleur préférée de Scarlett, lui avait appris une collègue.

— Et pour toi aussi, c'est une première ? répondit Gary.

— Devant une caméra ? Oh non, bien sûr, mentit-elle, j'ai déjà tourné dans de petits films.

Ils ne se soucièrent pas d'en savoir plus.

— Tu es prête ? Allez, un dernier et on y va.

Susan vida d'un trait le verre que Gary avait rempli généreusement, et prit place sur le lit en se répétant le texte. Il n'était pas très compliqué. Heureusement, car la tête lui tournait déjà. Elle se recoiffa, puis attendit qu'on lui donne des indications. L'opérateur maintenait seulement le bras en l'air, puis l'abaissa en hurlant : action ! Elle se lança.

— *Rhett, quel genre d'affaires faisiez-vous avec Frank ?*

Gary s'approcha en souriant. Il souriait bizarrement, sans vraiment la regarder.

— *Ça ne trompe personne, mon petit.*

— *Quoi ?*

— *L'eau de Cologne.*

— *Je ne vois vraiment pas ce que vous voulez dire.*

— *Allons donc ! Vous avez dû boire un peu trop.*

Les yeux de son partenaire semblèrent se troubler, comme si c'était lui qui était ivre. Pourtant, elle ne l'avait pas vu boire. Mais il fallait qu'elle se concentre sur sa scène, elle ne devait pas la rater, son avenir en dépendait peut-être…

— *Et puis après ? Est-ce que ça vous regarde ?*

— *Ne buvez pas toute seule, Scarlett. C'est mauvais signe quand on se met à boire tout seul. Qu'est-ce qui ne va pas, mon chou ?*

Gary plaqua sa bouche sur ses lèvres. Susan fut prise de court. S'embrassait-on pour de vrai au cinéma ? Comment faisaient-ils à Hollywood ? Elle écarta les lèvres. La main droite de son partenaire se mit à caresser le velours vert de sa jupe. Ce n'était pas écrit sur les feuilles qu'on lui avait remises. L'autre main appuya sur son corsage et son épaule.

— Bien, Susan, très bien, tu as très bien dit ton texte, entendit-elle.

La phrase de Sam lui était parvenue étouffée…

— Maintenant, la suite.

Une petite voix lui ordonnait de se lever, de s'obliger à marcher jusqu'à la porte qu'elle apercevait au loin.

— *J'ai peur de mourir et d'aller en enfer.*

Elle s'étonna d'entendre le son de sa propre voix, qui résonna comme celle d'une autre. Un rire éclata à ses oreilles.

— *Vous êtes en parfaite santé et, après tout, il n'y a peut-être pas d'enfer.*

Puis elle sombra dans un profond sommeil dont les deux hommes profitèrent. Lorsqu'ils eurent terminé, ils remballèrent le matériel et abandonnèrent Susan-Scarlett. Comme le réceptionniste, qui discutait avec la candidate suivante, s'étonna de les voir déjà ressortir, ils expliquèrent qu'ils s'en allaient filmer des extérieurs. La Dodge noire qu'ils avaient empruntée à un ami était garée au coin de la rue. Ils filèrent vers Georgetown, où ils devaient rendre la caméra.

Inquiet de ne pas voir revenir le tandem, le réceptionniste de l'hôtel demanda à l'un de ses collègues de monter dans la suite. L'affaire n'aurait sans doute pas été rendue publique si un reporter, qui tentait d'obtenir des informations sur ce casting, n'avait traîné dans les couloirs. En entendant crier l'employé, il avait bondi dans la chambre et découvert le corps nu de Susan Campbell jeté en travers du lit. La jolie jupe de velours vert gisait dans un coin, à côté du corsage déchiré. La dose de somnifère qu'elle avait ingurgitée aurait pu la tuer. Dans son article, qui fit la Une du *Democratic Statesman*, le journaliste éreinta ces salauds de Yankees qui « venaient chez nous déshonorer nos femmes ».

La première réaction de Selznick fut l'incompréhension. Il n'avait envoyé personne à Austin. C'était Houston, la ville du Texas prévue pour la tournée. Mais il comprit aussitôt le danger qui menaçait le film et prit le premier avion pour tenter d'étouffer le scandale. Si des crapules s'étaient fait passer pour des membres de son équipe, il n'y était pour rien. S'il n'avait pas lancé cette recherche à travers le pays, lui répondit-on, rien de tout cela ne serait arrivé. Lors de la visite qu'il rendit à l'hôpital où

Susan Campbell avait été admise, il annonça qu'elle serait largement dédommagée. Il songea même à lui proposer un rôle, avant de se raviser.

Après une enquête de plusieurs semaines, Pendove et Seville furent arrêtés à l'autre bout du Texas. Le procès des imposteurs fut qualifié dans l'État du Sud de « procès d'Hollywood ». Lors de l'audience, Pendove avoua qu'il n'y avait pas de pellicule dans la caméra. À quoi bon ? ajouta-t-il. D'autres escroqueries commises au nom de la SIP furent révélées au grand jour. Dans l'Alabama, un duo de malfaiteurs avait extorqué des pots-de-vin à de jeunes candidates assez naïves pour croire qu'un peu d'argent leur mettrait le pied à l'étrier. D'autres esprits aveuglés par le miroir aux chimères. D'autres femmes victimes.

L'option MGM

— Jock, je me refuse à vendre mon film à la MGM...

Selznick avait demandé à son associé new-yorkais Jock Whitney de revenir de toute urgence en Californie. Avant son arrivée, il avait repris deux pilules.

— ... en sa mémoire.

Et il s'était tourné vers le portrait de son père. À présent, il redoutait de finir comme lui. Avant même que le premier plan ne soit tourné, les sommes dépensées s'élevaient déjà à plus de 500 000 dollars, soit davantage que le budget d'un long-métrage moyen. Réalisateur payé à la semaine, scénaristes en pagaille, décorateurs, costumiers, recherches de Scarlett, publicité... Un seul film, qui ne verrait peut-être jamais le jour, risquait de tout lui faire perdre.

Il restait l'option MGM : rétrocéder à son beau-père les droits de l'ouvrage et aller produire sous son enseigne. Louis B. Mayer, que le premier refus de Selznick n'avait pas découragé, avait transmis une offre de 900 000 dollars, qui rembourserait les dépenses de la SIP.

— Si je me couche devant le Vieux, ce serait la seconde mort de Lewis J. Selznick, ce serait...

— Selon toi, l'interrompit son associé, combien va nous coûter ce film ?

La mine sombre, Selznick prit le temps de la réflexion. La Seconde Guerre mondiale semblait sur le point d'éclater.

— Deux millions cinq au maximum. La seule façon de réussir c'est de voir grand, très grand, de faire le plus grand film de tous les temps.

— David !

On essayait de sauver la SIP de la banqueroute et David O. Selznick pensait encore à épater le monde entier.

— Si on fait un film au rabais, on est fichu. Les gens ont rêvé avec le livre, on ne peut pas les décevoir. Il faut leur en mettre plein la vue.

Jock Whitney lui tendit le plan financier établi par la MGM dans le cas où elle rachèterait les droits du film. Selznick la parcourut en secouant la tête :

— Ça, c'est la facture pour toutes les fois où j'ai couché avec Irene. Le Vieux n'a toujours pas encaissé notre mariage.

— Alors, c'est non ? lui fit Whitney.

Selznick confirma.

— OK, reprit Whitney, récapitulons. Pour que nous produisions nous-même le film, il faut réunir la moitié du budget, soit un million deux cent cinquante mille. Je vais lever des capitaux à Wall Street. Le livre est un triomphe, même les banquiers en ont entendu parler, l'opération est envisageable. Mais que tu le veuilles ou non, les seuls à pouvoir compléter la somme, c'est la MGM et Mayer, car ils ont Gable dans leur manche.

Selznick s'affaissa. Il avait tout tenté. Pour céder l'acteur et boucler le budget, son beau-père exigerait de distribuer le film, à défaut de le produire lui-même. Et il arriverait ce qu'il savait depuis longtemps qu'il arriverait.

— Ce qui signifie, Jock, que nous ne pourrons pas le sortir avant un an. Notre accord avec notre distributeur United Artists prévoit encore deux films à diffuser, nous devrons donc attendre qu'ils soient sur les écrans pour que la MGM prenne le relais avec *Gone with the Wind.*

— Avant de te soucier de la date de sortie, occupe-toi déjà de tourner ce putain de film.

Selznick se mit à osciller du buste, tel un vieux Juif priant au-dessus de la Torah. Il en eut vite assez et s'empara d'un miroir de poche.

— Si j'étais retourné produire chez le Vieux, mes cheveux seraient devenus gris. Maintenant, je sais qu'ils vont blanchir.

Une chère et tendre épouse

Elle voulait bien passer pour la cocue de service. Elle voulait bien voir défiler les photos où son mari s'affichait avec cette voleuse de Carole Lombard. Mais l'humiliation avait un prix. Elle réclamait l'argent. Car de l'argent, Ria Langham, Mrs Gable devant l'état civil, savait qu'il y en avait un bon petit paquet. Elle savait même où il dormait : sur le compte n°14764 de la Security Pacific Bank que la MGM avait ouvert au bénéfice de l'acteur à la fin de l'année 1934. Et sur ce compte, elle estimait avoir des droits.

— Clark, je crois qu'on a un problème avec votre chère et tendre épouse.

Louis B. Mayer avait pris la peine de recevoir son acteur vedette même si, dans cette histoire, il soutenait l'épouse bafouée. Il était toujours du côté de la morale, surtout si le scandale menaçait l'un de ses employés. Or, par principe, il se dressait contre tout ce qui mettait en péril ses finances. Mais pour Clark, il avait consenti jusque-là à s'asseoir sur ses principes.

— Avec Carole, nous voulons bien faire les choses, assura le comédien dont le corps gigantesque débordait de sa chaise.

Même ce vieux tyran de Mayer n'était pas rassuré devant la puissance que dégageait Gable. Il en avait connu des acteurs, mais celui-là, c'était un *mensch*. Le *mensch* américain, qui sentait la forêt et l'essence, mais aussi quelque chose de très doux, le doux parfum du succès. Il avait fallu bien sûr polir ce gros diamant brut où tout était démesuré, mains, pieds, crâne, oreilles et dents. Le dentier surtout leur avait coûté une fortune. Mais la star du plus sophistiqué des studios ne pouvait avoir la dentition d'un cheval.

— Bien faire les choses a toujours un prix, Clark.

Dégrossir un acteur avait aussi des limites, songea Mayer. On pouvait lui ravaler la façade, l'accoupler à l'écran avec Joan Crawford ou Norma Shearer, on ne pouvait pas réfréner ses pulsions à la ville.

— Clark, pourquoi avez-vous encore épousé une femme de vingt ans de plus que vous ? Ce genre d'histoires, cela finit toujours mal.

— Dix-sept, corrigea Gable. Cela vous choque ?

Ses yeux avaient jeté des éclairs menaçants. Mayer alluma un cigare qui l'enveloppa d'un nuage de fumée protecteur.

— Carole est plus jeune que moi, reprit Gable, cela devrait vous réjouir.

— Ce qui me réjouirait, c'est que vous soyez Rhett Butler.

Gable haussa les épaules et Mayer recula au fond de son fauteuil.

— Cela fait bientôt deux ans qu'on m'emmerde avec ce type. J'ai lu le livre… prétendit-il.

Mayer, qui en doutait, songea à lever un sourcil, puis renonça.

— ... et je ne m'y retrouve pas. Si au moins Selznick avait un scénario, or, visiblement, il n'en a pas. Pour vous, j'ai été gangster, aventurier, marin, reporter, joueur, pilote, mais je ne vois pas ce que Rhett Butler peut bien être.

— Le rôle qui fera qu'on se souviendra de vous dans un siècle, prophétisa le grand Moghul. Je vais être très clair avec vous, Clark. Nous ne sommes pas une association à but philanthropique. Ce compte que lorgne Ria, vous n'en avez la jouissance que si vous acceptez ce qu'on vous propose. Or, pour divorcer, il va falloir allonger les billets à votre chère et tendre épouse.

— Arrêtez d'appeler Ria ma chère et tendre épouse, elle est peut-être chère, mais elle n'est pas tendre.

Mayer disparut derrière une grosse bouffée de son cigare.

— Appelons-la Mrs Gable, si vous préférez. Mrs Gable nous explique que sans son aide, le jeune acteur de Broadway que vous étiez lors de votre rencontre n'aurait jamais frappé à notre porte. Nous ne sommes pas obligés de la croire, mais elle a le bras long, et ce qui nous pend au nez, ce sont quelques articles déplaisants qui vous feront passer pour ce que vous n'êtes pas, un profiteur cynique, un coureur de jupons, qui laisse tomber ses bonnes fées. Nous voudrions nous éviter ce désagrément.

Quand le double mètre de Gable se déplia, Mayer crut être la victime d'un mauvais tour qui l'avait réduit à la taille d'un nain.

— Si je résume, monsieur Mayer, pas de Rhett Butler, pas de divorce.

— C'est parfaitement bien résumé, fit le patron de la MGM qui pour regagner un peu de prestance, leva la main et le bout incandescent de son cigare.

La conversation n'avait que trop duré, estima Gable. Si elle se prolongeait, il risquait de lui balancer son dentier à la figure.

Lorsqu'il eut quitté les lieux, Mayer fixa le fauteuil qui avait conservé l'empreinte du fessier de l'homme le plus sexy d'Amérique. Gable avait également laissé l'effluve d'un parfum capiteux. Malgré sa masse ventripotente, Mayer se pencha pour renifler. Soudain, il poussa un cri de douleur. Son mégot lui avait brûlé les doigts.

Drôle de rencontre

Gable portait son fusil en bandoulière. L'employé de la station-service où il avait garé sa moto lui avait signalé des cerfs et des antilopes, mais aujourd'hui, il n'était pas venu pour chasser. Il s'arrêta pour contempler les nuages. Il y en avait de toutes les couleurs, des gris, des bleutés, des blanc cassé, des crème, des légèrement rosés. Ils se chevauchaient comme sur la toile d'un peintre. Lui qui ne croyait pas en Dieu fut tenté de remercier le Créateur pour ce cadeau du ciel qui, miracle, n'était pas un décor de cinéma. L'immensité du paysage lui rappela qu'il n'était finalement qu'un petit gars de l'Ohio qui avait réussi. Ici, plus besoin de jouer à être Clark Gable – encore moins Rhett Butler.

Le sommet du mont San Gorgonio culminait au loin, à près de 3 500 mètres d'altitude. Le soleil commençait à décliner. À ses pieds, il apercevait la plaine de Californie noyée dans les brouillards de la pollution qui avait enveloppé les studios de la MGM et ses plateaux de tournage. Il venait d'échapper à la logorrhée de Myron Selznick, qui le guettait au bar du studio, déjà ivre. Son frère, mis au courant de ses réticences, l'avait envoyé en mission pour s'assurer qu'il n'hériterait pas d'un Clark Gable de trop mauvais poil. Clark avait encaissé quelques piques de l'agent qui s'adressait à tous les comédiens comme à des gamins capricieux, avant de lui balancer une grande claque dans le dos qui l'avait fait vomir. Mes amitiés au frangin.

Il avançait à vive allure, d'un pas nerveux, comme pour s'éloigner à chaque foulée de ce rôle qu'on voulait lui faire endosser. Sans le connaître, il détestait déjà Rhett Butler. À mesure qu'il s'enfonçait dans la montagne, il essaya de se persuader que ce personnage n'existait que dans les rêves de David O. Selznick et de Louis B. Mayer. Hélas, ces deux-là avaient pour habitude de réaliser leurs rêves.

Perdu dans ses pensées, Gable ne l'avait pas vu venir. Il lui barrait le passage avec son pelage de la couleur de la montagne. Lentement, l'acteur fit glisser la bretelle de son fusil. Il ne lui restait plus qu'à le soulever pour viser, comme dans ses westerns. Mais à cet instant, la bête poussa un hurlement sauvage, rauque et éraillé, qui le paralysa tandis qu'elle dégringolait déjà la pente avec une agilité surnaturelle. Il épaula, l'eut en ligne de mire, mais n'appuya pas sur la détente.

Était-ce un puma ? Un cougar ? Cette rencontre avait été si brève qu'il douta de sa réalité. Avant de mourir, il arrivait qu'on rencontre un animal étrange, lui avait appris un acteur indien. Il chassa ce souvenir et reprit son chemin en repensant au cri monstrueux. Un son répugnant, qui lui rappela celui d'un humain. Comme si la bête avait grogné à sa place.

Il entrevit enfin les contours d'un refuge. Son cœur battait à tout rompre. Ses longues jambes se dérobaient. Les derniers mètres furent un calvaire et il s'effondra près de la cahute, telle une bête blessée poursuivie par les hommes, comme dans un film d'aventures. Mais il n'y avait pas de caméra, aucune équipe n'était présente, il était seul, irrémédiablement seul.

Peu à peu, il reprit conscience et aperçut à nouveau la vallée qui brillait au loin de mille feux. La nuit était tombée. Il imagina un immense incendie auquel il aurait survécu en fuyant Hollywood. Son souffle s'apaisa. Il ferma les yeux. Les lumières s'éteignirent. Et des larmes coulèrent sur ses joues.

Faut-il donc que je t'aime ?

Quelques jours plus tard, le 25 août 1938, Gable apposait sa signature sur un contrat qui avait navigué entre les bureaux de la SIP et de la MGM, vérifié et revérifié par divers hommes de loi qui parlaient le même jargon.

Gable observa Louis B. Mayer, qui paraissait pensif, comme s'il doutait d'avoir fait une bonne affaire. Ou bien s'efforçait-il simplement de masquer sa satisfaction d'avoir raflé la mise, 50 % des recettes du film qui promettait, s'il allait à son terme, de battre tous les records ? Mayer songeait en réalité à la visite de sa lectrice Kate Corbaley, venue jadis lui vendre le manuscrit d'une inconnue. Il eut aussi une pensée pour Irving Thalberg, qui lui avait conseillé de fuir les films sur la guerre de Sécession. Paix à son âme, murmura-t-il en allumant un cigare. L'important, c'est qu'il était revenu dans la course.

Debout derrière eux, Selznick affichait son large sourire, qui n'était ni sincère ni de façade. Il s'était réapprovisionné en pilules. Parfois, il avait envie de faire des bonds de joie en voyant réunis Gable et Mayer sous sa houlette. L'instant d'après, il se demandait s'il ne nageait pas en plein cauchemar : il travaillait de nouveau sous les ordres de son beau-père. Puis il se rassurait en se persuadant qu'il resterait le seul maître à bord.

Quant à Gable, il arborait la mine défaite et hébétée d'un homme qu'on vient de réveiller d'un sommeil éthylique. Les photographes ne lui arrachèrent qu'un rictus fataliste. Des mèches de cheveux collaient à son front, il transpirait à grosses gouttes dans son costume trop épais pour la saison. Il se faisait l'effet d'une prise de guerre livrée aux objectifs, pieds et poings liés. Son avocat avait toutefois veillé aux conditions de sa reddition : il n'aurait à apprendre ni l'accent sudiste ni les danses prévues pour le bal de charité, et en toutes circonstances, il pourrait quitter le tournage à 6 heures du soir. Pas question d'heures supplémentaires ou de tournage de nuit. Se remémorant la promesse faite à Hattie, il glissa son nom à Selznick, qui en avait entendu parler et acquiesça, avant de le remercier à nouveau pour sa participation.

— De rien, répondit Gable, qui ramassa le stylo en or que Mayer avait oublié.

L'acteur avait également empoché la somme faramineuse de 150 000 dollars, dont sa femme récupérerait la majeure partie. Il deviendrait Rhett Butler, mais aussi un homme libre.

— Faut-il donc que je t'aime ? lança-t-il à Carole quand il lui apprit qu'il avait rendu les armes.

— Alors maintenant, répondit-elle, j'ai toutes mes chances pour décrocher le rôle de Scarlett.

Il l'attrapa par les épaules, au risque de la briser :

— Tu plaisantes ? Tu ne vas pas t'y mettre ?

Avec elle, il ne savait jamais si c'était sérieux. Elle le rassura pour qu'il la relâche. Mais elle dut lui jurer que jamais, au grand jamais, elle ne postulerait pour le rôle de Scarlett O'Hara.

Ce 25 août 1938, Adolf Hitler, après s'être assuré des dispositions diplomatiques à Londres et à Paris, venait de notifier à ses généraux son désir de récupérer le territoire des Sudètes en Tchécoslovaquie. À Berlin, le dictateur était impatient d'engranger son butin. Lui aussi prenait des risques, mais après son raid réussi sur l'Autriche, il s'était enhardi. Si tout allait bien, la guerre ne serait pas pour cette fois.

Mammy

Selznick n'avait pas menti. Il avait bien entendu parler de Hattie McDaniel un soir au Clover Club, où il était allé perdre quelques milliers de dollars. Alors que le sujet de *Gone with the Wind* revenait une fois de plus sur le tapis, Bing Crosby, ce fou chantant qui remplissait les caisses de la Paramount, lui avait glissé à l'oreille tout en lorgnant sur son jeu :

— Vous devriez voir *Show Boat*, c'est elle qui joue l'épouse acariâtre, Queenie.

Selznick fit la moue. Il détestait les comédies musicales.

— Et elle a un nom, votre actrice noire ?

— McDaniel, c'est tout ce que je peux vous dire. Je connais son frère.

Crosby était en effet un ami de Sam, le frère pianiste de Hattie, qui faisait de la figuration dans ses films de la Paramount.

— Trouver son prénom ne devrait pas être trop compliqué.

— McDaniel, OK, on va mener l'enquête.

Et Selznick s'était empressé de penser à autre chose.

Quelques jours plus tard, George Cukor, toujours pressenti pour réaliser le film, en vint à évoquer avec Selznick le personnage de Mammy. L'actrice choisie devrait avoir de l'humour, déborder d'énergie, manifester de l'empathie, être aussi capable d'exprimer le chagrin.

— Et tu crois qu'il y en a une pour nous jouer tout cela ? s'inquiéta Selznick.

Plusieurs noms furent cités, dont celui de Georgette Harvey qui venait de triompher à Broadway dans *Porgy and Bess,* la pièce adaptée de l'opéra de Gershwin. Son talent théâtral ne faisait aucun doute, mais elle n'avait jamais fait ses preuves au cinéma. La piste fut abandonnée. Louise Beavers avait les faveurs de Selznick.

— Trop douce, objecta Cukor, on aura pitié, mais on ne sera pas ému et on ne rira pas. Ce qu'il nous faut, c'est un adjudant-chef qui ait du cœur.

Selznick hocha la tête.

— Et Sul-Te-Wan ?

C'était un nom que son scénariste Howard lui avait soufflé. Sul-Te-Wan était la première comédienne noire à avoir signé un contrat au cinéma, en 1915.

— Elle a dépassé les 60 ans, il faut du nerf, rétorqua Cukor.

Selznick commençait à s'impatienter. C'est alors qu'il se rappela des suggestions de Gable et de Bing Crosby.

— Et McDaniel, celle qui joue dans *Show Boat* ?

— Hattie ? fit Cukor, qui allait voir tous les films. Intéressant. À creuser.

Tandis qu'on délibérait dans un bureau californien, plus à l'Est, en Géorgie, les prétendantes ne manquaient pas non plus pour le rôle de Mammy. Margaret Mitchell reçut les visites de dames d'Atlanta qui se présentaient en compagnie de leur domestique noire, dans l'espoir de voir le prestige d'un éventuel engagement rejaillir sur elles. Une femme blanche lui proposa même de jouer la gouvernante de Scarlett le visage peinturluré.

Mrs Mitchell sortit de sa réserve afin de parrainer l'ancienne gouvernante d'une de ses proches amies, Elizabeth McDuffie. Cette personne fut également recommandée à Selznick dans une lettre rédigée par Eleanor Roosevelt en personne dont McDuffie était devenue la gouvernante et qui avait persuadé sa patronne de soutenir sa candidature. La première dame des États-Unis précisait que sa nurse égayait leurs soirées à la Maison-Blanche en récitant très joliment de la poésie. Cela suffisait-il à en faire une candidate crédible ? Selznick montra la lettre à Cukor, qui éclata de rire :

— À ce compte-là, on pourrait confier le rôle de Rhett Butler à Franklin Delano Roosevelt.

L'élève et le professeur

C'était un roux tigré que Laurence Olivier avait recueilli au Danemark, alors que le félin errait l'âme en peine dans les rues d'Helsingør, tel un Hamlet devenu chat. Il faisait sa toilette devant la cheminée, au fond de son fauteuil préféré, s'interrompant parfois pour observer la scène de ses deux maîtres qui semblaient s'être chamaillés :

— *Allez, ne sois pas bête, allez, ne pleure pas.*

— *J'essaie, mais ce n'est pas facile. Après tous ces jours magnifiques que nous avons connus. Je ne vais peut-être plus te voir… Je n'ai jamais aimé quelqu'un comme toi, et je n'aimerai plus jamais ainsi. Mais je vais rester fidèle au souvenir de notre amour.*

— Non, pas comme ça… Ne reprends pas ton souffle après « plus te voir ». Le public t'attend à cet endroit. Il ne faut jamais faire ce que le public attend, toujours le déstabiliser.

L'élève Vivien Leigh écoutait attentivement le professeur Laurence Olivier.

— Je crois que j'ai compris.

Ils se rassirent l'un à côté de l'autre, sur le canapé, et reprirent le dialogue. Mais Vivien s'interrompit au beau milieu d'une phrase.

— Oh Larry, je n'y arrive pas. J'avale les mots et à la fin, je n'ai plus de souffle, on dirait que la pauvrette va rendre l'âme.

Elle s'était mise à faire le clown. Laurence l'observa avec tendresse.

— Parce que tu n'as pas respiré. Je ne t'ai pas dit de ne pas respirer, mais de marquer un temps, là où le public ne s'en apercevra pas.

Le regard de la jeune femme s'illumina :

— J'ai trouvé. Entre « je n'ai jamais aimé quelqu'un comme toi » et « je n'aimerai plus jamais ainsi ». C'est bien ça ?

Sa question trahissait son espoir d'être à la hauteur.

— C'est ça, et sers-toi de ton mouchoir, tu es en train de pleurnicher, tu pourras mieux inspirer avec ton nez. C'est toi qui ne dois pas laisser le public reprendre son souffle. Allez, on la refait.

Ils se lancèrent à nouveau devant le chat qui était passé à la patte droite.

— Il y a encore quelque chose qui ne va pas ? Je le devine à tes yeux, tu n'es pas satisfait.

Le regard de Laurence Olivier exprimait la concentration la plus intense.

— Tes larmes doivent être sincères. Tu as pris tous les risques pour cet amour adultère, tu as donné ton cœur, il faut que le spectateur lui aussi ait le cœur brisé, il doit oublier que tu es une épouse qui a trompé son mari pour ne retenir que ton désespoir.

Vivien hocha la tête.

— Oh Larry, tu ne crois pas qu'elles soient sincères ?

Elle contempla le salon de Durham Cottage, leur petite maison de Chelsea où elle était venue s'installer après avoir quitté son époux et sa petite fille, Suzanne. Il lui arrivait d'éprouver quelques remords, vite balayés par l'excitation d'une vie nouvelle enrichie par de telles séances de travail. Entre deux répétitions marathons dédiées à sa prochaine création théâtrale, Iago, dans l'*Othello* de Shakespeare, son amant lui consacrait un peu de son temps.

— Je te crois, Vivien, si tu y mets du tien. Mais ne fais pas semblant, au nom du Ciel. Tu n'as peut-être qu'un second rôle, mais c'est le plus intéressant, profites-en.

Ce second rôle, c'était celui d'Elsa Craddock dans *A Yank at Oxford*, l'épouse d'un vieux libraire d'Oxford, que Vivien avait décroché non sans mal. La MGM de Louis B. Mayer avait mis un pied en Angleterre et Michael Balcon, le producteur britannique chargé du film, s'était battu pour qu'elle fasse partie de la distribution car Mayer ne voulait pas de cette jeune Anglaise inconnue aux États-Unis.

— Larry, avant que tu ne retournes retrouver Iago, tu me ferais l'aumône de quelques lignes ?

Une métamorphose s'opéra et bientôt une voix étrange, hypnotisante, résonna dans la pièce.

— *C'est lui, au moment venu, qu'on doit faire lieutenant, et moi, je reste l'enseigne de Sa Seigneurie more. Pas de remède à cela ! C'est la plaie du service. L'avancement se fait par faveur, et non d'après la vieille gradation, qui fait du second l'héritier du premier. Maintenant, Monsieur, jugez vous-même, si je suis engagé par de justes raisons à aimer le More…*

Même le chat avait cessé de vaquer à sa toilette. Après avoir déposé un baiser sur le front de sa maîtresse, le maléfique Iago regagna son antre où il se préparait à révéler au monde qu'il ne haïssait pas le More, mais l'aimait en vérité. Le cours était fini. Un géant barbu débarqua bientôt avec chapeaux, vestes, ornements et trousses de maquillage : le Gallois Angus Mcbean, l'un des photographes vedettes de la scène londonienne. L'assistant qui le suivait, ployant sous les projecteurs, effraya le chat qui monta à l'étage à la recherche de son maître.

— Voilà mon image du Sud.

Angus la coiffa d'un chapeau à larges bords, qu'elle attacha avec un nœud passant sous son menton. Ils optèrent pour un blazer à rayures dont les épaules n'étaient pas trop marquées. Sur Marlene Dietrich, cette veste aurait paru masculine, avec les traits délicats de Vivien Leigh on jouait sur l'ambiguïté. Mcbean accrocha à un bras de l'un des projecteurs une branche de pommier en fleur sous laquelle l'actrice alla se placer. La note exotique. Il prit ensuite ses pinceaux d'artiste pour affiner les sourcils, souligner les lèvres, détourer les cils en dessinant un ovale parfait. Puis il s'attaqua à la joue gauche dont il modela les reliefs. Le visage de Vivien était devenu un bloc dont il sculptait les pleins et les creux, l'actrice s'abandonnant aux mains du Gallois qui l'invita à laisser son regard dériver.

— Il faut pouvoir se promener sur votre visage. Rien ne doit faire obstacle, surtout pas vos yeux. Je les veux comme deux points d'interrogation. Qui suis-je ? doivent-ils nous dire. Absente et présente : vous vous donnez et pourtant, vous vous dérobez.

Vivien se rappela les paroles de son amant. Chaque art avait sa méthode. McBean releva le bord du chapeau dont l'ombre tomba en oblique sur son visage, puis lui demanda de ne plus bouger. Vivien ferait une sélection des images qu'elle enverrait à Myron Selznick qui avait promis à Laurence Olivier de faire à nouveau office d'intermédiaire. Elle songea à Scarlett : lui ressemblait-elle un peu ? Peut-être aurait-elle dû poser en robe. Oui bien sûr, quelle idiote, pourquoi cette veste ? Mais il était trop tard.

— Ah, grogna le Gallois, on ne pense à rien, c'est très mauvais pour la photo.

Vivien s'efforça d'oublier Scarlett. Ne penser à rien. À rien, se répéta-t-elle, tandis que McBean engrangeait d'autres prises de vue.

— C'est dans la boîte. On relâche tout.

McBean remballa son attirail et disparut comme un magicien qui s'éclipse en toute hâte, de crainte qu'on ne l'interroge sur ses secrets.

— C'était quoi ce cirque ? On aurait dit une fille des îles qui a ramassé un smoking sur la plage.

Telle une statue du commandeur, Laurence Olivier se tenait immobile sur les marches de l'escalier.

— Oh, Larry, tu étais là. Tu nous espionnais. Je voulais me voir en Scarlett. Tu sais que je vais jouer le film, tu le sais, ça. Ces photos, c'est pour Selznick.

Il eut un sourire triste. *Je vais jouer le film* : cette phrase, il l'entendait chaque jour. Quand cesserait-elle de rêver ? La vie n'était qu'une pauvre actrice qui s'agitait pour parader un instant sur la scène.

— Non, tu ne vas pas jouer le film. Katharine Hepburn a décroché le rôle, c'est dans le *Times* de ce matin.

— Larry, ce n'est pas vrai.

Elle se précipita sur le journal pour vérifier. Elle ne trouva rien.

— Ce que tu peux être cruel. Tu n'as pas le droit, pas là-dessus.

Et ils se disputèrent pour de bon sous les yeux du chat qui, redescendu de la chambre, préféra filer à la cuisine.

Terrain miné

Au mois d'août 1938, Selznick reçut la lettre d'un certain Walter White, qui, comme son nom ne l'indiquait pas, était noir.

Une forte appréhension monte parmi la communauté noire et chez certains Blancs : quel impact aura votre film sur nos frères et les injustices dont nous souffrons ? Êtes-vous conscient de la responsabilité qui vous incombe ?

Le sourire de Selznick s'effaça. Pour qui se prenait ce type, qui venait lui faire la leçon ? Pour ce qu'il était, l'un des dirigeants new-yorkais de l'Association nationale pour la promotion des gens de couleur : c'est à ce titre qu'il mettait en garde le producteur. D'autres groupes, plus radicaux, avaient réclamé par voie de presse l'abandon du film, mais White le pressait plutôt d'engager un conseiller noir afin de corriger la vision du monde de Margaret Mitchell.

Selon elle, il y aurait eu deux catégories de Noirs après la guerre : les dociles, trop heureux de demeurer au service de leurs maîtres malgré l'abolition de l'esclavage, et les rebelles, des criminels qui terrorisèrent les propriétaires blancs, au risque de finir pendus aux arbres par les membres du Ku Klux Klan, érigés en gardiens de l'ordre public. Nous espérons que votre adaptation saura corriger cette distorsion des faits. Je vous recommande la lecture de l'historien W. E. B. Du Bois qui a dressé le tableau le plus complet de cette période. Par ailleurs, Mrs Mitchell ne semble pas gênée par le fait d'utiliser le mot « nègre » sans se rendre compte qu'il s'agit d'une insulte...

Si Selznick était d'un naturel optimiste, il admit cette fois que le terrain était miné. Les Noirs eux aussi allaient au cinéma, leur communauté représentait un contingent non négligeable de spectateurs. Cet avertissement méritait une réponse.

Je m'empresse de vous rassurer : il n'est nullement dans mes intentions de produire un film contre les Noirs. La meilleure garantie que je puisse vous donner est la décision que j'ai prise de supprimer toutes les scènes où apparaissait le Ku Klux Klan présenté sous un jour trop élogieux...

Comme son scénariste Howard, il n'avait aucune envie de montrer à l'écran ces salopards.

... Nous faisons aussi très attention à ce que les Noirs ne soient pas l'objet de jugements dépréciatifs. Je retiens votre proposition d'engager un universitaire afro-américain qui puisse nous dispenser d'utiles conseils... Vous imaginez bien qu'en tant que membre d'une race qui subit de féroces persécutions, je m'en voudrais de froisser les sentiments d'autres minorités.

Une fois n'est pas coutume, il évoquait ses origines juives. À l'image de ses collègues, il faisait profil bas dans une Amérique où certains clubs étaient toujours interdits aux Juifs. Finalement, ils appartenaient au même camp, celui des victimes.

Quant au terme « nègre » qui revient sous la plume de Mrs Mitchell, je veillerai à ce qu'il ne figure plus dans les dialogues.

White n'était pas le seul à être préoccupé par ce mot. Depuis près d'un an, Selznick recevait des courriers inquiets du comité de censure Hays, qui selon son habitude, avait envoyé un espion mettre le nez dans le script. Mais où était le problème ? Puisque certains Noirs eux-mêmes employaient cette expression… Il était prêt cependant à discuter.

Nous serions heureux…

Il fut stoppé dans son élan par sa secrétaire Sylvia : Leland Hayward le demandait au téléphone. David devina la raison de l'appel du puissant agent qui comptait dans son écurie James Stewart, Fred Astaire, Ginger Rogers ou Greta Garbo. Mais son petit doigt lui disait qu'il appelait pour quelqu'un d'autre.

— Kate ? demanda-t-il à Sylvia.

— Juste dit que c'est urgent. Je vous le passe ? Je vous signale que votre scénariste, Sidney Howard, est arrivé depuis une demi-heure. Il a le regard noir.

— Urgent, grogna David… Qu'il attende.

Sylvia eut un doute.

— Howard ou Hayward ?

— Howard. Il a traversé les États-Unis pour venir me voir, il ne va pas repartir comme ça. Passez-moi Hayward... Nous sommes le 20 août, Leland, et vous n'êtes pas en train de bronzer aux Bermudes ?

— Vous savez bien, David, que le cinéma est comme la Terre, il ne s'arrête pas de tourner. Quand ce n'est pas James, c'est Fred, et quand ce n'est pas Fred, c'est Ginger...

Élevé dans le grand monde, Leland avait étudié à Princeton et il aimait ses acteurs, malgré leurs caprices. Leurs succès le réjouissaient, leurs échecs le peinaient.

— Et là, c'est ?...

Leland se racla la gorge.

— Vous n'avez toujours pas arrêté votre choix pour Scarlett, il me semble ?

— Sans blague !

— Le rôle est périlleux, David. L'heureuse élue devra être sensationnelle, sinon tout le monde va lui tomber dessus. Un sacré risque.

Il tourne autour du pot, songea Selznick.

— Ce risque, je vais le prendre aussi. C'est peut-être la raison de ma lenteur.

— David, il y en a une qui ne craint pas d'en prendre.

Selznick hocha la tête : il venait bien pour Katharine Hepburn.

— En effet, puisqu'elle passe en avion sous les ponts avec Howard Hughes.

Leland éclata de rire.

— Vous avez vu les photos ?

Elles s'étalaient en première page de tous les journaux. Après son tour du monde où il avait défié Hitler en survolant le territoire allemand sans autorisation, le casse-cou milliardaire était reparti de New York avec, à bord de son Lockheed Super Electra, l'incarnation de la femme intrépide. Celle qui menait sa vie comme un homme, sans se soucier des jalousies et du qu'en-dira-t-on.

— C'est un film sur Howard et Kate qu'il faudrait écrire, lança David.

— En attendant, Kate m'a autorisé à vous soumettre son nom pour le rôle de Scarlett. Vous avez lu l'éditorial du dernier *Photoplay*. Maintenant que Bette Davis est hors course, il semble qu'elle soit incontournable.

Sylvia passa une tête : son rendez-vous s'agitait, lui fit-elle comprendre d'un geste de la main. David referma son poing droit, ce qu'elle traduisit par : retenez-le.

— Leland, ne doit-on pas justement éviter l'incontournable ?

— Ce n'est pas à l'autre bout du pays que vous trouverez votre Scarlett. Kate correspond parfaitement au rôle, libre, décidée, fonceuse, et si je puis me permettre, capricieuse…

Non, Kate n'était pas Scarlett à 100 %. À 80 % tout au plus, se dit Selznick.

— Dois-je interpréter votre appel comme une déclaration de candidature ?

— Vous pouvez. Vous n'ignorez pas que Kate a rompu son contrat avec la RKO, preuve supplémentaire de sa liberté.

Ou de sa perte de vitesse, pensa Selznick. Ses derniers films, *Vacances*, *L'Impossible monsieur Bébé*, avaient été des bides. « Un poison du box-office », l'avait même surnommée un journaliste. Il n'était pas loin de penser qu'elle était has been, ce qui, d'ailleurs, l'attristait.

— Vous n'ignorez pas, Leland, que c'est moi qui l'ai lancée il y a six ans.

Il oublia de préciser qu'à l'époque, il avait déclaré à George Cukor, qui la dirigeait, que cette fille avait la tête d'un cheval !

— Est-il envisageable qu'elle vienne en discuter avec vous ?

— Bien sûr, Leland, avec plaisir. J'ai été ravi de cette conversation, vous devriez composer mon numéro plus souvent.

Lorsqu'il eut raccroché, il reprit sa lettre à Walter White.

... Nous serions d'ailleurs ravis de vous recevoir sur le tournage afin que vous puissiez vous rendre compte par vous-même de notre bienveillance.

Acheter l'ennemi. Lui dérouler le tapis rouge pour qu'il la boucle, ou mieux, qu'il répande la bonne parole. Ce qu'il passa sous silence, c'est que, malgré ses rectifications, il allait reproduire fidèlement la vision du monde de Margaret Mitchell. Une vision idyllique d'avant l'émancipation, où les Noirs des plantations étaient à leur place quand ils servaient leurs maîtres avec le sourire.

— Sylvia, vous pouvez m'envoyer Howard.

— Il est parti.

Selznick fit la grimace. Ce scénariste avait un sens de la ponctualité exagéré.

— Il a laissé la dernière version du script.

— Apportez-la-moi.

— Ah, David, Phil est arrivé. Avec une demi-heure d'avance.

Phil MacDonald était l'un des scénaristes d'un autre projet, *Rebecca*, pour lequel il avait convaincu Alfred Hitchcock, le petit génie britannique qu'il courtisait depuis un an, de venir en Amérique. Un premier sujet sur le *Titanic* lui avait valu une réponse ironique :

> Si la fin est toujours la même stop ai quelque réticence à débuter chez vous par un naufrage stop histoire de sauvetage bienvenue.

Rebecca n'était pas vraiment une histoire de sauvetage, mais elle l'avait persuadé de traverser l'océan.

Il se plongea dans la version de Howard dont il vérifia le nombre de pages. 205. Encore trop long. Il allait la confier à Francis Scott Fitzgerald, cet écrivain qu'il admirait sincèrement et qui courait après l'argent. L'alcool l'avait prématurément vieilli, mais il n'avait rien perdu de son sens de la synthèse. Là où d'autres scénaristes s'étalaient sur deux pages, lui ramassait le tout en une seule.

— Notre agente à Londres, Jenia Reissar, annonça encore Sylvia. Elle aurait trouvé une actrice formidable. Une Suédoise. Mais il faut la rappeler dès que possible. La fille s'apprête à partir tourner en Allemagne.

— En Allemagne ? hurla Selznick. Depuis quand les Suédois ont-ils des sympathies nazies ? Son nom ?

Sylvia fouilla dans ses papiers.

— Je l'ai noté quelque part… Ah voilà. Ingrid Bergman.

Selznick grinça des dents.

— Bergman. Mais c'est horriblement allemand. Si elle vaut le coup, on la rebaptisera. Dites à MacDonald que je le recevrai demain. Et mettez-moi la main sur cette anguille de Howard, j'ai besoin de lui parler des Noirs.

Débarrassez-vous de la fille

`Idée de Goldwyn réponse souhaitée pour le 10 septembre Vivien Leigh rôle d'Isabelle Laurence Olivier Heathcliff et Merle Oberon rôle de Catherine dans Les Hauts de Hurlevent réalisateur Wyler êtes-vous intéressé stop réponse souhaitée dès que possible stop.`

Le télégramme avait été envoyé à la demande de Samuel Goldwyn par Myron Selznick, l'agent de Laurence Olivier pour les États-Unis. Il fut glissé sous la porte de la chambre de la Colombe d'Or, le charmant petit hôtel de Vence où l'acteur passait ses vacances avec Vivien Leigh. Le projet était tentant, du moins pour lui. Hollywood lui offrait l'un des fleurons littéraires de son pays. Par ailleurs, la proposition provenait de William Wyler, qui venait de réaliser *Jezebel*, la réplique sudiste de la Warner à *Gone with the Wind*, tournée en quelques semaines avec Bette Davis et déjà sortie. Laurence, qui avait vu *Jezebel* à Londres, en avait apprécié la finesse et l'élégance. Sa compagne fut moins enthousiaste : le personnage de Catherine valait cent fois celui d'Isabelle.

Autant celle-ci était futile, superficielle, soumise, ingrate à jouer, autant la première était libre d'esprit, impulsive, tourmentée, passionnante à interpréter.

— Je mérite mieux, n'est-ce pas, Larry ?

Laurence, qui semblait tout aussi désolé, approuva.

— Pourquoi me préfère-t-on Merle, je ne comprends pas.

— Je te rappelle qu'elle est la maîtresse de ton producteur, Korda.

— Larry, je ne crois pas que j'aie envie d'accepter.

— Moi non plus.

Laurence Olivier gardait un souvenir exécrable de son premier séjour américain : pressenti pour un film avec Garbo, il avait été renvoyé comme un malpropre par la star qui ne voulait plus de lui. Même si le rôle de Heathcliff s'accompagnait d'une somme rondelette, tenter à nouveau l'aventure à Hollywood ne lui disait rien, surtout sans Vivien. Ils firent savoir qu'ils n'étaient pas intéressés.

Trois jours plus tard, le script leur fut remis à leur hôtel. Stupéfait par la réponse du couple, Wyler n'avait pas renoncé. Ils lurent le texte et tombèrent d'accord pour le trouver remarquable.

— Cela vaudrait peut-être la peine de rencontrer William Wyler, suggéra Vivien.

Laurence acquiesça. À leur retour à Londres, ils l'inviteraient à la maison.

Dès qu'il entra dans le salon de Durham Cottage, Wyler comprit la véritable raison du refus de l'acteur. Vivien Leigh tentait de le séduire en se comportant comme le personnage de Catherine, vive, enjouée, mais sujette à des sautes d'humeur. Elle essayait par ce petit manège de lui faire regretter son choix. Wyler observa aussi son compagnon, qui se tenait en retrait, ténébreux et taciturne. Il était déjà Heathcliff. En le faisant venir chez eux, ces deux-là avaient cherché à lui montrer le couple qu'ils pourraient former à l'écran.

Mais Vivien avait-elle vraiment envie de jouer dans *Les Hauts de Hurlevent* ? Durant le repas, il ne fut question que de *Gone with the Wind.* Puisqu'il arrivait d'Hollywood, quelles étaient les nouvelles ? Qui tenait la corde pour le rôle de Scarlett ? Était-il exact que Katharine Hepburn était la dernière favorite en date ? Bette Davis pouvait-elle encore revenir dans la course ? Non, bien sûr, elle avait joué *Jezebel.* Alors qui ? Paulette Goddard ? Joan Crawford ? Ou une inconnue ? Wyler évoqua une certaine Margaret Tallichet, une jeune rousse de 21 ans, qui avait rejoint l'écurie de Selznick et faisait partie des « possibles ». Si cela n'avait tenu qu'à lui, Wyler l'aurait engagée, car il s'apprêtait à l'épouser, ce qu'il se garda bien de préciser.

Quand le sujet Scarlett fut épuisé, Vivien aborda le chapitre Selznick. Quel genre d'homme était-ce ? Était-il aussi fou et obsessionnel qu'on le prétendait ? Wyler tenta de ramener la conversation vers Isabelle et *Les Hauts de Hurlevent.* Refusait-elle toujours le rôle ? Vivien n'avait pas changé d'avis, soutenue par Laurence qui proposa au cinéaste d'assister à une projection du dernier film de Vivien, *St Martin's Lane*, afin qu'il se rende compte de toute l'étendue de son talent.

— Ce n'est pas son talent qui est en cause, mais sa notoriété. Je vous conseille de prendre un agent pour l'Amérique, Myron Selznick, par exemple, puisqu'il est déjà celui de Larry.

— Ce sera Catherine ou rien, lui répondit Vivien sur un ton vif.

Homme courtois, Wyler se proposa de téléphoner à Samuel Goldwyn.

— On peut appeler la Côte Ouest de chez vous ?

— Mais bien sûr, fit Larry.

Wyler, qui s'était isolé, expliqua la situation à son producteur qui grogna à l'autre bout du fil.

— Si elle dit non, Olivier refuse aussi ?

Le cinéaste hésita.

— Je sens qu'il aimerait le faire, mais cela dépendra.

— De quoi ? s'impatienta Goldwyn.

— De qui domine dans le couple. Je ne les connais que depuis deux heures.

— OK, fit le producteur, qui croyait à la prédominance des mâles, débarrassez-vous de la fille.

De retour à table, Wyler fut assez diplomate pour expliquer que malheureusement, Goldwyn s'était déjà engagé avec Merle Oberon.

— Vivien, je vous assure qu'avec Isabelle, vous n'obtiendrez jamais mieux pour vos débuts en Amérique.

Une phrase dont Wyler se souviendrait jusqu'à sa mort. Lorsque la porte se fut refermée sur le cinéaste, Vivien regarda son compagnon d'un air grave :

— Larry, je prendrai un agent à Hollywood, mais je n'accepterai pas le rôle d'Isabelle, je ne veux pas commencer avec ça. Mais toi, va jouer Heathcliff, tu en meurs d'envie, ne me dis pas le contraire.

Si elle freinait la carrière de son amant, il lui en ferait un jour le reproche.

— Tu sais ce que cela signifie ? Une absence de trois mois.

— Je m'occuperai au théâtre. Et si j'en ai assez de t'attendre, je viendrai te retrouver à Hollywood.

Petits films fantômes

George Cukor en était à sa quatrième Scarlett. Jeffrey Lynn, le jeune acteur qui interprétait Ashley, était à la fête. L'une après l'autre, de jolies femmes se jetaient à son cou.

Depuis l'incident du Driskill Hotel à Austin, Selznick avait mis en veilleuse sa chasse au trésor, renouant avec la bonne vieille méthode des auditions. Le ban et l'arrière-ban d'Hollywood avaient commencé à défiler. Aucune n'était exclue, pourvu qu'elles aient entre 20 et 30 ans et quelques films à leur actif. Et encore…

Edythe Marrenner était une mannequin que Cukor avait repérée sur la couverture d'un magazine. Lors des essais de costume et de maquillage, on lui avait remis le passage qu'elle aurait à jouer, la déclaration enflammée de Scarlett à Ashley revenu pour une permission, l'une des scènes-clés du film, mais surtout un excellent test pour juger d'une actrice à sa manière de prononcer *I love you* devant une caméra.

Edythe Marrenner s'avança vers Ashley la tête baissée, comme une petite fille qui va dire une bêtise. Elle surjoua la gêne, puis lâcha son *I love you*. Il était constipé. Pire encore, elle l'accompagna d'un bruit de gorge ridicule, comme pour suggérer : cela vous en bouche un coin, hein ? Timidité. Platitude. Effronterie. Cukor, qui avait de la tendresse pour les débutantes et leurs maladresses, la laissa poursuivre pour ne pas gâcher son premier souvenir de cinéma qui serait sans doute le dernier.

Ce fut au tour de Margaret Tallichet.

— Scarlett, Margaret, cela rime déjà, lança Cukor pour tenter de détendre cette comédienne remarquée dans deux productions de Selznick. Elle tournait en rond en se tordant les mains, puis se précipita vers Ashley.

— *Embrassez-moi, embrassez-moi pour me dire au revoir.*

Ashley céda à sa demande, puis s'écarta.

— *Ashley, je vous aime, je vous ai toujours aimé...* articula-t-elle sur un ton badin, comme on annonce le résultat inattendu d'un match de base-ball.

La peur, songea Cukor, quand elles ont le trac, elles se débarrassent de leurs répliques, mais il se garda de l'interrompre, curieux d'entendre la suite du dialogue, même s'il sonnait faux.

Mary Ray fut la suivante. Le temps de la préparer et de changer de pellicule, Jeffrey Lynn alla se dégourdir les jambes dans les allées impeccablement entretenues de la Selznick International Pictures. Il fut rejoint par Cukor qui avait demandé une pause.

— Alors, Jeffrey, vous en pensez quoi ?

— La route est encore longue... Qu'allez-vous faire de toutes ces bobines ?

Cukor haussa les épaules.

— Les montrer à monsieur Selznick, qui en est très friand, puis les ranger sur une étagère, je suppose. Pourquoi ?

Le jeune comédien semblait hésiter.

— Pourriez-vous m'en donner une, pour que j'aie moi aussi un souvenir ?

Cukor eut un sourire amical.

— Si cela ne tenait qu'à moi, Jeffrey, mais vous pouvez toujours demander à la production.

Tandis qu'ils devisaient sur l'étrangeté de ces petits films fantômes, promis à l'oubli, Mary Ray se livrait à des exercices de respiration. Elle avait déjà son idée sur le personnage et attendait avec impatience le retour du cinéaste. Le cameraman, qui avait rallumé les projecteurs, lui indiqua l'endroit où elle entrait dans le champ. Elle prit ses marques. Cukor regagna son siège et l'informa qu'il donnerait le départ dès qu'elle serait prête. Elle l'était. Jeffrey souhaita bonne chance à cette nouvelle Scarlett qui le remercia, les lèvres crispées. Sur l'ardoise, que le clapman glissa entre la caméra et le couple, le nom de l'actrice avait été orthographié avec un *e* au lieu d'un *a*. Elle adressa un signe au cinéaste, qui demanda le moteur, puis elle recula avant de foncer vers Ashley. Elle le mangea du regard et gonfla ses poumons comme pour souffler sur un gâteau d'anniversaire. Mais son *I love you* fit pschitt. La montagne avait accouché d'une souris. Jeffrey Lynn eut toutes les peines à se rappeler son texte.

— … *Non, Scarlett, il ne faut pas, cela briserait le cœur de Melanie…*

C'était le cœur de Mary Ray qui s'était brisé. Elle venait de comprendre son erreur et balança la suite des répliques, pressée d'en finir.

— Coupez ! C'était très bien, Mary, on vous tiendra au courant.

Le cinéaste ne semblait guère convaincu. Mary Ray disparut dans les loges où elle croisa Frances Dee, qui plaisantait avec la maquilleuse. Elle avait été l'une des quatre filles du docteur March et la vingtaine de films à son actif lui donnait l'avantage sur les autres candidates du jour.

— Alors, Mary, tout s'est bien passé ? fit-elle, sur un ton aimable.

— Bon courage avec Jeffrey Lynn, c'est une vraie savonnette.

Frances Dee fut appelée à son tour. N'ayant pas lu l'ouvrage, elle n'y avait vu en apprenant son texte qu'une jeune fille encore intimidée par la vie. Or, elle avait déjà 30 ans. Elle exagéra sa confusion amoureuse en levant le bras, comme si elle craignait de recevoir une gifle d'Ashley. Elle aussi eut droit aux compliments de Cukor, mais elle se retira sans illusions, ravie cependant d'avoir endossé brièvement le rôle de Scarlett.

Avant que Jeffrey Lynn ne prenne congé, Cukor lui annonça qu'il aurait encore besoin de lui pour des essais avec d'autres Scarlett. L'acteur accueillit la nouvelle sans enthousiasme excessif. On l'utilisait, car il était jeune et de bonne composition, mais il ne croyait pas en ses chances. Des noms plus prestigieux circulaient pour incarner Ashley.

Seul à présent sur le plateau, Cukor réfléchissait. Aucune de ces comédiennes n'avait saisi l'énergie de Scarlett, sa force, comparable à celle d'un ouragan. Si elle ruait dans les brancards de la société, il fallait que cette rébellion se traduise aussi dans le jeu, que l'actrice en bouscule les conventions. Pour cela, elle devait être animée d'un feu intérieur. Il attendait toujours de voir brûler cette flamme.

À prendre ou à laisser

— Kate, je suis à l'heure, c'est un miracle, ne put s'empêcher de faire remarquer Selznick. Non, se reprit-il, le miracle, c'est vous, qui surgissez. Quand on a rendez-vous avec la grande Katharine Hepburn, impossible d'être en retard.

— Premier rendez-vous depuis cinq ans, je n'abuse pas, fit la grande Katharine qui avait foncé sur le fauteuil placé en face de lui.

Le sourire du producteur se figea. Il avait oublié son exceptionnel talent pour rabrouer les hommes. Il avait oublié aussi cette voix de tête, presque nasillarde, qui crachait les mots en avalant les syllabes. Malgré ses cheveux qu'elle portait à présent dénoués, malgré sa jupe longue et ses talons aiguilles, elle ressemblait toujours à un adjudant venu inspecter ses troupes.

— L'altitude vous réussit...

— Nous sommes là pour parler de ma vie privée ou de Scarlett ?

Son amant Howard Hughes, l'aviateur milliardaire, à qui Selznick venait de faire allusion, était reparti sous d'autres cieux avec d'autres comédiennes. Quant à sa carrière, elle était au point mort et son humeur s'en ressentait. La rupture avec son studio, la RKO et son départ de Hollywood pour les planches de Broadway n'auguraient guère d'un avenir glorieux.

— Scarlett, évidemment. Si vous obteniez le rôle, accepteriez-vous d'en jouer d'autres pour nous ?

Puisqu'elle était libre, elle se retrouvait sur le marché, où rôdaient de beaux spécimens de maquignons dans le genre de Selznick. Hepburn balança sa jambe qui semblait battre la mesure de ses pensées et dont le producteur suivit avec inquiétude les oscillations nerveuses, redoutant qu'elle en vienne à poser ses pieds sur le bureau ; il l'en jugeait parfaitement capable.

— Chaque chose en son temps. Si je suis venue, c'est parce que votre Scarlett, vous la cherchez encore.

Vous êtes dans la panade ? Sainte Kate vole à votre secours. Gonflée. Elle s'agrippait aux accoudoirs du fauteuil, prête à bondir.

— Seriez-vous disposée à passer un test ?

Elle encaissa en secouant sa chevelure rousse. Elle n'avait plus subi pareille humiliation depuis son premier film, produit justement par ce type qui la narguait avec son sourire de cheval. Était-elle tombée si bas ?

— Vous me connaissez, vous m'avez vue jouer et je suis là. C'est à prendre ou à laisser.

Elle lui avait adressé un regard aussi chaleureux que s'il eût été un pied de table qui la gênait. Le producteur s'y attendait.

— Je comprends vos réticences. Mais l'enjeu est considérable, on ne peut pas se louper sur ce personnage.

Kate le fixa un instant. Elle l'avait toujours considéré comme une sorte de grand lapin détraqué.

— Ceci pourrait peut-être vous convaincre.

Elle s'était penchée vers son sac d'où elle extirpa un exemplaire de *Gone with the Wind* qu'elle tendit à Selznick.

— Lisez la dédicace.

Selznick s'exécuta :

— *À la jeune fille indépendante des* Quatre filles du docteur March, *au garçon manqué de* Sylvia Scarlett, *à la battante de* Morning Glory, *cette autre jeune femme qui ne se laisse pas marcher sur les pieds.*

— Et c'est signé ? s'impatienta Hepburn.

— Margaret Mitchell, répondit Selznick, incrédule, qui retourna le livre comme s'il redoutait un piège.

— Choisie par l'auteure, que voulez-vous de plus ? Quand elle abat le Yankee venu faucher les bijoux, j'ai compris que Scarlett, malgré sa jupe à crinoline, était un homme.

Selznick fronça les sourcils en entendant cette interprétation.

— Pourquoi ne pas vous être manifestée plus tôt avec cette dédicace ?

— La RKO ne voulait pas s'engager sur les droits. Trop antipathique, voilà ce que pensait du personnage mon producteur Pandro Berman. Quand vous avez acheté le livre, qui aurait cru que vous seriez en rade ? Et je ne suis pas du genre à mendier.

Plus l'entretien se prolongeait, plus Selznick l'observait avec perplexité. Elle n'était pas du tout la Scarlett qu'il avait imaginé. Pourrait-on sérieusement croire que Clark Gable la poursuivait durant des années pour l'épouser ? Et quand il l'emmenait de force dans la chambre conjugale ? Pouvait-on violer Katharine Hepburn ? L'inverse semblait plus crédible. Il songea aussi au tandem qu'elle formerait avec Ashley pour qui Leslie Howard était pressenti, après qu'il avait songé à engager Ray Milland et Humphrey Bogart. Howard était peut-être un peu frêle et âgé, mais il était très distingué. Le producteur tenta, en vain, de se représenter une scène d'amour entre les deux.

— Ma chère Kate, avez-vous vraiment envie de jouer Scarlett ?

Elle haussa les épaules. La question la gênait. Peut-être ne s'était-elle mise sur les rangs que pour savoir si on voulait d'elle. Une preuve d'amour, voilà ce qu'elle était venue chercher.

— En doutez-vous ? aboya-t-elle.

Ce n'était pas une réponse, mais Selznick jugea bon de ne pas insister.

— Nos rendez-vous sont rares, mais historiques.

Une phrase grandiloquente pour masquer sa déception.

Lorsqu'il eut raccompagné Hepburn, il reprit la liste des auditions de la semaine : Anita Louise. Nancy Coleman. Shirley Logan. Des inconnues qui prendraient la poussière sur une étagère, en attendant le début du tournage prévu pour la fin de l'année 1938. Tous ces petits tours de piste allaient finir par lui coûter cher.

Un ami cinéaste, LeRoy, venait de lui recommander une jeunette de 17 ans à la poitrine rebondie qu'il avait habillée d'un pull trop étroit dans son dernier polar. Selznick avait noté le nom : Lana Turner. Scarlett n'avait pas 16 ans au début du film, mais avait-elle de la poitrine ? Margaret Mitchell avait omis de préciser ce détail. Cette Lana Turner, selon LeRoy, faisait ses gammes à la Little Red School House, la pépinière d'enfants du cinéma où la MGM cultivait ses jeunes pousses, Mickey Rooney,

Judy Garland… À l'en croire, elle apprenait vite. Selznick rédigea un bref mémo à l'attention d'une de ses secrétaires :

```
Faire passer un test à Lana Turner. La
rencontrer avant pour en juger.
```

Une grande fille

— Oh, monsieur Selznick, c'est tellement gentil à vous de me recevoir si tard.

Il était près de minuit et les bureaux de la SIP étaient déserts.

— Je travaille jour et nuit sur ce film. C'est très aimable de vous être libérée à cette heure-ci. À votre âge, vous devriez être rentrée chez vous.

Lana fit la moue. Elle se considérait déjà comme une grande fille.

— Vous savez, Lana, c'est bien Lana, n'est-ce pas ?

— Oui, monsieur Selznick, c'était Jean Mildred Frances, mais le réalisateur, monsieur LeRoy, a pensé que Lana sonnait mieux.

— Mervyn a eu raison. Lana Turner. Vous avez déjà le nom d'une star. Et si je puis me permettre, également le physique.

La demoiselle essaya de rougir.

— Vous savez, Lana, toutes les grandes actrices d'Hollywood veulent être Scarlett. Jean Arthur, par exemple...

— Oh, Jean, je l'adore, l'interrompit la jeune actrice. Dans *Mr. Deeds,* elle était formidable.

Selznick acquiesça.

— Je vais vous faire une confidence. Il y a dix ans, quand j'étais producteur à la Paramount, nous avons eu une petite aventure. Je l'ai lancée face à Clara Bow.

— Vous avez eu du flair, monsieur Selznick.

— Merci, Lana. Elle vient de passer des essais. Après tous ses rôles de gentille fille au bon cœur, je me suis dit, ça ne va pas coller pour Scarlett. Eh bien, ses tests sont excellents, je l'ai à peine reconnue.

Lana frotta ses doigts.

— Je n'ai vraiment aucune chance si des actrices comme Jean…

Selznick l'arrêta d'un geste de la main.

— Détrompez-vous. Je considérerais comme un échec de ne pas lancer une nouvelle actrice pour Scarlett. C'est ce que je recherche depuis le début : un visage inconnu. Parce que vous savez comment est le public, il ne peut s'empêcher de comparer. Il nous faut de la jeunesse, de la fraîcheur, nous devons créer une comédienne, nous devons surprendre le spectateur, provoquer une onde de choc.

Selznick, qui venait d'avaler une pilule, déversait sa logorrhée sur Lana qui reprenait espoir.

— Oh ça, monsieur Selznick, c'est une magnifique idée.

— Je veux du neuf, du vierge, pas du périmé, vous comprenez ?

Lana hocha la tête.

— Oui, je comprends.

Il posa sur son bureau ses pieds somptueusement chaussés et la lorgna de son regard myope. Elle manquait à l'évidence d'expérience, mais elle avait un petit nez charmant et des yeux qui trahissaient une féroce envie d'y arriver. À cet instant-là de la soirée, il lui trouva toutes les qualités pour réussir, si, bien sûr, elle voulait s'en donner la peine. Il laissa un long silence s'installer entre eux. Elle se mit à lui sourire bêtement, puis contempla les murs de l'immense pièce.

— Racontez-moi vos débuts, Lana.

— Je ne sais pas si…

Il l'encouragea. Elle lui parla de son père, assassiné à San Francisco après une partie de poker quand elle avait 10 ans, puis de ses années passées dans une institution religieuse qu'elle avait quittée pour rejoindre sa mère, esthéticienne à Los Angeles. Selznick écoutait d'une oreille distraite, la dévorant des yeux. Elle mentionna enfin des cours de dactylographie suivis à la Hollywood Highschool.

— Chaque soir, après les cours, j'allais prendre une glace en face, au Top Hat Cafe, où viennent les vedettes.

— Moi aussi, je mange des glaces, avoua Selznick.

— Vous y êtes déjà allé ? On aurait pu s'y croiser.

Il se mit à sourire.

— En vous regardant entrer dans mon bureau, je me suis dit, j'ai déjà vu cette jeune fille.

— C'est que j'ai joué dans un de vos films. Un tout petit rôle, vous ne pouvez pas vous en souvenir.

— Si, si, dans *Une étoile est née*. Et puis dans *La ville gronde*, impossible de ne pas vous remarquer. Sacré Mervyn, quel œil !

Lana eut un charmant mouvement de tête.

— C'est là-bas, au Top Hat Cafe, que le journaliste du *Hollywood Reporter* m'a dit que je devrais faire du cinéma. Il m'a adressée à l'agence de monsieur Zeppo

Marx. Le journaliste, c'est monsieur Wilkerson, vous le connaissez sans doute.

Il connaissait en effet ce drôle d'oiseau, qui agissait rarement par bonté d'âme.

— Bien, Lana, et si maintenant, on passait aux choses sérieuses ? Votre sweater vous va vraiment à ravir. C'est le même que dans le film de Mervyn ?

Lana passa machinalement les mains dessus, ce qui accentua encore ses formes.

— Oui, monsieur Selznick, c'est mon porte-bonheur, j'ai obtenu de le garder après le tournage.

— Et vous savez comment il pourrait encore vous porter bonheur ?

Si Lana avait un doute, elle n'en eut plus en voyant Selznick déployer son immense carcasse. Celui-ci rajusta son pantalon, qui tombait, puis passa de l'autre côté du bureau, avec son sourire carnassier.

Le Minotaure

À mesure qu'approchait le début du tournage, l'appétit de Selznick grandissait. Au déferlement de demandes qui provenaient de tous les départements de production, il répondit par une frénésie sexuelle. Au chaos, il ajouta du chaos. Cukor fut prié d'augmenter le nombre de filles qu'il auditionnait et de lui sélectionner les *meilleures*. Le Minotaure exigeait sa fournée.

Ce jour-là, il revenait au siège de la SIP, après une *preview* d'un film qu'il avait en chantier, *Young in Heart*. Il était de mauvaise humeur, quelques scènes étaient à remonter d'urgence, il allait devoir rédiger un long mémo. Un de plus. Il déboula dans son bureau avant que Sylvia, sa secrétaire, n'eût le temps de le prévenir. Assise devant sa cheminée, une actrice se réchauffait à la flamme d'un feu, vêtue d'un simple peignoir.

— Mademoiselle Ball ! Mais c'est à 5 heures que nous devions nous voir.

La jeune femme cligna des yeux :

— Je me suis perdue, la pluie s'est mise à tomber. Quand je suis arrivée, j'étais trempée jusqu'aux os. Votre secrétaire m'a proposé de vous attendre en me séchant et m'a prêté ce peignoir qui je crois vous appartient.

Selznick éclata de rire en apercevant la robe et les bas étendus sur l'un de ses fauteuils. Disait-elle la vérité ? Qu'importe, elle était là, à portée de main, presque nue, servie sur un plateau.

— Pour une fois que ce n'est pas moi qui suis en retard. George m'a parlé de votre essai. Très prometteur.

Lucille Ball était l'un des espoirs de la RKO où elle collectionnait les seconds rôles aux côtés de Ginger Rogers, dont elle était la cousine. À 20 ans, elle s'était retrouvée sur les panneaux de la marque Chesterfield pour y fumer en souriant. Elle se mit justement à sourire et à allumer une cigarette quand Selznick lui proposa de réciter son texte. Car désormais, il auditionnait aussi.

— *Je vous aime, je vous ai toujours aimée, je n'ai jamais aimé personne d'autre que vous. Je vous aime tant que j'irais à pied jusqu'en Virginie pour être près de vous...*

Selznick, qui connaissait tous les rôles, lui donna la réplique. Il était un acteur exécrable.

— Très bien, fit-il, mais avec une voix moins étouffée, s'il vous plaît.

Elle reprit patiemment. Très bien, en effet, songea-t-il, surtout la bouche. Elle avait une moue dégoûtée, presque méprisante, qui l'excitait. Il traça autour d'elle des cercles de plus en plus resserrés, obnubilé par ses lèvres et ses cuisses, à peine couvertes par le peignoir.

— Parfait, mademoiselle Ball ! Je crois que vous pouvez vous lever.

La candidate avait prononcé son dialogue à genoux. Lorsque Selznick l'aida à se relever, son regard rencontra le portrait de son père qui semblait l'observer. C'était pour lui qu'il faisait ça. Puis il détourna les yeux et fondit sur sa proie.

Ce fut ensuite au tour d'Evelyn Keyes, une Texane de 21 ans, apparue dans quelques médiocres films de la Paramount. De tous les studios, des flots d'actrices se déversaient dans le bassin de la SIP où Selznick plongeait tête la première. Mais Keyes se mit à courir autour du bureau, le producteur à ses basques. La jeunette avait du souffle et il tira bientôt la langue. Après le dixième tour, il porta la main à sa poitrine. Alcool plus cigarettes plus insomnies plus benzédrine, ce n'était pas bon pour le cœur.

— Stop, la supplia-t-il, reprenons le texte.

Keyes s'esquiva sans un mot. Loin de lui en vouloir pour cette dérobade, Selznick lui accorda le rôle qu'elle était venue chercher, celui de Suellen, la petite sœur de Scarlett. Car il avait élargi ses auditions à d'autres personnages féminins.

Une catastrophe pour le film

Au lendemain de l'épisode Keyes, lors d'une soirée au bord de la piscine du musicien George Gershwin, Selznick entreprit Loretta Young. Cukor, il le savait, l'avait auditionnée. Il l'écouta se confier et quand elle lui fit part de ses espoirs, il lui demanda de l'embrasser.

— David, après ce baiser, il y en aura un autre et je connais votre réputation.

— Quelle réputation, juste un petit, insista-t-il.

Il avait trop bu, et comme elle s'entêtait dans son refus, il l'attrapa par le bras et la plaqua contre le mur. Il était fort. Il était ivre.

— Un petit baiser, tout de suite, Loretta !

Elle essaya de le raisonner :

— Ne soyez pas idiot, David, on nous regarde !

En effet, la scène n'était pas passée inaperçue, notamment de son épouse, Irene, qui se dirigeait vers eux :

— Allez, ma chérie, murmura-t-elle de sa voix grave et profonde, donne-lui ce qu'il te réclame, tu ne vas pas en mourir, et lui, ça va le calmer.

Loretta s'exécuta puis les laissa. Irene avait raison : Selznick s'assagit aussitôt. Et Loretta passa un nouvel essai. Une autre scène avec Ashley où Scarlett l'exhortait cette fois à abandonner Melanie pour filer au Mexique avec elle. L'actrice y mit une ardeur que le producteur jugea très convaincante. Mais lorsqu'il s'en ouvrit à Birdwell, celui-ci trouva l'idée très mauvaise. Pas de Loretta Young s'ils avaient Gable. Selznick ne voyait pas le problème.

Son collaborateur lui confia alors le secret le mieux gardé d'Hollywood. Ces deux-là avaient eu un enfant quatre ans auparavant, après le tournage d'un film dans l'État de Washington, où ils étaient restés coincés par la neige.

— Demandez une photo de la petite fille que Loretta prétend avoir adoptée, et vous verrez qu'elle a les oreilles en chou-fleur de Clark Gable.

— Et d'où tenez-vous cette information ? De vos indics ?

— Je l'ai appris, un point c'est tout, fit Birdwell.

— Si on venait à le savoir, ce serait une catastrophe pour le film, soupira Selznick.

Son chef de la publicité hocha la tête.

— Imaginez qu'une salope comme Louella Parsons tombe là-dessus. C'est peut-être déjà le cas et je parie que Mayer a su s'y prendre pour qu'elle ne balance pas Gable. Abandonnez la piste Loretta. Ne tentons pas le diable. Surtout que…

— Surtout que quoi… ?

Ce n'était pas tout sur Loretta. Elle avait aussi été la maîtresse de Birdwell et à cette occasion, lui avait confié que son rapport avec Gable n'avait pas été consentant. Mais elle avait refusé d'avorter. Selznick se prit la tête entre les mains. Il ne manquait plus que ça. Il fixa Birdwell d'un air étrange. Il venait de se rappeler la scène où Rhett

Butler, complètement ivre, rattrapait Scarlett dans l'escalier et l'entraînait contre son gré dans leur chambre. Ce passage, il le conserverait, quoiqu'il arrive. Mais comment Gable s'en sortirait-il ?

Heil Hitler !

Au mois de novembre, Charlie Chaplin donna un grand dîner. Il avait bien voulu ajouter à la liste des invités son voisin, qui n'était autre que Selznick et qu'il n'appréciait guère. Ce fils à papa se croyait cultivé parce qu'il adaptait Tolstoï et Dickens, alors qu'il était aussi vulgaire que les Jack Warner, Samuel Goldwyn et Louis B. Mayer.

Ce soir-là, Selznick se retrouva assis à côté d'une jeune actrice nommée Joan Fontaine. Un hasard ? Depuis que toutes les comédiennes convoitaient le rôle de Scarlett, il ne croyait plus au hasard. Il la jugea malgré tout charmante et fort distinguée. Mais pourquoi s'obstinait-elle à s'exprimer avec un accent britannique ?

— Je suis anglaise, n'est-ce pas une excellente raison ?

Il dut en convenir. Cette Joan Fontaine, qui avait échappé à leur opération de ratissage, allait-elle aborder la première le sujet ? Quand elle commença à parler d'un roman qui l'avait enthousiasmée, il crut le moment arrivé.

— Laissez-moi deviner : *Gone with the Wind* ?

— Non, *Rebecca*, de Daphné du Maurier. Vous connaissez ?

Selznick en resta bouche bée, puis éclata de rire.

— J'en ai récemment acheté les droits. C'est étrange, non ?

— Merveilleux, je dirais. La vie nous réserve de ces coïncidences.

Pouvait-elle être déjà au courant ? Sans doute. Puisqu'il n'y avait plus de hasard.

— Et les rôles de Scarlett ou de Melanie ne vous tentent pas ?

Sa voisine secoua la tête. C'était bien la première fois qu'il rencontrait un tel désintérêt.

— Madame de Winter dans *Rebecca*, insista-t-elle. Être le fantôme d'une morte, qui plane sur un film, ça, c'est un défi. Pour Melanie, vous devriez proposer le rôle à ma sœur.

— Votre sœur ?

— Oui, Olivia de Havilland. Nous sommes sœurs, vous ne le saviez pas ?

Selznick s'en étonna :

— Cette petite cachottière d'Olivia ne m'en a rien dit. Vous ne vous ressemblez pas du tout.

— Ce que vous me faites plaisir, lâcha Joan Fontaine d'une voix moins maniérée.

— J'en suis ravi, répondit Selznick, qui se rapprocha, malgré les coups d'œil inquiets que lui jetait Irene.

Et il songea que cette manière de s'effacer au profit d'une autre ressemblait à celle de madame de Winter. Mais il coupa court à la conversation pour lancer à la cantonade :

— Alors, les amis, personne ici pour jouer Melanie ?

Son regard croisa celui de la maîtresse de maison, Paulette Goddard, l'épouse de Chaplin, qui fit la moue. Pour elle, c'était Scarlett ou rien. Elle aussi avait eu droit à des auditions. Elle aussi avait demandé à Ashley, les yeux dans les yeux, s'il osait prétendre qu'il ne l'aimait pas et avec la véhémence, l'exaltation espérées par Cukor qui avait fait d'elle sa favorite, devant Joan Bennett et Jean Arthur. Pour mettre toutes les chances de son côté, elle avait organisé ce dîner, même si Charlie avait en horreur les mondanités. Elle l'avait supplié de faire une exception pour un soir, un seul.

— Dis-moi, Charlie, tu n'aurais pas envie de te déguiser en Melanie et d'accoucher en pleine guerre de Sécession ? poursuivit Selznick.

Chaplin eut un rictus. Cette soirée le dégoûtait. Contrarié, il cessait d'être drôle. Il l'était d'ailleurs rarement. Paulette Goddard avait cru vivre avec Charlot, elle se retrouvait avec un type sinistre, submergé de travail. Et ce dont il avait envie, à cette heure avancée, c'était de tirer la nappe d'un coup pour les flanquer dehors avec leur pauvre film insignifiant.

— Désolé, mon cher, j'ai les mains dans un autre accouchement, répondit-il d'une voix métallique.

Comme son invité fronçait les sourcils, il rabattit sa mèche sur son front, plaqua son index au-dessus de sa lèvre supérieure et, levant le bras droit, hurla :

— Heil Hitler !

— Charlie, le gronda Paulette, pourquoi cries-tu ainsi, tu veux nous faire peur !

C'était bien son intention. Et il recommença en hurlant de rire. Un rire lugubre et glaçant.

Bye bye

Ses efforts dînatoires semblaient avoir payé. Paulette Goddard fut invitée à passer de nouveaux essais, en couleur cette fois. Aucune autre n'avait eu ce privilège très coûteux. Elle accéléra le rythme des cours particuliers que lui donnait une vieille comédienne de théâtre anglaise.

— *Oh, Ashley, je me demandais où vous vous cachiez. Et voilà qu'on se rencontre comme par hasard...*

— Plus tendre, plus gentille, plus joyeuse, lui conseilla Cukor, qui dirigeait maintenant avec plus de précision.

Elle se reprit aussitôt en modifiant sa voix qui se fit plus suave, plus caressante.

— *Oh, Ashley, je me demandais où vous vous cachiez. Et voilà qu'on se rencontre comme par hasard. Il me semble que cela fait une éternité que nous n'avons pas eu une véritable conversation...*

— Votre visage est encore trop dur, la corrigea le cinéaste.

— Oh, c'est vrai ?

Elle baissa légèrement la tête, puis la releva aussitôt : un voile de douceur était descendu sur sa figure. Elle recommença avec l'expression demandée par Cukor, qui la pria de se retourner afin que le cameraman immortalise son dos et sa nuque.

— Bye bye, fit-elle en plaisantant.

Puis elle fut testée sur la scène comique de l'habillage avec sa gouvernante. Comme aucune Mammy n'était disponible, Paulette Goddard assura les deux rôles à la fois.

— *Moi je ne me suis jamais évanouie… Ça ne vous fe'ait pas d'mal d'êt' sur le point de vous évanoui' de temps en temps. C'est pas comme ça que vous déniche'ez un ma'i… Oh, je dénicherai bien un mari. Et toi, tu vas m'enfiler ma robe… Non, vous po'te'ez pas ça. Vous pouvez pas mont'er vot' go'ge avant t'ois heu'.*

Elle virevoltait avec virtuosité, espiègle et butée quand elle était Scarlett, courroucée, voire furibonde, quand elle imitait la gouvernante. Un vrai petit clown.

Quelques jours plus tard, elle eut droit à un appel de Selznick :

— Mon Dieu, Paulette, plus je visionne vos scènes, plus je crois en vous.

— Vous racontez ça à toutes les filles que vous auditionnez. Je vous préviens, vous n'êtes pas du tout mon genre, minauda-t-elle.

Selznick soupira dans le récepteur.

— Parce que j'ai le genre juif, c'est ça ?

— Exactement. Comme je le suis aussi, je vais voir ailleurs. Cela ne vous gênerait pas que Scarlett devienne juive ?

Selznick se passa la main sur le front.

— Maintenant que vous me le dites. Mais vous n'avez pas du tout le type.

— Ce n'est pas ce que dit Charlie. Dans son prochain film, il m'enferme dans un ghetto. Juive ou Sudiste, que des persécutées.

Selznick, qui appréciait son goût de la provocation, éclata de rire.

— À propos de Charlie, quel genre de contrat vous lie à lui ?

Elle réprima un cri de joie. S'il parlait contrat, c'est que les choses devenaient sérieuses.

— Nous n'avons rien signé. Je lui ai promis que je serai dans son truc avec Hitler. Il noircit du papier et puis il met tout à la poubelle, alors à ce rythme-là...

Selznick connaissait ce rythme. Il se promit de verrouiller ce point avec ses avocats.

— Et votre mariage ?

— En quoi cela vous regarde ?

Si elle était retenue, des millions d'Américains s'y intéresseraient, il valait mieux clarifier la situation avant que tout le monde ne s'en mêle.

— Vous imaginez Scarlett jouée par une actrice qui vit dans le péché avec une star d'Hollywood ? Le film ne s'en remettrait pas.

— David, je vous jure que nous sommes mariés.

Selznick raccrocha rassuré, après lui avoir annoncé qu'il l'expédiait à la Nouvelle-Orléans pour travailler son accent de Sudiste persécutée.

Il n'était pas question que sa femme fût enrôlée par un autre, déclara Chaplin à la presse. L'un de ses collaborateurs fut envoyé négocier avec le voisin. Contre une somme d'argent assez rondelette, le compagnon de Paulette Goddard voulut bien céder, à condition de pouvoir disposer d'elle pour son prochain film. Le maquereau a mordu à l'hameçon, annonça Selznick à son épouse.

Le cas Chaplin était réglé, mais comme le producteur l'avait redouté, des associations de femmes et des ligues de vertu conservatrices mirent en doute l'union entre la scandaleuse Paulette et le sulfureux Chaplin. Comment osait-il salir Scarlett avec cette traînée ? Selznick reçut des centaines de lettres indignées. La réputation de dangereux gauchiste de Chaplin n'arrangeait rien et Birdwell s'inquiétait d'un éventuel boycott. Habitué aux pressions des lobbys, Selznick le rassura. L'industrie du charbon, la presse ou la Standard Oil avaient déjà mis le nez dans ses scénarios. Il n'avait jamais eu à traiter avec les femmes, lui fit remarquer son chef de la publicité.

Selznick se vit obligé de rappeler Paulette, qui revenait de son stage linguistique.

— Maintenant, il va falloir que vous m'apportiez la preuve de votre mariage.

Elle voulut le prendre de haut, mais il ne plaisantait plus.

— David, nous avons été unis sur un bateau en Chine lors de notre voyage en Extrême-Orient.

Selznick sentit monter la colère.

— Vous vous foutez de moi ? Vous croyez que c'est un mariage légal, ça ? Dites-moi plutôt la vérité, cela nous évitera de perdre du temps.

— Comment osez-vous employer ce ton ? Jamais on ne m'a parlé ainsi.

Était-elle indignée ou faisait-elle semblant ?

— Jamais non plus on ne vous a proposé un rôle comme celui de Scarlett.

La réplique eut le don de radoucir son interlocutrice.

— Entendu, David, je vais vous révéler ce que Charlie m'a fait jurer de ne jamais avouer. Le maire de Catalina a célébré nos vœux.

— OK, Paulette, nous allons vérifier.

Il lança l'un de ses collaborateurs sur les traces de ce fichu contrat de mariage. L'homme n'eut pas longtemps à chercher. Catalina n'avait pas de mairie. Donc, pas de maire. Et dire qu'il avait failli la croire : elle avait fait d'indéniables progrès, songea Selznick.

Pygmalion

Le 30 novembre 1938, à dix jours du début du tournage, Scarlett était toujours introuvable. Selznick avait certes des actrices à disposition, qui sur l'échelle des candidates allaient de l'hypothétique à l'envisageable. Mais aucune ne l'emballait vraiment. Sa scarlettomania avait viré à l'Arlésienne.

Face aux pressions de son associé Jock Whitney et de la MGM, il avait consenti à fixer une date pour les premiers plans : le 10 décembre, on commencerait par le grand incendie d'Atlanta, une séquence qui ne nécessitait la présence d'aucun rôle majeur. Trois d'entre eux demeuraient orphelins : Scarlett, Ashley et Melanie. Une catastrophe pour les costumiers réduits au chômage technique. Scarlett devait porter plus d'une vingtaine de toilettes différentes ; aucune n'était prête, faute de modèle. Selznick était le général en chef d'une armée à pied d'œuvre, guettant des ordres qui n'arrivaient pas.

Comment découvrir celle qui n'existait pas ? Il eût été plus simple pour Selznick de la créer de ses propres mains. Il avait rêvé de donner vie au plus grand film de l'histoire du cinéma, mais au royaume de l'illusion, certains rêves n'avaient pas leur place. Comme son père jadis, il s'était cru le plus malin. Comme lui, il serait puni pour ses pêchés. Car ses ennemis voyaient dans son impuissance le juste châtiment de son orgueil. Pour l'héroïne qui avait bouleversé l'Amérique, il avait pensé trouver l'actrice parfaite, celle qui aurait échappé à la vigilance de tous les autres studios. Tout le monde ne peut pas être Pygmalion, glissa à l'un de ses assistants Louis B. Mayer, qui observait la situation avec une impatience mêlée d'inquiétude. Jusqu'où irait son gendre ? Avait-il finalement fait une si bonne affaire ?

Parodiant la traque nationale de Scarlett, le réalisateur Cecil B. DeMille lança une annonce urbi et orbi concernant un rôle très mineur de son prochain film, celui d'un marchand de cigares indien. Selznick apprit qu'au Chinese Cinema, le propriétaire, Sid Grauman, exposait dans son hall la statue de cire d'un très vieux monsieur, appuyé sur une canne. Sur le socle, on pouvait lire : *David Selznick après le dernier plan de* Gone with the Wind.

Ce 30 novembre 1938, peu après la Nuit de Cristal, les Juifs allemands découvrirent qu'ils n'avaient plus le droit de posséder de pigeons voyageurs. La mesure, en apparence anodine, traduisait la volonté du régime nazi d'isoler les Juifs du reste du monde. L'étau se refermait sur une communauté déjà exclue des espaces publics et des écoles. L'annonce de ces discriminations n'avait guère ému Selznick, préoccupé seulement par les persécutions de son propre milieu dont il pensait être la victime. Les rapaces se rapprochaient, prêts à dépecer son cadavre. Ce 30 novembre 1938, vers 8 heures du soir, il reprit quelques pilules. Mais la benzédrine fut cette fois sans effet. Il se leva et eut l'impression qu'il allait tomber.

Tiens bon, Genius !

Avant de quitter son bureau, il voulut s'entretenir avec son frère. Lui seul pouvait lui remonter le moral. Mais Myron n'était pas d'humeur à prêter l'oreille à ses misères et passa son temps à vomir sur les majors. À 6 heures du soir, il était déjà complètement saoul.

— Des enculés ! Tu m'entends, *Genius*, à Berlin, l'autre salopard a plus le sens de la liberté.

Selznick éloigna l'appareil. Depuis plusieurs mois, son frère fomentait une révolution à Hollywood avec son agence d'acteurs et de réalisateurs. Il réclamait qu'ils cessent d'être la propriété des studios, qui contrôlaient toute la chaîne du cinéma, de la production jusqu'à l'exploitation. Il faut dynamiter leur putain de trust, réclamer l'abolition de l'esclavage, tu comprends, *Genius*, lui avait expliqué Myron. C'était sa manière à lui de venger leur père. David avait fondé un studio, lui, il ferait imploser le système. Dans son agence, Myron avait réuni comédiens et cinéastes, Carole Lombard, Laurence Olivier, Loretta Young, George Cukor, Alfred Hitchcock, Ernst Lubitsch, les soldats de son armée rebelle. Lubitsch devait bientôt diriger son premier film indépendant, *The Shop around the Corner*. Mais produire un film ne suffisait pas, il fallait pouvoir le distribuer dans les salles. Or, tous les circuits de distribution étaient aux mains des studios, Paramount, 20th Century Fox, Universal, Warner, MGM, qui s'étaient entendus pour refuser son film. Myron venait de rédiger une lettre ouverte à l'attention de ses assassins.

— Je l'ai intitulée : *À vous, les dictateurs. Genius*, j'ai l'impression d'être un pays des Balkans qui cherche la castagne avec l'URSS ou les nazis.

— Tiens bon, Myron.

C'était trop tard, il le savait. Son frère avait été torpillé et allait couler, encore plus vite que lui.

— Tiens bon, *Genius*.

Selznick l'entendit se resservir d'un liquide dont la nature ne faisait aucun doute. Lorsqu'il eut raccroché, il attrapa une bouteille et commença à se saouler en songeant à son frère qui s'enivrait aussi, non loin de là. Il porta un toast à Scarlett, comme si elle avait surgi dans son bureau. Puis un second. Puis un troisième qu'il adressa à son père. Mais il retourna le portrait, pour ne plus sentir son regard posé sur lui.

Au pied du mur

Il avait dû s'assoupir. À son réveil, tout était silencieux dans les locaux de la SIP. Il descendit en vacillant l'escalier qui menait à la porte de cette étrange maison patricienne où il avait installé les bureaux de son empire cinématographique. Chacun de ses films s'ouvrait sur un plan de ces colonnes de marbre, des marches en briques rouges du perron, des bordures de lauriers roses, de l'allée de jeunes chênes baignés de soleil, tandis que sur l'écran s'affichait, en majuscules, *Selznick International Pictures.* Mais jusqu'à quand ?

Après avoir contourné les huit entrepôts abritant les plateaux de tournage, Selznick passa au pied du château d'eau qui dominait l'ensemble. Son nom y scintillait au sommet, en lettres d'argent. Il longea le studio 16 qui était le plus vaste et poursuivit jusqu'à la lisière des champs ; l'un servait de jungle africaine, un autre de campagne anglaise. Bien que ce ne fût pas la saison, du coton venait d'être planté : le coton de Tara. Des projecteurs éclairaient plusieurs dizaines de chênes et de cèdres en plâtre. Malgré l'heure tardive, des employés de la régie travaillaient à les recouvrir d'écorces. Il leur adressa un signe de la main. Il manquait les pommiers et leurs fleurs en cire dont la livraison était prévue pour le mois de janvier et les scènes du début de l'ouvrage. Selznick contempla le domaine où *Gone with the Wind* devait prendre corps. Des bourrasques firent voleter la terre rouge d'Atlanta que deux camions venaient de décharger.

Il restait les principaux décors à bâtir : Tara, Twelve Oaks, le bazar d'Atlanta. Selznick n'avait cessé de faire revoir sa copie à Menzies, l'architecte en chef. Il avait sollicité Margaret Mitchell, qui avait jugé les croquis trop clinquants, trop hollywoodiens, un avis dont Selznick n'avait évidemment pas tenu compte. Pour l'heure, un bric-à-brac d'anciennes productions encombrait les terrains. Des façades du *Dernier des Mohicans* côtoyaient des portes et des murs de *Tom Sawyer* ou du *Jardin d'Allah*. On avait conservé l'entrée monumentale de la demeure gothique de *King Kong*, tourné par la RKO, la précédente propriétaire des lieux, qui au crépuscule, produisait un effet sinistre. Plutôt que de tout détruire, Menzies avait suggéré de redonner un coup de peinture, de ravaler quelques pignons et d'y mettre le feu pour la séquence de l'incendie d'Atlanta. On reconstruirait ensuite les décors nécessaires. Fidèle à son irrésolution, Selznick avait longuement pesé les avantages et les inconvénients, avant de donner son accord, cette suggestion l'ayant incité à commencer le tournage par ce brasier. Il gagnerait ainsi quelques jours pour sa recherche de Scarlett. En prises de vues nocturnes, les doublures suffiraient, le public ne se rendrait compte de rien.

Selznick observa l'équipe de menuisiers qui s'employait à masquer les brèches entre les planches et les poutres. Le vent, qui se glissait par-dessous les portes, chassa jusqu'à ses pieds la poussière qu'il regarda s'envoler. Tandis que résonnaient les marteaux, il imagina le moment où tout s'enflammerait. Pour assurer son avenir, il allait faire flamber son passé. Tout miser sur un coup, comme un joueur au pied du mur. Cela lui ressemblait. Mais quand tout serait consumé, quand il ne resterait plus que des cendres…

Sombrer

— Pourquoi ne prends-tu pas une décision une bonne fois pour toutes ?

Irene avait trouvé son mari échoué sur le canapé, une main sur le front, un verre dans l'autre main. Pour toute réponse, il émit un grognement. Elle vint s'asseoir à ses côtés.

— Si tu as une douzaine de Scarlett, cela signifie que tu n'auras jamais la bonne. Il faut te faire une raison, elle n'existe que dans ton esprit. Elle surgira dans dix ans peut-être, mais c'est maintenant que tu dois tourner.

Irene parlait de cette voix basse et profonde, qu'elle prenait quand ils devisaient de choses et d'autres, à bâtons rompus.

— Elle va venir, je le sens, il me reste une semaine.

Même face à son épouse, il se refusait à capituler.

— Tu ne peux pas toujours compter sur ta chance.

Il posa sa tête sur les jambes d'Irene.

— C'est une partie de poker qui a commencé il y a deux ans. J'attends qu'une carte sorte. Il faut bien qu'elle sorte à un moment, elle est glissée dans le paquet.

— Et si elle n'y était pas ?

Il se redressa, comme si elle venait de le gifler.

— Pas toi, Irene. Même Jock est en train de me lâcher. Il manque déjà un million de dollars, si je ne me décide pas, il ne répond plus de rien. Et chaque matin, à la même heure, un trou du cul de la MGM m'envoie un télégramme pour me répéter que Gable ne sera disponible que vingt semaines, pas une de plus.

Y croyait-il encore lui-même ? La faille s'élargissait sous les yeux d'Irene impuissante à l'aider. Elle le regardait sombrer.

Comme ils avaient cessé de parler, on entendit à nouveau le bruit de l'eau qui remplissait la piscine. Les qualités qui avaient donné à David l'énergie de s'opposer à son père, sa folle ambition, son exigence tyrannique, l'entraînaient à présent par le fond, songea Irene. Soudain, Selznick se redressa. Il venait de se rappeler un rêve qu'il avait fait la nuit précédente.

— J'essayais d'échapper à des furies. Je traversais des couloirs jusqu'à une porte que je parvenais à refermer in extremis. Leurs coups me rentraient dans le dos. Devant moi, un grand champ fleuri. Elle était là, au centre, assise sous une ombrelle qu'elle faisait tourner avec une habileté diabolique. Je croyais qu'elle ne s'était pas aperçue de ma présence, mais je l'entendais prononcer cette phrase : vous en avez mis du temps, pour un peu, j'allais partir…

C'était bien la première fois que son mari lui racontait l'un de ses rêves. Il dormait si peu qu'elle n'avait jamais envisagé qu'il pût même rêver. Mais elle fut prise d'un léger doute. Ce rêve était trop simple, trop évident. Se pouvait-il qu'il l'ait inventé ?

Clandestine

Laurence Olivier était parti depuis une dizaine de jours quand sa première lettre arriva à Durham Cottage. Vivien Leigh la lut avec fébrilité. Merle Oberon, la partenaire de Larry sur *Les Hauts de Hurlevent*, était impossible. Le réalisateur William Wyler lui menait la vie dure. Le producteur, Sam Goldwyn, avait détesté les rushs. Pourquoi l'avait-elle laissé partir ? Pourquoi avait-elle accepté leur séparation ?

Au bout de la troisième lettre, Vivien fut comme une lionne en cage, ne pouvant imaginer de rester plus longtemps loin de Larry, d'Hollywood et de Scarlett, son mirage outre-Atlantique. Le célèbre Cecil B. DeMille lui avait proposé un rôle qu'elle avait décliné. Elle attendait, secrètement. Elle se préparait dans l'ombre, comme ces jeunes filles qui se réservent pour le grand amour. En cette fin de novembre 1938, les journaux bruissaient des rumeurs de la guerre. La Tchécoslovaquie venait d'être dépecée par Hitler, le prix Nobel de la paix avait été attribué à l'Office International pour les Réfugiés, qui commençaient à affluer d'Espagne, d'Allemagne, de Pologne. Vivien Leigh ne feuilletait la presse que dans l'espoir de découvrir un entrefilet sur le tournage de *Gone with the Wind*.

Le 1er décembre, elle prit la résolution d'aller rejoindre Larry. Pour l'en dissuader, Gliddon, son agent, lui rappela que les répétitions du *Songe d'une nuit d'été*, sa prochaine pièce, débutaient le 16 décembre. Elle serait de retour à temps, promit-elle. C'était de la folie, insista Gliddon : entre le bateau jusqu'à New York et l'avion jusqu'à Los Angeles, le voyage durait près de quatre jours. À peine débarquée en Californie, il lui faudrait prendre le chemin du retour et elle reviendrait épuisée. Des arguments fort raisonnables que Vivien n'était plus en état d'entendre, impatiente de traverser la moitié de la planète pour rejoindre son amant et se rapprocher du siège de la Selznick International Pictures.

Le 6 décembre, l'employé de la Goldwyn Pictures, qui la guettait sur les docks de New York, lui fit un accueil glacial :

— S'il vous plaît, Madame, soyez discrète ! Vous êtes mariée, Laurence Olivier également. Pas question de polluer le tournage avec votre vie privée.

Elle hocha docilement la tête. Elle serait une clandestine. Elle avait d'ailleurs voyagé sous le nom de Vivian Holman.

On la conduisit jusqu'à l'aéroport de Newark où Irene Selznick venait de débarquer d'un vol en provenance de Los Angeles. Elle avait pris rendez-vous avec un médecin new-yorkais, une sommité du cerveau dont elle espérait une réponse sur ses migraines, qui s'étaient déclenchées à l'époque où Selznick s'était lancé dans la production de *Gone with the Wind.* Elle croisa dans un couloir Vivien qu'elle reconnut pour l'avoir vue dans *Fire over England.* Une pensée l'effleura. Celle-là pourrait faire une jolie

Scarlett. Elle songea en souriant qu'elle succombait à la même obsession que son mari. Mais quel était son nom ? Elle se promit de le retrouver. Au Sherry-Netherland, un hôtel de luxe de la Cinquième Avenue, l'attendait un message de Selznick, rédigé à 4 heures du matin. Il y décrivait sa dernière séance de montage sur une autre production, *Made for each other,* qui s'était prolongée tard dans la nuit.

> Carole Lombard toute satisfaction. James Stewart absolument emballant.

Son coup de blues n'avait pas duré, il était reparti au combat. Elle lui répondit par un autre télégramme.

> Tu démarres d'ordinaire sans scénario, cette fois c'est aussi sans casting. Il faut bien se renouveler. Mais tu sais que tous mes vœux les plus chers t'accompagnent.

Elle fut tentée de lui parler de l'actrice aperçue dans l'aéroport de Newark, puis y renonça. Elle s'en serait voulu d'alimenter la folie de son époux.

Confortablement installée dans l'avion d'American Airlines, Vivien sortit un miroir de poche et écarquilla les yeux comme le chat d'*Alice au pays des Merveilles.* Elle referma ses doigts comme des griffes. Margaret Mitchell ne cessait de comparer Scarlett à un chat. Elle essaya de sourire. Les chats souriaient-ils ? Non, ils ronronnaient. Elle commença à ronronner, ce qui ne manqua pas de surprendre le passager assis à ses côtés.

Laurence Olivier patientait à l'aéroport, allongé sur la banquette arrière d'une limousine. Lui aussi était venu en clandestin, pour échapper aux photographes.

— Je l'ai averti de ton arrivée.

— Qui ça ?

— Chérie, ne fais pas semblant, fit-il en se relevant. J'ai dit à Myron qu'une actrice que je recevais pourrait vivement l'intéresser. À toi de faire en sorte qu'il morde à l'hameçon.

Vivien lui serra la main à lui en faire mal.

— Dans le livre, Scarlett se déclare heureuse que sa mère soit morte, comme ça, elle ne peut voir quelle mauvaise fille elle est devenue. J'éprouve le même sentiment.

À son tour, Laurence lui écrasa la main.

Quand elle se fut reposée des fatigues du voyage, il la présenta à Myron Selznick, qui ce jour-là était sobre et eut une idée. Le grand hippodrome de Santa Anita, dans le nord-est de la ville. C'était là-bas qu'il fallait se montrer.

Elle eut l'impression d'être une bille jetée dans le tourbillon d'une roulette.

— Certains producteurs achètent un crack, lui expliqua Myron, d'autres, comme Louis B. Mayer, possèdent une écurie et un ranch. Tout ce joli monde continue à s'affronter par canassons interposés.

Il lui fit rencontrer un ex-jockey, l'un de ses informateurs, qui le tuyautait sur les gains et les pertes des huiles des studios. Celui-ci discutait avec Dan O'Shea, l'un des adjoints de Selznick, qui dépensait autant d'argent en paris que son patron aux cartes.

— Il faudra venir pour une audition, Miss Leigh, fit O'Shea.

Sans doute aurait-il dit la même chose à la première actrice connue. Mais Vivien acquiesça avec enthousiasme. La course abordait la dernière ligne droite, elle venait de se replacer en outsider. Myron passa un coup de fil à son frère :

— Alors, *Genius*, ton barbecue, à quelle heure tu l'allumes demain ?

David éclata de rire.

— À 8 heures. Pas avant qu'il ne fasse nuit.

— OK, attends-moi, je viendrai accompagné. Bien accompagné.

On était le 9 décembre. Vivien avait réservé son billet de retour pour le surlendemain.

Le baptême du feu

Il n'était pas encore 17 heures et avec une ponctualité exemplaire, Selznick descendit de sa limousine aux côtés du réalisateur, George Cukor, avec qui il venait de passer en revue les derniers tests : Jean Arthur, Joan Bennett…

— C'est vraiment la tuile, ce faux mariage de Paulette, ruminait-il encore. Pour une fois qu'on en tenait une. Sa peau rendait divinement bien. Et le public connaissait mal son visage, on pouvait lancer une actrice nouvelle.

— Je ne crois pas qu'on trouvera mieux, avait acquiescé Cukor en rajustant le foulard de soie blanc qu'il avait noué autour de son cou, de crainte d'attraper froid. Ce qui manque à Jean Arthur et Joan Bennett, c'est ce côté garce de Scarlett. Paulette l'avait.

— Oui, garce, sans pitié, le cœur sec… George, tu n'aurais pas des Chesterfield ?

Sur le trajet, Selznick avait fumé la moitié d'un paquet. Il abaissa la vitre pour faire entrer un peu d'air.

— Ta secrétaire en aura sûrement, répondit Cukor en resserrant encore le nœud de son foulard.

Les sept caméras Technicolor étaient prêtes, soit l'ensemble du stock disponible à Hollywood. Les studios qui avaient misé sur ce procédé révolutionnaire avaient accepté de prêter à la SIP leur matériel, à des conditions exorbitantes. Trois de ces caméras avaient été disposées derrière un abri en tôle ondulée, un bunker qui devait les protéger des flammes du dépôt de munitions auquel l'armée sudiste mettrait le feu avant de se retirer d'Atlanta. Tels des artilleurs dans leur nid de mitrailleuse, plusieurs cameramen avaient pris position. Les mouvements des quatre autres caméras, qui alterneraient plans larges et resserrés, avaient été répétés pendant toute une journée. Deux d'entre elles avaient été placées en regard, équipées de miroirs, dans la perspective d'une projection sur un grand écran panoramique.

Depuis une semaine, on avait multiplié les essais d'éclairage. L'impression très lente du Technicolor exigeait quatre fois plus de lumière que le noir et blanc. Jack Cosgrove, l'homme des trucages, avait demandé à la General Electric de mettre au point des projecteurs surpuissants qui montaient jusqu'à 7 000 watts grâce à l'emploi d'ampoules de 500 watts. L'entreprise lui avait cédé ses prototypes encore introuvables dans le commerce. Pour obtenir un effet de foule quand les habitants d'Atlanta s'agglutinaient devant la liste des tués de la bataille de Gettysburg, Cosgrove avait eu aussi l'idée de recourir à un écran partagé. Il filmerait d'abord deux cents figurants sur la gauche du plateau, puis leur ferait endosser d'autres costumes pour répéter le plan à droite, avant de réunir le tout au montage.

Exactement ce que Selznick recherchait : du grand spectacle. Il jouait déjà sa peau sur ce brasier d'Atlanta face à la MGM qui, pour rogner sur le budget, aurait préféré un incendie « miniature » avec de simples maquettes. Il avait tenu bon et engagé Lee Zavitz, le spécialiste des catastrophes naturelles. Ce démiurge dirigeait les ouragans, orchestrait les raz-de-marée, canalisait les fournaises. Il avait déployé deux réseaux de tuyaux qui serpentaient jusqu'aux différents étages des décors : l'un activerait les flammes avec du gaz, l'autre enverrait de l'eau et un liquide extincteur, le tout étant commandé depuis un clavier qui permettait de réguler la puissance de chaque jet. Selznick serait aux manettes. Il tenait à frapper les trois coups de son chef-d'œuvre.

Ernest Grey l'observait avec inquiétude. Le chef des pompiers de Culver City et ses hommes auraient pour mission d'alimenter le brasier en y précipitant des pans du décor. Mais ils devraient aussi veiller à la sécurité des figurants et contenir les flammes afin qu'elles ne gagnent pas la ville. La destruction était un art périlleux.

Selznick faisait les cent pas au pied de la plate-forme construite à l'intention de ses invités, véritable décor dans le décor. Car le tournage de cette scène allait devenir lui-même un spectacle auquel la presse, ses amis, ainsi que tout le personnel du studio avaient été conviés.

Vers 19 heures, on commença à servir sur la galerie des sandwichs à la dinde, des pommes de terre en robe de chambre, des oranges, du chocolat chaud et du café. Le champagne avait été mis au frais pour célébrer le baptême du feu. On dînerait à la lueur de l'incendie.

Cosgrove et Zavitz étaient venus consulter Selznick à plusieurs reprises. Tout le monde était en place. La nervosité gagnait les équipes de tournage et de pompiers. On n'attendait plus que le signal du producteur, qui guettait l'arrivée de son frère. Il regarda sa montre. 20 h 15.

— Qu'est-ce qu'il fout, ce con ? Encore en train de boire. Tant pis pour lui.

On vérifia une dernière fois le trajet du chariot sur lequel les doublures de Rhett et de Scarlett fuiraient la ville en flammes. Selznick laissa ses invités pour se diriger vers le clavier qui commandait les arrivées d'eau et de gaz. Chargé d'immortaliser ce moment historique, le photographe du studio ne le quittait pas d'une semelle.

D'un geste impérial, le producteur appuya sur le bouton que Zavitz lui avait désigné. Une onde de chaleur balaya le terrain. Atlanta s'embrasa dans un souffle. Selznick eut un mouvement de recul, surpris par la rapidité avec laquelle prenait feu sa Rome de carton-pâte.

La nausée

Selznick avait été mauvaise langue. Myron était resté sobre et compensait son abstinence par un repas pantagruélique dans un restaurant à la mode d'Hollywood, se bâfrant de laitue, d'endives, de poulet grillé, de bacon, de choucroute et de roquefort. Laurence Olivier l'accompagnait plus raisonnablement. Vivien Leigh n'avait pas faim. Elle fumait cigarette sur cigarette, passant sa main nerveusement sur sa belle jupe verte.

— Vous permettez, je reviens tout de suite.

Myron s'absenta pour téléphoner à la SIP où l'une des secrétaires de Selznick attendait son appel :

— Sylvia, où en est-on ?

— C'est parti. Je vois les premières flammes qui s'élèvent dans le ciel. Magnifique.

— Déjà ? Le con.

C'était bien la première fois que son frère était à l'heure.

— Larry, Vivien, on met les bouts.

Le couple se leva sans protester. Ils s'en remettaient à leur guide, qui s'éloigna de son assiette avec regret.

— Où va-t-on ? demanda Vivien, impatiente.

Myron mit un doigt sur sa bouche.

— Pourquoi roulez-vous si lentement ? insista-t-elle.

Avant de lui répondre, Myron prit le temps de calculer le temps nécessaire pour que le vaste décor d'Atlanta disparaisse en fumée. Maintenant que son frère était dans le feu de l'action, il était préférable de ne pas rappliquer.

— On va voir si la mer est toujours à Santa Monica, puis on reviendra à Culver City.

Le couple échangea un regard inquiet. Leur guide semblait naviguer à vue. Lorsqu'à proximité de la jetée ils passèrent devant un carrousel de chevaux de bois, Vivien exprima le souhait de monter dessus. Myron eut une moue de désapprobation. Elle haussa les épaules et s'éloigna en refermant le col de son manteau de fourrure.

Quelques enfants agités l'entouraient. Le manège s'ébranla enfin. Elle eut bientôt la nausée alors que les deux hommes, après lui avoir adressé un signe de la main, gagnaient la plage d'où ils fixèrent le large. Ils fumèrent en silence, chacun se demandant ce qu'il faisait là.

— Allez, on y va ! fit Myron à qui le bruit des vagues portait sur les nerfs.

Il écrasa sa cigarette.

Tel un phénix

Selznick commença par ignorer son frère qu'il avait vu approcher. Il avait plus urgent à faire. S'assurer auprès de son cameraman que le plan qu'ils venaient de tourner avait bien laissé dans l'ombre le visage des doublures. Il s'inquiéta également à propos du Technicolor. Que donnerait-il en tournage de nuit ? Il faudrait attendre le développement des rushs.

— Eh, *Genius*, je t'amène Scarlett O'Hara.

Avant de daigner s'intéresser à l'inconnue que Myron lui avait présentée aussi familièrement, Selznick regarda s'effondrer une maison.

— Vivien Leigh, fit l'actrice anglaise, en esquissant un mouvement de révérence.

Selznick se retourna enfin vers la jeune femme qu'un mot, un seul mot, lui sembla définir : ravissante. Le nom qu'il avait saisi au vol, Leigh, mit en branle la mécanique de son cerveau. *Fire over England. A Yank at Oxford.* Rien d'inoubliable, s'il se fiait à sa mémoire. S'agissait-il bien de la même actrice ? Il eut un doute. Mais puisqu'elle était là, pourquoi ne pas lui faire passer un essai à elle aussi ?

— George, je voudrais que tu fasses la connaissance de… Vivien Leigh. Et de Laurence Olivier, ajouta-t-il négligemment, qui nous arrive de chez monsieur Goldwyn.

L'acteur resta en retrait, résigné à jouer les utilités. Cukor évalua la nouvelle venue à qui il trouva de la fougue et de la délicatesse, de l'énergie et de la vulnérabilité. Lui aussi repensa à sa performance dans *A Yank at Oxford*. Elle était plus vive en vrai, plus enjouée, presque sautillante.

— Alors, *Genius*, on se débarrasse de tous ces vieux machins ?

Sans répondre à son frère, Selznick fixa ce nouveau visage qui se détachait des flammes du brasier, tremblant comme un mirage incandescent. La description de Margaret Mitchell lui revint à l'esprit :

> Ses yeux étaient vert pâle, mis en valeur par des cils très noirs et un peu recourbés au bout.

Ces yeux-là semblaient à présent lui lancer une interrogation muette.

— Vous n'avez pas peur de foutre le feu à Hollywood ?

Selznick fronça les sourcils. Pourquoi parlait-elle si vulgairement ? Pour se donner un genre ? Encore une coquetterie d'actrice.

Myron, que le naturel des comédiennes ne préoccupait guère, bomba le torse. Il était assez fier de son coup. Il leur avait servi Scarlett sur un plateau, au moment précis où les trois coups venaient d'être frappés. Car elle ferait l'affaire, il en était certain. Selznick, qui s'évertuait à jouer son rôle de chef d'orchestre, sentit le regard de son frère peser sur lui. Avait-il tout manigancé ? Il balaya l'idée pour repenser à son rêve, cette apparition miraculeuse dans un champ fleuri. Celle-là, tel un phénix, avait surgi au milieu des ruines, mais qu'importe, elle était bien réelle. Il se retourna vers Atlanta en flammes, ce monde de Scarlett qui venait de prendre corps en brûlant. Où s'arrêtait la réalité, où commençait la fiction ?

— Mademoiselle Leigh, cela vous ennuierait-il de lire un texte avec monsieur Cukor ?

Si cela l'ennuyait ? Elle serra les lèvres pour ne pas réciter les pages de dialogues, qu'elle avait déjà apprises par cœur.

— Mais j'oublie, ajouta-t-il avec courtoisie, il se fait tard, vous êtes peut-être fatiguée.

— Je ne suis jamais fatiguée, répliqua-t-elle, avec un air de défi.

L'insomniaque apprécia.

— Monsieur Cukor, je suis à vous, fit-elle avec empressement.

Elle n'oubliait pas que, le lendemain soir, elle avait un avion à prendre.

— George, la scène de l'habillage avec la gouvernante, qui la gronde.

Cukor le prit à part.

— Tu n'es pas de cet avis ? s'inquiéta Selznick.

— Si, si, David, mais avec quelle Mammy ? Entre Hattie McDaniel et Hattie Noel, nous n'avons pas tranché.

Ce détail lui était sorti de l'esprit. Selznick opta pour la première Hattie, puis se ravisa :

— Essaie aussi la seconde. Il faut multiplier les combinaisons, et puis refais une batterie d'essais avec Jean Arthur et Joan Bennett, et les gouvernantes.

— Tu es sûr ?

Selznick acquiesça machinalement. Il surveillait Vivien Leigh de crainte qu'elle ne se volatilise. L'incendie, c'était elle. La comédienne s'avança vers la fournaise, mais un pompier lui demanda de retourner vers les invités qui contemplaient les derniers pans de murs calcinés. Myron la rejoignit.

— L'ours et la danseuse, lâcha-t-il.

— Pardon ? fit l'actrice qui semblait ailleurs.

— Rien. Ce n'est pas tout, mais maintenant, j'aimerais bien m'en jeter un.

En retrait, Cukor observait Vivien Leigh. Il laissa échapper un soupir. Avec cette candidate de dernière minute, le manège infernal des essais était reparti pour un tour.

Le cocktail Scarlett

— *Non, je ne mangerai pas !*

Vivien Leigh avait presque craché ces quelques mots. Elle y avait mis toute la force, l'impatience et la frustration emmagasinées depuis des mois. Son *non* était en réalité un *oui* jeté à la figure de Cukor et du monde entier. Oui, je veux ce rôle, oui, je suis prête à me glisser dans les robes de Scarlett, oui, je suis cette actrice que vous cherchiez en vain. Face à une telle véhémence, Hattie McDaniel recula d'un pas, son plateau à la main, et c'est avec un temps de retard qu'elle exigea de Scarlett qu'elle grignote un petit morceau avant le bal des Wilkes.

— Coupez, fit Cukor, qui voulait déjà voir la suite.

Vivien se débarrassa dans la loge de sa jolie robe verte pour enfiler le pyjama de la candidate précédente. Il flottait un peu, mais qu'importe, Selznick avait exigé le résultat du test au plus vite.

— À présent, Vivien, Hattie va ficeler les cordons de votre corset. Elle vous demandera de ne plus respirer et de vous cramponner à l'une des colonnes du lit. C'est simple, non ?

— Très simple, répondit Vivien qui avait rejoint sa place. Et je ne dis rien, c'est bien cela ?

— Non, rien, confirma Cukor, mais bien sûr, vous jouez la scène à votre guise. Vous serez filmée à deux mètres, de la tête aux pieds.

On la maquilla à nouveau tandis que Hattie se faisait servir un café. Elle dormait à poings fermés quand un employé de la SIP avait sonné à sa porte après minuit. Si elle refusait de venir tourner, c'était sa concurrente, Hattie Noel, qui serait convoquée.

— Retenez votre souffle, lança-t-elle à Vivien.

Celle-ci posa un genou sur le matelas et gonfla la poitrine, les deux mains enserrées autour de la colonne. Elle avait la cambrure et la taille d'une danseuse. Se retournant vers Hattie, elle lui fit signe d'un air bravache qu'elle pouvait continuer à serrer. La gouvernante s'exécuta. Vivien demeura parfaitement stoïque.

— Coupez, fit Cukor, excellent ! Maintenant, Mammy va faire glisser la robe par-dessus les jupons et agrafer dans le dos votre corsage. Vous êtes devant votre miroir et vous vérifiez votre toilette. Quelque chose ne va pas ?

Vivien semblait hésiter.

— Ce n'est pas dans le livre. À ce moment-là, elle s'assoit devant son plateau et avale un morceau de jambon.

Cukor secoua la tête en souriant.

— Je vois que vous connaissez vos classiques. Mais nous faisons un film. Nous disposons d'un scénariste, de plusieurs même, autorisés à suggérer quelques changements. Avec nous, elle jouera à la coquette, ne l'est-elle pas ? Alors, elle s'admire, elle s'examine avant le bal.

Vivien frappa dans ses mains.

— Très bonne idée.

Et elle se prépara à improviser une scène de coquetterie.

— Moteur !

Hattie McDaniel s'empara des pans du corsage avec autorité. Vivien répondit par une grimace étonnée. Puis elle vacilla, gigota, se tortilla, en faisant courir ses doigts sur le tissu avec une étourdissante vivacité, tout en alternant moues de déception et mines de satisfaction. Elle se souvenait de s'être régalée à la lecture de cette passe d'armes entre Scarlett et Mammy.

— Cela ira pour ce soir, fit Cukor, qui demanda à Vivien de revenir le lendemain matin pour la scène de déclaration avec Ashley. Après le répertoire comique, les sentiments.

Vivien en fut évidemment ravie. Surtout que cette scène-là, elle l'avait travaillée avec acharnement.

Elle y fut éblouissante. C'est-à-dire furieuse. Dévorée par une sensualité à faire peur. Elle jouait sa peau quand avec Paulette Goddard, se rappela Cukor, on y croyait un peu moins.

— Un vrai feu d'artifice, pétillant, lascif, nerveux, annonça le cinéaste à Selznick en lui remettant un papier sur lequel étaient inscrits ces quelques mots :

Chipie, lady, sans-gêne, teigne, séductrice, boulet de canon.

Selznick le lui retourna après avoir ajouté :

Cocktail Scarlett ! Il est temps d'y goûter.

Un point, c'est tout.

La reprise du tournage avait été fixée à la fin janvier, ce qui avait permis à Vivien de retourner à Londres jouer au théâtre. Le temps de la négociation était venu. Les services compétents avaient préparé pour l'actrice un contrat, qui fut lu avec une méticuleuse attention. Ce rôle aurait dû revenir à Myron, mais Laurence Olivier l'écarta des discussions. Un revirement s'était opéré chez lui. S'il avait facilité l'arrivée de sa compagne à Hollywood, il freinait des quatre fers maintenant qu'elle pouvait y entrer par la grande porte.

— Larry, lui rétorqua Selznick, soyez raisonnable, Vivien est inconnue chez nous, nous allons la propulser vers la gloire.

C'est justement ce qui gênait le comédien anglais.

— J'ai appris que Gable toucherait près de 150 000 dollars. En proposant 1 250 dollars par semaine à Vivien, pour seize semaines de tournage, nous arriverons tout au plus à 20 000.

La beauté ténébreuse de l'acteur n'était plus qu'un masque de froideur.

— Larry, il est probable que nous allions au-delà des cent jours de tournage. Si j'ai mis trois ans à lancer ce film, je peux bien aussi battre un record pour le tourner.

Selznick essayait de détendre l'atmosphère.

— En outre, nous lui préparons un contrat de sept ans avec deux films par an. Enfin, je vous rappelle que Carole Lombard, l'une des stars de la MGM, ne gagne que 1 000 dollars par semaine. Cela devrait vous suffire.

Laurence Olivier secoua la tête. Carole Lombard pouvait aller se faire voir chez les Grecs. Derrière ces comptes d'apothicaire se cachait un désaccord plus profond. Humilié sur le tournage des *Hauts de Hurlevent*, il était décidé à faire payer cher ses déboires à Hollywood.

— Et le risque que vous faites courir à Vivien ? Toutes les comédiennes rêvaient de Scarlett, elles vont la détester, surtout qu'elle est anglaise. Et la réaction des gens du Sud, vous y avez songé ? Pire qu'une Yankee, une fille de Londres.

Selznick tapota sur son bureau. Il en avait sa claque des maris d'actrices ou de leurs amants. À Stockholm il butait sur le même genre de numéro, l'époux de cette Ingrid Bergman à qui il tentait de faire traverser l'océan. Un dentiste. Depuis quand les dentistes s'occupaient-ils des contrats cinématographiques ?

— Le risque, c'est moi qui le prends. Et pourquoi lui en voudrait-on d'avoir remporté la compétition ? Ici, c'est la loi, les filles se disputent le bout de gras. J'aimerais connaître la réaction de Vivien si elle venait à apprendre que vous faites de l'obstruction.

Son interlocuteur balaya la remarque, écœuré par ces gens du cinéma qui prétendaient disposer d'eux comme de simples pions.

— Laissez-moi vous rafraîchir la mémoire, insista Selznick. Il y a six ans, alors que votre femme, Jill, était en balance avec Katharine Hepburn pour un rôle, vous étiez déjà là devant moi à me répéter que Jill devait rentrer en Angleterre en votre compagnie. À l'époque, j'en suis désolé, Garbo ne voulait pas de vous dans son film. Votre amertume était compréhensible. Il n'empêche que Jill...

— Vous ne l'auriez pas prise, l'interrompit Laurence, chez qui cette blessure ne s'était pas refermée.

— Vous-même êtes devenu un grand acteur. Pensez à Vivien, ne sabordez pas sa carrière. Nous songeons à vous pour le rôle du mari dans *Rebecca*, un magnifique personnage ; l'un de vos compatriotes, Hitchcock, sera derrière la caméra.

Selznick venait de changer de tactique. Avec raison, sembla-t-il, car l'intransigeant négociateur se fit soudain plus coopératif. Ce n'était que du cinéma, après tout. Et Vivien Leigh fut enfin couchée sur un contrat de la SIP, voisinant avec le nom magique de Scarlett O'Hara.

> C'est un scandale. Une honte. Toutes ces recherches pour aboutir à une Anglaise inconnue. Monsieur Selznick, vous insultez notre pays, en refusant de prendre l'une de nos grandes comédiennes, vous condamnez votre film à la ruine.

Lorsque le choix de Vivien Leigh fut rendu public, cette vipère d'Hedda Hopper distilla son venin. Elle n'avait rien contre la jeune Britannique, mais elle n'avait pas été avertie en temps et en heure de la décision que toute l'Amérique attendait. Pire encore, la première à l'avoir annoncée avait été son ennemie personnelle, Louella Parsons. *Vivien Leigh est le visage nouveau que réclame le personnage imaginé par Margaret Mitchell,* répliqua Selznick par voie de presse, se contentant d'ajouter : *elle a du sang irlandais et français, exactement comme Scarlett.* Un point c'est tout. Il avait été inhabituellement concis.

Le couple de l'année

Il restait à faire les présentations entre Scarlett et Rhett Butler. Le couple de l'année. Vivien Leigh, qui avait réussi à se faire remplacer après le 1er janvier sur sa scène londonienne, était de retour à Hollywood. Une séance de photos publicitaires fut organisée par l'une des pointures de la MGM, Clarence Bull, un maître dans l'art de la retouche car il eût été inconcevable, voire criminel, de livrer à la presse une image entachée de la moindre imperfection.

Le rendez-vous avait été fixé sur les escaliers d'une maison de style colonial, un vieux décor du studio réemployé sur quelques dizaines de films. C'est tout ce qu'on avait trouvé ; la demeure de Twelve Oaks et la plantation de Tara étaient encore en construction.

Gable se présenta à l'heure. Mais les gens ponctuels ne sont pas toujours les plus patients. Après avoir fait les cent pas, il en eut vite assez :

— C'est une habitude en Angleterre d'arriver en retard ? Puisque c'est comme ça, je crois que ce film, je ne vais pas le faire.

Il désertait déjà. Comme s'il croyait pouvoir encore s'échapper. Une préposée aux relations publiques se précipita sur lui et, très poliment, l'invita à aller ruminer sa mauvaise humeur dans les champs de coton. Mais déambuler entre deux rangs de fleurs blanches ne calma pas sa colère. Il s'énerva si fort que son dentier se déchaussa et tomba entre les plants. Il se retourna ; personne ne semblait s'en être aperçu. Mais en le ramassant, il l'accrocha à l'une des tiges et des fils de coton se coincèrent entre ses fausses dents. Lorsqu'il remit l'appareil, cela le chatouillait. Il dut l'enlever et retirer chaque fil, une opération délicate qui lui prit un temps considérable. Sans doute sa future partenaire avait-elle profité de sa mésaventure pour daigner se montrer. Or, quand il fut de retour, Scarlett n'était toujours pas en vue.

— C'est décidé, elle peut être la plus jolie femme du monde, ce sera sans moi.

À peine eût-il prononcé ces mots qu'un léger froufrou parfumé au lilas caressa ses oreilles et ses narines. Quelqu'un lui tapota l'épaule :

— Bien d'accord avec vous, monsieur Gable. Si j'étais un homme, je dirais à Mrs Vivien Leigh de retourner dans sa chère Angleterre et d'aller s'y faire foutre.

Gable leva un sourcil, plutôt surpris par un tel vocabulaire, mais ravi par l'apparition, aussi tardive fût-elle. Il consentit à lui réserver un bon accueil et bras dessus bras dessous, ils se dirigèrent vers les escaliers sudistes et leur tapis élimé, où ils se mirent bientôt à poser en multipliant les sourires. La princesse britannique paraissait avoir fait la conquête du Yankee grincheux, qui ne ménageait pas ses œillades. Ce fut même à qui semblait le plus enchanté de rencontrer l'autre si bien que, autour d'eux, chacun y alla de ses pronostics sur leurs jeux de séduction à venir. Et de l'avis général, les photos furent très réussies.

Larguer les amarres

Pour le rôle d'Ashley, Leslie Howard faisait de la résistance. À 46 ans, il se jugeait bien trop âgé, et les essais de maquillage qui visaient à le rajeunir l'agaçaient prodigieusement. Loin de son Angleterre natale, il déversait sa frustration dans quelques lettres à sa famille où l'abominable Ashley en prenait pour son grade : vieille chiffe molle, girouette invertébrée… Le cachet proposé par Selznick eut raison de ses réticences : 75 000 dollars, soit trois fois la somme qu'on lui versait à Londres pour un rôle principal. Qui était-il pour refuser tant d'argent ? En signant son contrat, Howard, jadis interprète du *Faust* de Christopher Marlowe, vendit son âme au diable pour de bon.

Il restait à régler la question de son épouse, Melanie. Si douce, si bonne et si fade. Un rôle ingrat pour lequel Olivia de Havilland tenait la corde. Lors des auditions, la jeune actrice, qui avait exagéré cette bonté jusqu'à en faire une sainte, avait convaincu Selznick. Mais elle appartenait à la Warner et depuis que le couple Bette Davis-Errol Flynn avait capoté, Jack Warner n'avait plus aucune raison de lui faire une fleur.

C'était mal connaître l'obstination de la bonne et douce Olivia. Après avoir fait le siège, en pure perte, du patron de son studio, la jeune Anglaise prit le thé avec son épouse, une ancienne actrice, dont elle espérait qu'elle serait plus sensible à ses aspirations. Dans sa manche, elle disposait d'un atout que Selznick l'autorisa à glisser dans la conversation : James Stewart, qu'il venait de faire signer et qu'il était prêt, pour un ou deux films, à céder à la Warner. Après un nombre considérable de tasses de thé, Mrs Warner fit passer le message à son mari, qui transigea. Obtenir un rôle relevait parfois de la haute diplomatie.

Un dernier détail demeurait en suspens. Le personnage de Mammy. Pour Cukor, aucune des deux actrices en lice ne convenait tout à fait. Il déplorait chez Hattie McDaniel un certain manque de dignité et souhaitait poursuivre la recherche. Mais pour Selznick, ce rôle ne lui semblait pas de nature à devoir retarder la reprise du tournage. Il décida qu'on pouvait larguer les amarres et le 25 janvier 1939, apposa son imprimatur, *OK, D.O.S*, sur le scénario définitif. Il était bien placé pour savoir que ce bricolage d'une dizaine de scribes révisé par ses soins n'avait rien de définitif et serait soumis à ses variations d'humeur. Mais il ne songeait qu'à relancer le tournage, plus d'un mois après la séquence inaugurale de l'incendie. Après avoir admiré de son bureau la demeure de Tara flambant neuve pour laquelle il avait demandé des illuminations nocturnes, il télégraphia à son associé Jock Whitney, toujours aussi catastrophiste, un message plein d'optimisme :

Je peux te décrire le film, du début jusqu'à la fin. Aussi longtemps que je suis en vie, tout est sous contrôle, il est là, dans ma tête, plan par plan.

Il ne restait plus qu'à transposer cette vision intérieure sur une pellicule Technicolor. Pris d'un doute, Selznick ajouta :

La seule chose que tu aies à redouter est que je sois renversé par un bus.

Encore eût-il fallu qu'il fût un piéton. Il ne se déplaçait qu'en limousine.

III

Tournez, manèges !

Moteur

Ce 26 janvier 1939, Barcelone venait de tomber aux mains des armées de Franco et des milliers de civils tentaient de sauver leurs vies en se ruant vers les cols des Pyrénées. Il allait être 9 heures du matin à Culver City quand Eric Stacey, l'assistant-réalisateur, empoigna son mégaphone pour réclamer le silence. La grosse voix de cette armoire à glace porta jusqu'aux limites des studios de la SIP. À l'extérieur, sur le Washington Boulevard, des policiers en faction bloquèrent la circulation pour que rien ne vienne parasiter la prise de son.

Malgré le climat californien, la matinée était fraîche. Trois lampes à arc, placées derrière la caméra, réchauffaient l'atmosphère, mais elles dégageaient une fumée que plusieurs assistants, munis d'éventails géants, s'efforçaient de dissiper. Susan Myrick, une amie de Margaret Mitchell engagée pour veiller à l'authenticité sudiste, venait de signaler à Cukor que le boy qui traversait le champ en pourchassant un paon devait être pieds nus. On lui fit retirer ses souliers. La veille, la conseillère avait fait remarquer que la dinde était un animal absent des fermes de Géorgie. On avait dû trouver des paons au pied levé.

Depuis plus d'une heure, on procédait à des essais d'éclairage. Des ajustements auxquels Marcella Martin, la doublure lumière de Vivien Leigh, se prêtait de bonne grâce. Elle aussi avait été auditionnée pour le rôle et l'un des collaborateurs de George Cukor avait remarqué leur ressemblance. Le cinéaste était surtout préoccupé par les cornouillers en fleurs dont il souhaitait que les ombres des branches retombent sur le visage de Scarlett à l'instant précis où elle apprendrait l'affreuse nouvelle : l'homme qu'elle aimait en secret, Ashley Wilkes, allait épouser Melanie Hamilton. Quant aux deux chevaux qu'on apercevait à l'arrière-plan, on avait toutes les peines du monde à les maintenir dans le champ de la caméra. Pour qu'ils soient plus dociles, de l'avoine fut répandu sur le sol, tandis qu'un écuyer dissimulé derrière une colonne les tenait par la bride.

Vivien était arrivée à 6 heures du matin. Maquillage, coiffure et essayages seraient désormais son ordinaire. Impatiente de rejoindre le plateau, elle s'agitait sur son fauteuil. Venue s'informer des raisons du retard, elle avait été renvoyée dans sa loge.

On allait tourner l'ouverture du livre, la conversation entre Scarlett et les jumeaux Tarleton, ses deux prétendants. Le script avait été validé par Selznick qui avait dû tailler dans les répliques encore trop bavardes. Pour donner la bonne impulsion au film, cette première scène ne devrait pas excéder une minute trente, avait-il calculé. Le producteur y avait identifié deux thèmes majeurs, la guerre imminente, dont Scarlett ne voulait pas entendre parler, et l'annonce par les jumeaux du mariage d'Ashley avec Melanie, qui bouleversait la jeune fille et provoquait son départ. Mais comment basculer de la guerre à Ashley ?

La romancière ne s'en souciait pas. Selznick avait retourné le problème dans tous les sens. C'est parce que Scarlett leur intimerait l'ordre de ne plus évoquer la guerre que les jumeaux, obligés de changer de sujet, en viendraient à évoquer le pique-nique organisé par Ashley pour son prochain mariage. Il fallait que le public comprenne d'emblée que c'était elle qui donnait le ton.

— Moteur demandé, hurla Eric Stacey, qui déambulait les chaussures défaites.

Il ne les laçait jamais avant que le premier plan d'une journée ne soit dans la boîte.

— Moteur, répéta Cukor d'une voix douce.

Tout alla bien jusqu'à ce que les jumeaux annoncent les noces d'Ashley. L'un des chiens, censé apporter du naturel à la scène, se mit à aboyer comme s'il réagissait à la nouvelle. On le ramena à la raison avec une muselière de la couleur de son pelage. Quelque chose clochait également avec les jumeaux Tarleton, songea Cukor. Teints en roux et vêtus de manière strictement identique, Fred Crane et George Bessolo s'étaient réjouis trop bruyamment après que Scarlett leur avait accordé ses danses. Le cinéaste les prit à part pour calmer leur enthousiasme. Ils se remirent en position, encadrant sur les marches Vivien Leigh qui se composa à nouveau un visage attristé. Mais au moment de se lever, elle se prit les pieds dans sa robe à crinoline.

— *Fuck*, s'écria-t-elle.

Les jours précédents, elle avait appris à se déplacer dans une robe en mousseline verte et non avec cette robe blanche à volants qu'elle découvrait. Deux jeunes filles recouvrirent ses épaules d'un châle afin qu'elle ne prenne pas froid.

— Ne vous mordez pas les lèvres, Vivien, nous en avons besoin pour le film, plaisanta Cukor.

La troisième prise fut la bonne. Les chevaux s'étaient tenus tranquilles, aucun chien n'avait jappé, les jumeaux s'étaient calmés, Vivien Leigh avait apprivoisé sa robe. Le cinéaste demanda que le plan soit tiré. Soulagé, Eric Stacey laça ses chaussures.

Le tournage semblait parti sur de bons rails. On redoutait le vent qui risquait de faire voleter la terre rouge arrivée d'Arizona, mais il soufflait très faiblement. Ce fut le brouillard qui joua les trouble-fête, un envahisseur contre lequel l'équipe ne pouvait rien. L'attente débuta. Des cafés et de petits sandwichs furent distribués. À 12 h 30, la situation ne s'étant pas améliorée, on partit déjeuner. D'ordinaire, ces phénomènes de brume de mer ne duraient jamais bien longtemps. Ce jour-là, ils persistèrent. Selznick, Cukor et le maître des décors, Menzies, se réunirent pour tenir conseil.

— Replions-nous vers le studio 16, trancha Selznick.

— La chambre de Scarlett n'est pas prête, fit remarquer Menzies. Il manque les appliques, le miroir et quelques bibelots.

— Cela ne me semble pas insurmontable. Le plus important, c'est la robe verte de Scarlett, elle est bien terminée ?

On fit venir Plunkett, le chef costumier, qui demanda un délai : la qualité de la mousseline n'était pas satisfaisante. Il avait pris du retard quand Selznick, dans la scène d'ouverture, avait exigé une robe blanche à volants pour enrichir la garde-robe de Scarlett. Le producteur se fit apporter l'habit vert. Il n'y trouva rien à redire.

Menzies rameuta ses assistants, qui coururent dans les réserves pour se procurer le mobilier nécessaire. Un vacarme de clous enfoncés se mit à résonner sur le plateau. On envoya une voiture chercher Hattie McDaniel et Butterfly McQueen qui interprétait le rôle de la servante Prissy. Une heure plus tard, elles débarquèrent, déboussolées par toute cette agitation. Le directeur de la photographie, Lee Garmes, fulminait contre la fenêtre, réclamant qu'on la ferme de manière à pouvoir dessiner des lignes d'ombres qui viendraient traverser la pièce et croiser les colonnes du lit. Car il avait conçu cette séquence comme la fuite d'un petit oiseau, Scarlett, qui s'échappait de sa volière. Mais la fenêtre du premier étage devait aussi laisser passer la lumière du jour. On perdit ainsi une bonne demi-heure avant de trouver une solution qui ne plut guère à Selznick. Garmes était-il la bonne personne ? s'interrogea-t-il. Cet artiste de la caméra, expert en clair-obscur, n'avait jamais travaillé en Technicolor. Il avait du mal à comprendre que les bleus, les rouges, les verts devaient enflammer l'écran. Selznick, à qui ce procédé avait coûté assez cher, songea déjà à lui trouver un remplaçant.

Vivien Leigh arriva sur le plateau, emmitouflée dans un peignoir de bain, qui cachait ses culottes bouffantes. Elle avait trompé l'attente en travaillant son *I'm not* qu'elle aurait à répéter chaque fois que la gouvernante l'obligerait à manger. Après avoir essayé différentes prononciations face à son miroir, elle avait finalement opté pour un cri de panthère agacée.

Les menuisiers se retirèrent après avoir balayé la poussière de leurs travaux. On s'assura que tous les bibelots étaient bien disposés. L'immense capeline blanche dont Scarlett allait se coiffer fut déposée sur le lit. Susan Myrick vérifia l'accent du Sud de Vivien Leigh et Hattie McDaniel. Mais l'actrice anglaise aperçut un visage inconnu. Il s'agissait de Hal Kern, le monteur du film, qui avait reporté sur un cahier la durée idéale de chaque plan. Le producteur, qui craignait déjà que la première scène tournée n'ait été trop lente, l'avait également convoqué. Chronomètre en main, Kern prit place à côté de Cukor et intervint dès la répétition :

— Tempo !

Cukor le fusilla du regard. Kern hocha la tête, comme un cheval qui piaffe.

— Tempo, tempo, répéta le monteur.

On reprit, au risque d'avaler des syllabes.

— Trop rapide, cette fois, admit le chronométreur.

Cukor demanda le moteur en l'ignorant. Mais à peine Hattie McDaniel eut-elle commencé à lacer le corset de Vivien Leigh que le cinéaste se leva :

— Coupez !

Tout le monde se regarda. Qu'est-ce qui n'allait pas ? Cukor pointa deux hommes qui s'étaient glissés dans un coin de la chambre. Il s'agissait d'un journaliste du *New York Times* et d'un assistant de Birdwell, le chef de la publicité.

— Vous, débarrassez-moi le plancher.

Comme ils firent mine de s'étonner, le doux Cukor se fâcha tout rouge.

— Foutez-moi le camp ! Comment voulez-vous qu'on travaille dans ce bordel !

Ils s'éclipsèrent piteusement.

— Foutez-moi le camp, reprit Vivien avec l'accent du Sud.

Tout le monde éclata de rire, y compris Cukor, qui, les poings serrés, invita toute l'équipe à se remettre en place.

Le King

Le 6 février, Gable débarqua sur les terrains de la SIP. Il arrivait avec sa caravane, son maquilleur attitré, sa doublure lumière, et un acteur qui lui servait de répétiteur. Carole Lombard avait été aux petits soins pour décorer l'intérieur de sa loge. Il trouva son canapé favori, ses livres de chevet, des tableaux représentant des scènes de chasse, ainsi que son miroir habituel. Elle l'avait fait encadrer par des colombes de la paix en papier, en vue de désamorcer ses éventuels accès de colère. Sur son lit, Gable découvrit aussi un cadeau qu'elle avait confectionné de ses blanches mains : un magnifique étui génital en laine. Délicate attention qu'elle avait accompagnée d'un billet.

Ne prends pas froid, ramène-les-moi bien chaudes.

Il caressa la laine avant d'enfiler le sous-vêtement. Puis il décacheta l'enveloppe qu'un coursier avait déposée. À l'intérieur, Selznick y exposait sa vision de Rhett Butler. Un mémo long de seize pages qu'il commença à parcourir en soupirant.

— *Je crois avant tout à Rhett Butler, le reste n'a aucune…*
— Plus près, chéri, l'interrompit Cukor.

Gable se cabra. Pourquoi ce type qu'il n'avait jamais vu se permettait-il de l'appeler ainsi ? Il n'avait jamais été le chéri d'un cinéaste et il ne le serait jamais. Il avança d'un pas en essayant de dissimuler sa mauvaise humeur.

— C'est bien, on se penche vers Scarlett. Protecteur, compréhensif, un peu railleur…

Vivien Leigh adressa à son partenaire un petit sourire également railleur. Tu n'es plus le King, tu n'es plus Clark Gable, semblait dire ce sourire, tu es seulement Rhett Butler, il faut croire en effet à Rhett Butler.

— Allez, on la refait à partir de *Pourquoi cette attitude ?*

Gable resta immobile.

— Non, chéri, on repart de l'autre côté du comptoir et on fait le tour pour rejoindre Scarlett, qui ne bouge pas.

L'acteur était perdu. Déjà qu'on venait de lui remettre une nouvelle version de son texte où la phrase *Que voudriez-vous que je vous dise ?* avait été barrée. Il détestait ces changements de dernière minute. Il n'aimait pas non plus reprendre ses répliques au beau milieu d'une scène.

— On ne recommence pas du début ? demanda-t-il.

— Non, pas la peine : *Pourquoi cette attitude ?*

Gable se dirigea vers ses marques et lâcha son texte. Mais il s'était déplacé trop vite et Cukor dut à nouveau le corriger.

— Le *Vous n'avez rien à me reprocher* seulement quand on est devant elle.

Le King n'impressionnait guère Vivien Leigh qui depuis près de dix jours baignait dans l'atmosphère du tournage ; elle s'y sentait comme un poisson dans l'eau, se régalant de la précision de Cukor. S'arrêter, redémarrer, se relancer ne lui posait pas le moindre problème, elle était une véritable machine.

Ce fut pire encore quand on aborda les scènes de danse. Cukor avait toujours adoré les quadrilles. Gable ne savait pas danser. Ses souliers vernis le serraient et il trouvait ridicules les dentelles de son jabot qu'il avait pourtant fait retoucher par son tailleur personnel. Vivien Leigh essaya de le guider, mais il lui résista, ce qui accentua sa raideur. Il fallut se résoudre à filmer le couple de loin en utilisant la doublure lumière de Gable, moins maladroite. Pour les plans rapprochés, le caméraman eut l'idée de suspendre la caméra à un bras et de la faire osciller, de manière à restituer le mouvement de la valse. Leigh et Gable se contentèrent de bouger lentement la tête, les yeux dans les yeux. Tandis qu'ils étaient censés flirter, elle songea à Laurence Olivier à qui Selznick avait demandé de quitter la maison où elle s'était installée, lui rappelant son contrat où figurait une clause de « turpitude morale » : l'acteur, marié, ne pouvait cohabiter avec sa maîtresse. Quant à Gable, censé la dévorer du regard avec une mâle assurance, il eut recours à son stratagème habituel : il pensa à un bon gros steak bien saignant.

Au troisième jour d'un tel régime, Gable monta dans sa Duesenberg et quitta le plateau. Puis il ne donna plus de nouvelles, faisant frénétiquement l'amour à Carole Lombard à qui il avait rendu son étui en laine. Après le cinquième jour d'absence, Selznick vint le trouver, désespéré. Le malaise de l'acteur lui était revenu aux oreilles, il en avait discuté avec ses collaborateurs, des pontes de la MGM, son épouse Irene. Le seul avec qui il n'avait pas évoqué le problème, c'était Cukor. Car le problème, justement, c'était lui. George avait beau être son meilleur ami, il n'était pas l'homme de la situation. Pour filmer les moments d'intimité, il était remarquable, un véritable artiste des sentiments. Hélas, il ne s'agissait pas seulement d'un mélodrame. Il allait falloir de l'action, du souffle, orchestrer d'amples mouvements d'appareil. Selznick s'inquiétait déjà des scènes de foule à Atlanta. Il avait besoin d'un fonceur, d'un homme à poigne. Gable lui avoua que c'était précisément cela dont il avait lui aussi besoin.

Remaniement

La liste de réalisateurs que Selznick remit à l'acteur comportait trois noms, tous sous contrat à la MGM. Car seule la major qui coproduisait son film accepterait de le sortir de ce pétrin. Gable cocha sans surprise celui de Victor Fleming. Le producteur connaissait les liens d'amitié entre les deux hommes. Mais Fleming était en plein tournage du *Magicien d'Oz,* ce que Gable n'ignorait évidemment pas.

— J'en fais mon affaire. Vous, David, occupez-vous de la MGM, persuadez-la de libérer Fleming.

La tête de Selznick dodelina. Il allait devoir arrêter à mains nues un train qui fonçait sur lui.

Ils scellèrent leur accord autour d'une bouteille de whisky. Quand celle-ci fut vide, l'acteur exhiba un pistolet d'enfant, le dernier cadeau de Carole Lombard. Il appuya sur la gâchette, qui expulsa du canon un pénis. La blague fit rire les deux hommes qui étaient ivres.

— Bon, je crois qu'on a un truc à régler, rappela Gable redevenu sérieux.

Il était près de minuit, l'acteur fonça vers Malibu et le domicile de Fleming, qui cria au fou. Il n'avait pas lu une seule ligne de *Gone with the Wind* et lui fit valoir qu'on ne reprenait pas comme ça, au pied levé, les rênes d'une machine aussi monstrueuse. Ancien pilote de course, Fleming avait servi de cameraman au président Wilson pour le traité de Versailles en 1919. Gable lui vouait une admiration sincère. La mèche tombante, le regard hébété, il invoqua le souvenir de leurs virées à moto et de leurs tournées des bordels.

— Mais *Le Magicien d'Oz*, tu en fais quoi ?

— Qu'il aille au diable, répondit Gable, qui avait apporté une autre bouteille. Un coup de pied au cul et pfuitt, évaporé, comme par magie.

Fleming lui raconta sa dernière mésaventure. Alors qu'il filmait les nains sur *Ding Dong*, ces enfoirés, au lieu de chanter *Ding dong, the witch is dead*, avaient glissé *the bitch is dead*. Toute la scène était foutue.

— Pourquoi tu perds ton temps avec des nabots qui ne pensent qu'à des salopes ? Qu'ils aillent au diable, répéta-t-il.

Pendant ce temps, Selznick avait mis le cap vers la maison de son ami Mervyn LeRoy, le producteur du *Magicien d'Oz*, qui se pencha par la fenêtre en l'envoyant lui aussi au diable. Depuis quand dérangeait-on les gens à une heure si tardive ? Les pieds sur ses plates-bandes, Selznick ne lui parla pas de nains mais de géants en détresse. LeRoy se laissa fléchir et ouvrit sa porte en maudissant ce *schmock*.

— Cukor, il devient quoi dans tout ça ?

— Vous le récupérez. Vous avez un projet avec toutes les recalées de Scarlett, Norma Shearer, Paulette Goddard, Joan Crawford. Que des femmes, il y sera plus à l'aise.

La MGM avait autant intérêt que Selznick à ce que le navire ne sombre pas. En plaçant un de leurs réalisateurs maison, un ami de leur star, ils pouvaient même espérer reprendre la main sur ce film qui partait à vau-l'eau.

— OK, fit LeRoy, mais on vous envoie quelqu'un pour repatouiller le script à la sauce Fleming.

Un scénariste de plus ou de moins, quelle importance. Selznick n'était plus en position de négocier. Il proposa cependant un nom, John Lee Mahin. Très bonne idée, acquiesça son interlocuteur, qui ne songeait qu'à se recoucher. Mahin n'avait-il pas déjà été appelé au chevet du *Magicien d'Oz* après qu'on eut usé treize scénaristes ? Docteur Mahin ne serait pas dépaysé.

Il restait à annoncer la nouvelle de ce remaniement au principal intéressé, le pauvre George, qui avait déjà fourni tant d'efforts. Il fallait parfois couper des têtes, même celles de ses amis, soupira Selznick qui fit appeler Irene pour l'inviter à dîner.

En franchissant le porche, Cukor comprit qu'il était condamné. Un regard lui avait suffi, celui d'Irene qui lui souhaita la bienvenue, puis se retira, car elle refusait d'assister au massacre.

— George, tu as fait un boulot formidable, mais nous n'avons pas le même film en tête.

Cukor n'eut aucun mal à en convenir. Il s'en doutait depuis le premier jour. Il ne chercha même pas à se défendre et on passa vite à table. La conversation patina un peu, comme dans un film mal dialogué, mais Irene, venue les rejoindre, se montra une maîtresse de maison irréprochable, tandis que Selznick songeait déjà aux consignes à donner à sa nouvelle équipe.

On lapiderait le Christ si…

Les jours suivants se ressemblèrent pour John Lee Mahin, qui ne dormait quasiment plus. Il passait désormais ses nuits avec Selznick et Fleming, le premier essayant d'expliquer aux deux autres de quoi il retournait. Après la quatrième nuit blanche, Mahin fut convoqué par Louis B. Mayer, qui s'alarmait de l'arrêt prolongé du tournage.

— Y aura-t-il au moins un happy end ?

Mahin secoua la tête.

— Il faut absolument en trouver un. Racontez-moi la fin.

Mahin décrivit le départ de Rhett Butler insensible à la déclaration d'amour de Scarlett. Mayer retira ses lunettes.

— Pas bon, ça. Inventez un truc pour qu'il revienne. Et le tout va nous durer combien d'heures ?

On ne couperait pas à moins de quatre heures, estima Mahin. Mayer en laissa tomber ses lunettes qu'il ramassa péniblement, gêné par sa bedaine.

— Quatre ! Mais on lapiderait le Christ s'il revenait nous parler pendant quatre heures !

Mahin eut un sourire las. Il ne pensait qu'à regagner son lit et nota sans broncher les instructions de son patron avant de s'éclipser en zigzaguant de fatigue. Un journaliste, qui rôdait dans les couloirs, le reconnut. Que fabriquait-il chez Louis B. Mayer ? Rattrapé par la vanité, Mahin claironna qu'on avait fait appel à lui pour un *rewriting* du scénario, ce qui donna sous la plume du reporter :

> Le scénariste John Lee Mahin se rend chez Louis B. Mayer pour sauver *Gone with the Wind.*

Fou de rage, Selznick convoqua Birdwell, son chef de la publicité, afin qu'il se fasse passer à son tour pour un journaliste auprès de Mahin.

— Pose-lui des questions précises sur ce qu'il a manigancé avec le Vieux.

Birdwell tenta de lui tirer les vers du nez tandis que Selznick écoutait sur une autre ligne. Mais Mahin resta très évasif. Moins pour faire des mystères, que parce qu'il était complètement dans les vapes.

Un complot des mâles

L'épisode avait encore accru la méfiance de Selznick envers son beau-père. Il n'eut plus aucun doute après la visite d'Eddie Mannix. D'ordinaire, ce collaborateur de Louis B. Mayer traitait avec les syndicats mafieux ou réglait les petits soucis des stars de la MGM. Or, ce jour-là, il suggéra au producteur de changer aussi d'actrice principale. Son patron, qui n'avait en effet guère apprécié l'engagement d'une Anglaise, de surcroît étrangère à son écurie de la MGM, cherchait à profiter de la situation pour tenter de reprendre l'avantage in extremis. Mannix le « nettoyeur » n'était donc qu'un messager. Mais depuis quand les hommes de main jouaient-ils aux directeurs de casting ? songea Selznick en le raccompagnant poliment. Depuis qu'il était en très mauvaise posture, répondit-il mécaniquement.

À peine eut-il le temps de retourner à son bureau qu'il vit débouler deux furies. Vivien Leigh et Olivia de Havilland avaient appris le renvoi de leur cher George. S'il ne s'était pas trouvé au deuxième étage, Selznick aurait filé par la fenêtre.

Elles commencèrent par faire l'éloge du cinéaste, le seul assez fin, assez subtil pour les diriger et les comprendre. Puis elles pleurèrent sur leur sort : le tournage était déjà assez pénible comme ça, jamais elles ne tiendraient plusieurs mois avec un autre. S'il tenait à son grand film, il fallait rappeler George.

Selznick crut s'en tirer avec quelques sourires conciliants, mais Vivien repartit à l'assaut. Gable se sentait mal à l'aise avec Cukor, voilà pourquoi il l'avait fait virer, pour être avec son ami Fleming. C'était un complot des mâles dirigé contre elles. Selznick jura qu'il n'en était rien, puis leur promit d'agir au mieux de leurs intérêts. Une phrase qui ne voulait rien dire mais qui eut le mérite de mettre un terme à ce tir de barrage.

Leigh et Havilland repassèrent par le département des costumes où elles rendirent leurs vêtements. Afin de jouer au mieux les veuves éplorées, elles étaient venues emprunter les habits de deuil de la scène du bal de charité. Mais elles ne décoléraient pas. Et quand elles réapparurent sur Washington Boulevard, elles avaient pris la résolution de continuer à voir Cukor en secret pour bénéficier de ses conseils.

Debout à sa fenêtre, Selznick, qui avait allumé un cigare pour digérer cette passe d'armes, les regarda s'éloigner avec une certaine appréhension. Il songea à son frère qui, la veille, avait lui aussi vu surgir Vivien Leigh bien décidée à rentrer à Londres. Si elle agissait ainsi, l'avait-il prévenue, elle serait en procès jusqu'à la fin de ses jours. Myron lui avait également rapporté cette question que lui avait posée l'actrice : David était-il vraiment un homme bien ? Désolé, *Genius*, j'ai dû lui dire que tu n'étais qu'une merde. Tandis que Selznick repensait à la réponse de son frère, la cendre de son cigare tomba sur la manche de son veston qu'il épousseta. Aucun doute : les prochains jours risquaient d'être passablement merdiques.

Distribution générale

Après sa visite chez Louis B. Mayer, John Lee Mahin avait perdu la confiance de Selznick. Cette planche pourrie fut remplacée par Ben Hecht, le sprinter d'Hollywood, l'homme capable de rafistoler un scénario en un tournemain. Mais lui non plus n'avait pas lu une seule ligne de *Gone with the Wind*. Selznick dut donc une nouvelle fois reprendre toute l'histoire depuis le début, avant de lui remettre la dernière mouture du script, qui avait subi l'intervention de tant de scénaristes. N'avait-il pas quelque chose de plus cohérent ? lui demanda son nouvel employé après lecture. Selznick fouilla partout dans son bureau à la recherche de la version originale de Sidney Howard. Il vida tous ses tiroirs, avant de la retrouver enfin, enfouie sous une pile de papiers qui concernaient d'autres films. Hecht la jugea bien plus réussie.

— Comment vous êtes-vous débrouillé pour arriver à ce tas de boue ? fit-il en désignant le script que Selznick s'apprêtait à tourner.

Le producteur, devant le *tas de boue*, eut un haut-le-cœur, puis convoqua quatre de ses secrétaires, choisies parmi les plus résistantes. Il s'enferma avec elles, leurs machines à écrire, Ben Hecht, Victor Fleming, et distribua les pilules de benzédrine. Tous comprirent qu'ils en auraient probablement besoin.

— Le film est là, avait insisté Ben Hecht en tapotant sur la copie de Howard, il suffit de le faire maigrir.

Des plats leur furent livrés pendant trois jours et trois nuits, Selznick se contentant de bananes et de cacahuètes, le nouveau régime, guère amaigrissant, qu'il avait adopté. Durant ses monologues interminables, les secrétaires en profitaient pour fermer les yeux, ne sachant plus si les noms qui frappaient leurs oreilles, Butler, Scarlett, Melanie, Ashley, Mammy, étaient bien réels ou se rapportaient à un cauchemar interminable.

Au bout du troisième jour, Selznick s'effondra alors qu'il déambulait dans le bureau. On crut qu'il était mort. Son médecin parvint à le ranimer et, comme si de rien n'était, le producteur se remit en selle en s'informant des progrès accomplis durant sa perte de connaissance. Le lendemain, ce fut au tour de Fleming de flancher. Du sang s'écoula de son œil gauche. Selznick jugea préférable de lui accorder un congé, le temps de se retaper avant la reprise du tournage. L'infatigable Ben Hecht, que les pilules avaient transformé en une machine indestructible, fut le seul à ne pas connaître de défaillance. En une semaine, il remit le film sur de bons rails tandis que Selznick, en proie à des hallucinations, manqua à plusieurs reprises de sauter par la fenêtre.

Des esclaves économiques ?

Aux premiers jours de mai, le tournage en était maintenant à son cinquième mois. Comme à son habitude, Hattie se leva à 4 heures du matin afin d'être prête quand la grosse berline de la SIP qui faisait la tournée de ramassage des acteurs noirs s'arrêterait devant chez elle. À l'arrière du véhicule, Oscar Polk, qui jouait Pork, le majordome de Tara, et Butterfly McQueen, qui avait le rôle de Prissy, la servante trouillarde de Scarlett, somnolaient encore. Elle les poussa sans ménagement. Si chaque comédien blanc avait droit à son chauffeur, pour eux, le transport était collectif. Dans les studios, ils partageaient aussi la même loge, séparée des autres. Hattie ne se plaignait pourtant pas. Un siège à son nom lui avait été attribué et elle était grassement payée, ce qu'un membre de la production ne s'était pas privé de lui rappeler :

— Jamais vu des esclaves qui gagnent autant et qui en plus se trompent !

Elle avait oublié de sortir du champ dans une scène avec Gable. Une fois encore, son texte lui avait été remis à la dernière minute, rédigé sur une feuille rose. Cette couleur signifiait que dans les bureaux de la SIP l'un des scénaristes de Selznick ou bien Selznick lui-même avait réécrit durant la nuit la version d'origine, imprimée sur papier blanc. La couleur de la scène était la première chose que les comédiens regardaient. Le blanc les rassurait. Le rose les inquiétait. Le bleu, signe d'innombrables modifications, les paniquait.

Seule Vivien Leigh prenait les feuilles sans broncher. Malgré des journées marathons, elle traversait ce chaos avec un calme apparent. On saluait sa résistance en s'étonnant de la voir donner la réplique avec une joie égale. Pour elle, tout n'était qu'un jeu, prolongé d'une prise à l'autre. Hattie, moins virtuose, n'avait pas prêté attention à l'une des phrases ajoutées dans la marge : *se dirige vers la porte du fond.*

L'allusion aux esclaves l'avait évidemment blessée. Mais si elle volait dans les plumes des Blancs, elle savait ce qui lui pendait au nez. Elle serait cataloguée comme trouble-fête et ne serait pas prise sur d'autres tournages. Elles se devaient de donner l'exemple, voilà ce qu'elle avait expliqué à Butterfly, qui avait refusé de tourner à nouveau une scène après une gifle, prévue dans le scénario, que lui avait donnée Vivien Leigh. Dans la scène de la cuisine, elle avait aussi jeté sa pastèque sous prétexte qu'elle n'était pas fraîche. Continue à te plaindre et tu peux dire adieu à Hollywood, l'avait sermonnée Hattie. Toi, tu es prête à faire tout ce qu'ils te demandent, lui avait rétorqué Prissy. D'ordinaire, entre Noirs, ils se serraient les coudes. Dès que l'un d'eux était devant la caméra, les autres se regroupaient sur le plateau pour applaudir à la fin.

Clark lui aussi avait toujours un mot gentil pour elle. C'était parfois un vrai farceur. La veille, il avait substitué un verre de scotch au thé glacé qu'elle buvait avant de jouer.

Quand elle s'était présentée sur le plateau, elle toussait encore. L'équipe était morte de rire.

Dès qu'elle eut franchi le portail de la SIP, un employé de la production la mit en garde : un reporter du *Pittsburgh Courier,* Earl Morris, rôdait dans les parages. Il cherchait la preuve que Selznick et la production n'étaient qu'une bande de racistes. Dans son journal, il avait incité ses lecteurs à écrire au comité de censure pour s'assurer que le mot « *nigger* » avait bien été supprimé des dialogues. Selznick l'avait invité à venir vérifier par lui-même. En réalité, personne n'en savait rien. Le texte changeait si souvent que le seul à connaître la réponse, c'était Selznick. Et encore. Quand Hattie avait osé lui en toucher un mot, il lui avait expliqué que tout dépendait de la manière dont on l'employait et de qui l'employait. Si c'était un Noir, ce n'était pas aussi grave que si c'était un Blanc. Elle n'en était pas tout à fait convaincue.

Lorsqu'elle entra dans la loge de maquillage, Earl Morris l'attendait.

— Hattie, je suis certain que vous allez être la révélation de ce film. Vous allez montrer à tout Hollywood ce dont une actrice noire est capable.

— Alors, je les mérite, finalement, mes 2 000 dollars ?

Morris fit la grimace. Dans l'un de ses articles, qui comparait les acteurs noirs du tournage à des « esclaves économiques » et leur reprochait de commettre « un suicide racial », il s'en était pris à elle, regrettant que son salaire de 2 000 dollars contribuât davantage à son avancement personnel qu'à l'avancement de la cause des Noirs.

— Hattie, j'admets que cette histoire n'est simple pour personne. Faut-il participer ou se retirer du jeu ? Je vois bien les manœuvres de Selznick pour nous endormir. On m'a remis une photo où vous posez avec des représentants de la communauté noire de Los Angeles. C'est ce qu'indique la légende. Mais la vraie légende, ce serait plutôt : rassurez-vous, tout va bien, les Noirs nous soutiennent.

Hattie se mordit les lèvres.

— On devine qu'ils vous ont demandé de monter en première ligne pour nous rassurer. La preuve, c'est que je suis là.

— Monsieur Morris, il n'y a rien dans ce film qui soit de nature à insulter nos frères de couleur. Si c'était le cas, je n'y serais pas.

Morris leva la main, puis nota la phrase.

— J'aimerais vous croire.

— Il faut être présent et montrer notre talent.

Morris secoua la tête :

— Votre talent ou le talent des Noirs ?

Hattie se leva en colère :

— Je ne peux donc pas exercer mon métier. Ce que vous avez écrit sur moi était dégueulasse, je ne devrais même pas vous parler.

— Restez, Hattie, je plaisantais.

— On ne plaisante pas avec ça, vous pensez que je suis une vendue, imprimez-le si ça vous chante. Et maintenant, je dois aller travailler pour les Blancs.

Elle tourna les talons sans lui serrer la main.

Laissez-nous passer, niggers !

Quand elle arriva sur le plateau, elle écumait de rage. Heureusement, une fois encore, on avait pris du retard. L'un des assistants lui remit une feuille rose. Elle avait une heure devant elle.

On tournait la sortie de Scarlett de la prison d'Atlanta où elle était venue soutirer à Rhett Butler l'argent qui sauverait le domaine de Tara. Hattie lui servait de chaperon dans une rue encombrée de badauds. Quelques mouvements de foule restaient à régler. Hattie fut dérangée par Frank, l'un des employés du service de la publicité, qui souhaitait lui faire relire un communiqué envoyé aux agences de presse. Parcourant sa courte biographie, elle eut la surprise de découvrir que son père avait été un fervent prédicateur baptiste. Nulle part, en revanche, on ne mentionnait qu'il avait été un ancien esclave.

— Frank ?

— Oui, Miss McDaniel ?

— Non, rien.

Elle poursuivit sa lecture.

> Quand les jours de vaches maigres l'ont rattrapée, elle a mis sa fierté dans sa poche et n'a pas hésité à se faire engager comme domestique pour remonter la pente…

En effet, pourquoi en avoir honte ? Mais il n'y avait rien sur ses années de chanteuse ni sur ses tournées théâtrales. Elle apprit en revanche que sa grand-mère avait servi jadis sur une plantation semblable à celle de Tara et qu'elle aurait été fière de voir sa petite-fille marcher sur ses traces. En somme, si elle faisait une bonne Mammy, c'est qu'elle était la petite-fille d'une Mammy. Cette fois-ci, elle fit part de ses objections.

— Ce n'est peut-être pas l'exacte vérité, Miss McDaniel, mais c'est pour la presse, il faut bien réécrire selon le rôle.

— Cela veut dire que pour monsieur Gable et madame Leigh…

— Oui, oui, on s'adapte.

Et il lui reprit le communiqué avant qu'elle n'ait le temps de suggérer un ajout sur son passé d'actrice.

— Hattie, quel plaisir de revoir l'une de mes *élèves* !

Susan Myrick, l'amie de Margaret Mitchell, s'était précipitée sur elle. C'est ainsi que la Sudiste pur jus appelait la petite troupe d'acteurs à qui elle enseignait les subtilités de l'accent de Géorgie. Après chaque prise, Selznick se retournait vers elle pour s'assurer que le ton convenait. Il y avait les brillants sujets, comme Vivien Leigh, qui ne se trompait jamais, les éléments médiocres, comme Clark Gable qui n'avait aucune oreille, et puis les cancres, comme Leslie Howard qui se moquait de prononcer ses répliques à l'anglaise. Hattie faisait partie de la tête de classe.

— Madame Myrick, je n'ai pas pu cuisiner les beignets que je vous avais promis, quand je suis rentrée hier soir, j'étais morte.

— Ce n'est pas grave, ma chère Hattie, aujourd'hui, je n'ai pas faim. Avec tous ces ventilateurs, j'ai attrapé un rhume et je me sens toute patraque.

— Ce qu'il vous faut, c'est un peu d'huile de lin, du jus de citron et du bourbon.

— Comme tu es gentille. Quand tu auras le temps de m'en préparer… Tu as répété ton texte ?

— Non, madame Myrick, je m'y mets. Vous avez vu Mrs Leigh ?

— Il y a un problème avec sa coiffure. Monsieur Fleming n'en était pas satisfait, mais elle a été approuvée par monsieur Selznick.

Contractuellement, rien ne pouvait être modifié sans l'accord du producteur. Fleming venait d'appeler chez Selznick, qui dormait. On attendait son réveil. Sa manie de contrôler chaque détail avait pris des proportions dramatiques.

Hattie s'isola pour travailler sa scène où elle aurait à se frayer un chemin au milieu de badauds en haillons. Des Noirs, était-il précisé, qui écoutaient un musicien ambulant en tapant des mains.

— *Écartez-vous, laissez-nous passer, niggers*, devrait-elle dire en distribuant des coups d'ombrelle.

Il en traînait donc encore un. Elle chercha Fleming et aperçut au loin sa haute stature. Fin avril, il s'était écroulé après le tournage marathon de la scène où Scarlett errait parmi des centaines de blessés étendus devant la gare d'Atlanta. Vivien Leigh avait trébuché ou bien marché trop vite, un blessé avait bougé, le bras de la caméra s'était grippé… Mais surtout, Selznick était intervenu pour choisir un habit, décider d'un éclairage ou réécrire une ligne de dialogue. Bientôt, il faudrait lui demander l'autorisation d'aller aux toilettes. Remplacé par un troisième réalisateur, Sam Wood, Fleming avait appris à son retour que le producteur, pour réemprunter auprès des banques, avait hypothéqué tous ses avoirs sur ses films en production, y compris *Gone with the Wind*. Cette menace d'une banqueroute pesait sur le tournage.

Selznick s'était enfin réveillé : on ne toucherait pas à un cheveu de Vivien, qui put prendre la direction du plateau.

— Bonjour Hattie, c'est donc encore à nous.

Elle s'adressa à l'actrice noire avec une petite moue pincée. Lors de leur dernière scène commune, Vivien l'avait laissée en plan à midi, l'heure du coup de téléphone de Laurence Olivier. Une demi-heure plus tard, elle était revenue sans s'excuser, ce dont Hattie avait osé lui tenir rigueur. Vivien flottait dans sa robe de velours vert et le maquillage peinait à masquer ses cernes. Le chaos du film avait eu l'effet inverse sur Hattie qui avait grossi d'une dizaine de kilos. Les rembourrages de son costume n'arrangeaient rien et elle se faufila avec prudence entre les câbles, les techniciens et les figurants noirs qui battaient la semelle. Quand elle les entendit comparer leurs loques, elle repensa à ses premières figurations.

— Hattie, tu écoutes ?

Fleming, qui donnait ses consignes, l'avait rappelée à l'ordre.

— Tu diras ton texte en toisant ces sacripants qui sont en plein milieu. Tu prends ton air furibard. Hé là, vous,

vous voyez pas qu'il y a une demoiselle et que vous gênez ? Et ensuite, vous filez vers la boutique de Frankie Kennedy. Pas compliqué, non ? Allez, on fait une mise en place.

À la fin de sa réplique, Hattie s'arrangea pour ne prononcer que le *n* de *nigger* en escamotant les autres lettres. On ne sembla pas s'en apercevoir. Et, lorsqu'on tourna pour de bon, elle remplaça le *n* par des maugréements, tout en balançant son corps de manière exagérée. Personne ne lui adressa la moindre remarque.

Petit cul britannique

Son haleine empestait l'alcool. La pression qu'exerçaient ses mains plaquées sur les tempes de Vivien Leigh augmentait à mesure qu'il récitait son texte d'une voix douce et menaçante :

— *Regardez mes mains, ma chère, elles pourraient vous tuer. Si cela tuait votre amour pour Ashley, je le ferais…*

Vivien Leigh se rappela soudain ce qu'Olivia de Havilland lui avait dit : s'il le voulait, Gable nous écrabouillerait d'un coup de poing. Elle n'eut donc aucun mal à paraître aussi affolée que Scarlett, terrifiée par la sauvagerie de son mari.

— Les yeux moins exorbités, Vivien, on n'est pas dans un film d'horreur, fit la grosse voix de Fleming, qui se tenait au fond de la pièce plongée dans une semi-pénombre. Le faible éclairage créait une atmosphère lugubre, parfaite pour cette scène où les deux époux se livraient un duel à mort. Gable lâcha sa prise.

— Tout va bien, Vivien ?

L'actrice se força à sourire.

— Mais dans le livre, il est écrit qu'elle n'a jamais eu aussi peur de sa vie.

Et elle se leva pour aller chercher son exemplaire dont elle ne se séparait jamais.

— Tenez, c'est marqué là, page 876, je l'ai même souligné.

Fleming étouffa un juron. L'Anglaise commençait à les lui briser. Il se tourna vers Selznick, recroquevillé dans un coin, qui l'observait de son regard myope.

— Dans un instant, elle va le traiter d'ivrogne imbécile et lui expliquer qu'il est jaloux d'un amour qui le dépasse. C'est donc qu'elle n'a pas si peur. Alors, n'exagérez pas.

Vivien Leigh haussa les épaules.

— Il faudrait savoir. Depuis le début, vous me dites de surjouer, c'est tout ce que vous me répétez, surjouez, pour la scène où j'arrache la terre de Tara avec mes mains, vous m'avez même dit de jouer avec mes fesses. Quand ce n'est pas mes seins que vous faites rehausser avec une bande adhésive qui m'empêche de respirer, et monsieur Gable, ce n'est pas la peine de sourire quand je parle de mes seins…

Le sourire qu'elle avait surpris sur les lèvres de l'acteur s'effaça aussitôt.

— OK, OK, roulez des yeux si ça vous chante, s'énerva Fleming. On reprend.

— Vivien a raison, c'est la scène la plus dramatique du film, ce serait dommage de la gâcher, intervint Selznick.

— On reprend à *Si vous n'étiez pas ivre, je me justifierais*, répéta Fleming, comme s'il n'avait rien entendu.

Elle ne perdait rien pour attendre, songea Gable, qui n'avait pas aimé voir son ami Fleming désavoué. Puisqu'elle voulait avoir peur, elle aurait peur. Mais l'actrice tardait à regagner la table où Gable la forcerait à se rasseoir.

— À propos de cette réplique, j'ai une remarque, fit-elle.

— Quoi encore ? grogna Fleming.

— Dans le livre, Margaret Mitchell a écrit S*i vous n'étiez pas ivre, je vous expliquerais tout*... Ce n'est pas la même chose. Se justifier, c'est sous-entendre qu'elle est coupable. Or, quelle faute a-t-elle commise ? Se refuser à son mari ? C'est donc une salope qui prend un malin plaisir à penser à Ashley et à refuser de coucher avec Rhett Butler...

Ce point d'argumentation déstabilisa Fleming. Où voulait-elle en venir ?

— J'ai l'impression qu'on fait un monstre de Scarlett, une fille égoïste, cynique, je voulais vous en parler depuis longtemps...

— Ce n'est peut-être pas le moment, l'interrompit Fleming.

— Si, c'est le moment. Au contraire.

Fleming, qui avait surgi devant les projecteurs, fonça sur l'actrice qui déambulait derrière la table, le livre à la main.

— Votre bouquin, mademoiselle Leigh, vous pouvez vous le foutre dans votre petit cul britannique.

À nouveau, Vivien Leigh écarquilla les yeux. Plus encore quand elle vit Fleming quitter le plateau et claquer la porte. Toute l'équipe fut également stupéfaite. Seul Gable ne parut guère surpris et le regard qu'il adressa à l'actrice semblait dire : alors maintenant, tu es contente. Un rire brisa le silence. Selznick, qui s'était levé de son siège, se prit les pieds dans un câble, et répéta, le corps secoué de rire :

— Votre petit cul britannique...

Vivien Leigh eut envie de pleurer.

— Bon, fit Selznick, qui avait retrouvé son sérieux, assez de temps perdu, je fournirai des indications si besoin.

Il avait enfin obtenu ce dont il rêvait : diriger lui-même une scène de son film, ce rapt, qui offensait la morale et qu'il avait imposé après une longue bataille avec la censure.

Lorsqu'il eut demandé le moteur, Gable comprima le charmant visage de Vivien Leigh, puis l'insulta, la plaqua contre un mur et la souleva pour l'entraîner dans leur chambre. Prisonnière de l'ogre Gable, Vivien Leigh se sentit affreusement humiliée. Mais impossible de protester, la scène figurait dans l'ouvrage. Elle ne put qu'enfoncer ses ongles dans les muscles du colosse qui resta de marbre. En vérité, il éprouvait un étrange malaise, rattrapé par le souvenir d'un autre tournage, quand un soir d'hiver, il avait, plus ivre encore, violé Loretta Young. Selznick, lui, y prit un tel plaisir qu'il fit refaire plusieurs fois la prise.

Rien à foutre

— *My dear, I don't give a damn.*

Pour ce dernier mot en quatre lettres, Selznick refusa, une fois encore, de transiger avec la censure et n'hésita pas à noircir un nombre considérable de pages.

Ce *damn* cinglant, Rhett Butler le prononçait à la fin de l'ouvrage après que Scarlett lui avait juré qu'elle ne pourrait vivre sans lui. Pour le producteur, c'était une manière de tordre le cou à tous les happy end que son beau-père essayait encore de lui imposer.

Mais le code Hays n'était pas de cet avis. Ce code de production cinématographique traçait la frontière entre le bien et le mal, entre le permis et le prohibé. Au premier de ses multiples chapitres figuraient les blasphèmes. Dieu, Seigneur, Jésus ne pouvaient être invoqués en dehors des scènes religieuses, ni d'autres termes comme S.O.B (*son of a bitch*) ou le mot *damn*. Sur le script que Joe Breen, le chef de la censure, lui avait renvoyé le 8 juin, la réplique avait été pointée : *Scène 681, page 249 : s'il vous plaît, supprimez le terme souligné dans la phrase suivante : My dear, I don't give a damm.*

Mais les termes soulignés par Joe Breen, Selznick n'en avait rien à foutre non plus. Il préférait s'adresser à Will Hays en personne, le tout-puissant patron du code qui portait son nom, pour qui il prépara toute une batterie d'arguments qui commençait par un rappel de la définition donnée par l'*Oxford English Dictionnary*. Ce n'était pas tous les jours qu'à Hollywood on se réclamait de ce monument de la pureté linguistique dont Selznick était le seul à posséder l'édition complète en douze volumes. Selon cet ouvrage de référence, *damn* n'était pas un juron mais un mot simplement vulgaire. Ses secrétaires furent priées aussi d'en relever les occurrences dans les magazines féminins ; la chasse au *damn* fut ouverte et on ne manqua pas d'informer Will Hays de l'abondance de la récolte. On dénicha aussi un film de la Warner qui l'avait employé sans pourtant s'attirer les foudres. Selznick concluait sa requête en faisant remarquer que supprimer cette phrase, c'était trahir l'œuvre originale de Mrs Mitchell et donc décevoir des millions de lectrices qui connaissaient déjà par cœur cette réplique.

Tous ces arguments laissèrent Will Hays de marbre, ce qui incita Sezlnick à provoquer une réunion de tous les patrons de studios dont l'ordre du jour était : *I don't give a damm*. Si Hays concéda que le code devait être amendé, il ne revint pas sur l'interdiction de ce mot. Le film conserva son visa, mais Selznick ayant violé un article du code, on lui infligea l'amende réglementaire, 5 000 dollars. Une goutte d'eau dans l'océan de dépenses accumulées. En annonçant la nouvelle à Jock, il se fit donc un plaisir d'ajouter :

— *Frankly, my dear, I don't give a damn.*

IV

Pluie d'Oscars

Une procession de bobines

Trois limousines noires aux vitres teintées avançaient à l'allure d'un convoi funéraire. Les deux premières transportaient plusieurs piles de bobines couvées par cinq gardes du corps. Assis dans le troisième véhicule, Selznick fermait la marche, les yeux rivés sur le précieux chargement qui traversait en grand secret la banlieue est de Los Angeles.

En ce 9 septembre 1939, le thermomètre affichait plus de 35 degrés. Le cuir des sièges exsudait la chaleur et son front dégoulinait de sueur. Mais il brûlait surtout de savoir si ces fameuses bobines lui assureraient la gloire et, accessoirement, la survie. Pour l'heure, il l'ignorait, de même qu'il ignorait la destination de leur étrange cortège. Hal Kern, son chef monteur qui avait pris place dans la première limousine, avait pris soin de ne rien lui dire sur cette projection-test, de peur que son patron ne vende la mèche.

Après six mois d'un tournage rallongé de moitié, Selznick trépignait à l'idée de présenter son chef-d'œuvre à la terre entière. Seuls quelques pontes de la MGM en avaient eu la primeur. Louis B. Mayer avait dû aller soulager sa vessie par deux fois au cours des quatre heures et vingt-sept minutes que durait désormais le film. On lapiderait même le Christ s'il revenait nous parler quatre heures et vingt-sept minutes : Mayer avait recyclé sa blague. Il dut s'avouer cependant bluffé par le résultat, ravi aussi à la perspective de tout l'argent que son studio allait amasser.

Ces deux cent soixante-sept minutes de film correspondaient à un second montage. Tout l'été, avec Kern et son équipe, Selznick avait nagé dans un océan de pellicule, s'infligeant d'interminables séances. Hal Kern réveillait le producteur pour de courtes promenades autour de l'immeuble où le film s'élaborait, collure après collure. Tels deux somnambules, ils erraient dans les rues désertes, écrasées par la canicule, avant de retourner plonger dans les images en Technicolor. Selznick sélectionnait les angles de vue, retranchait certains plans, taillait dans les entrées ou les sorties de scène. Le premier bout-à-bout avoisina les cinq heures. Neuf mille mètres de pellicule. Une matière hautement inflammable qu'aucune compagnie n'accepta d'assurer. Pour l'entreposer, Selznick commanda une chambre froide dont il fit, par prudence, régulièrement arroser les toits.

De nouveaux frais, mais qu'importe. Les lignes de budget avaient déjà explosé au-delà des prévisions les plus pessimistes. Selon les calculs de son associé Jock Whitney, *Gone with the Wind* devait réaliser plus de dix millions de dollars d'entrées pour sauver la SIP. Cette somme, aucun film ne l'avait jamais engrangée. Mais d'après un sondage, le premier effectué pour le cinéma, cinquante-six millions d'Américains avaient exprimé le souhait de le voir. Un Américain sur trois. Une proportion qui dépassait l'entendement. Ce n'est qu'un sondage, avait rétorqué

Jock, d'ici à la sortie du film, *le Vent* pourrait bien avoir tourné. Dix millions de dollars : voilà donc ce que valaient peut-être ces bobines empilées sur les planchers des deux véhicules. Ou beaucoup moins, si la montagne Selznick accouchait d'une souris. Une hypothèse qu'il n'acceptait pas d'envisager.

Il avait également profité de ces deux mois de montage pour faire retourner certains plans dont il n'était pas satisfait. Notamment la conversation entre Scarlett et les deux jumeaux, la première interprétée par Vivien Leigh au mois de janvier. Selznick avait jugé son jeu encore emprunté. Les six mois de tournage avaient marqué le visage de l'actrice à qui il avait offert des vacances dont elle était revenue avec une mine éblouissante, qu'elle mit sur le compte *d'une baise ininterrompue avec Larry*. Selznick n'avait pas relevé : l'essentiel, c'était le film. Dans cette scène, une fois encore, elle était étincelante. Il devait l'admettre, elle avait bouffé le rôle. Il ne pouvait pas en dire autant de Gable qui s'était trop méfié de Rhett Butler. Un acteur faisait fausse route s'il traitait son personnage en ennemi. L'Anglaise avait aimé Scarlett à la folie.

La procession de bobines s'était engagée dans la vallée de San Bernardino et longeait maintenant des plantations d'orangers. Ils arrivaient aux confins du désert. Il faisait de plus en plus chaud.

— Où diable Kern nous emmène-t-il ? s'interrogea Selznick, de plus en plus inquiet.

Il avait posé la question à Sylvia, sa secrétaire, qui haussa les épaules. Son patron se cala au fond de la banquette. Quelque chose, enfin, lui échappait sur ce film.

Il aperçut la pancarte Riverside. La ville des oranges et des citrons. Ils passèrent devant un premier cinéma, puis devant un second, le Fox, qui programmait *Beau Geste*, avec Gary Cooper à l'affiche, dont il avait appris qu'il avait détesté le personnage de Rhett Butler. Tant pis pour lui !

Les trois véhicules s'arrêtèrent. Hal Kern venait de s'extraire du premier et se dirigea vers le bâtiment. Dix minutes plus tard, il en ressortit en faisant signe aux gardes du corps qu'ils pouvaient décharger. Puis il réveilla Selznick qui s'était assoupi.

— J'ai remis des fiches au patron du cinéma qui les distribuera après la projection. On a le temps d'installer les bobines, le public termine le premier film du double programme.

— Qu'est-ce qu'ils ont vu ce soir ? demanda le producteur.

— *Nuits hawaïennes*, répondit Kern en souriant.

— Cela va leur faire un choc. Allez-y Sylvia, je vous rejoins, vous avez bien votre cahier et votre lampe ?

— J'ai. Vous ne voulez pas que je reste ? Ce serait trop bête de vous endormir maintenant.

Il la rassura. Lorsqu'elle fut partie, il engloutit cinq pilules de benzédrine comme de vulgaires bonbons. Pendant plus de quatre heures, il allait devoir analyser chaque plan, chaque réplique pour d'éventuelles retouches, un travail auquel il voulait se livrer en présence du public, qui allait décider du destin de son film.

L'odeur du succès

— Mesdames et Messieurs, je dois vous faire part d'un changement de programmation, annonça le patron du Fox monté sur scène.

Un murmure de déception parcourut l'assistance venue voir Gary Cooper en légionnaire pris dans les sables.

— Vous ne serez pas déçus, je vous le promets. D'ici quelques minutes, nous fermerons les portes. C'est un film assez long, plus de quatre heures, prenez vos précautions.

Des protestations s'élevèrent. Certains se précipitèrent aux toilettes.

— Interdiction de quitter la salle pendant la séance, c'est bien compris ?

Des spectateurs se levèrent, mais la plupart restèrent, par curiosité.

— Nous vous remettrons à la fin des fiches que je vous remercie de bien vouloir remplir. Votre avis compte, le producteur est très impatient de le connaître.

Lorsque l'agitation fut retombée, les lumières s'éteignirent. Dans la cabine de projection, Hal Kern lança la première bobine, après avoir adressé un clin d'œil à l'un des gardes qui le protégeait, en cas, fort improbable, d'une attaque à main armée. Ses collègues avaient bloqué chaque issue de la salle. Selznick avala une autre pilule.

Sur l'écran apparut l'image de cerisiers en fleurs sur un fond de ciel bleu. Puis une pancarte, suspendue devant une demeure patricienne éclaboussée de soleil, annonça une production de la Selznick International Pictures. Il y eut un long silence, un interminable silence, interrompu enfin par quelques notes de musique. Quatre lettres géantes commencèrent à défiler. GONE. Selznick avait exigé que la taille habituelle soit triplée. WITH. Les caractères s'effilochaient, tels d'immenses drapeaux déchirés par le vent. THE. La plupart des spectateurs venaient de reconnaître le titre que le mot WIND vint compléter. Une clameur s'éleva dans les rangs. Des applaudissements retentirent. Certains sifflèrent dans leurs doigts. Ils seraient les premiers. Personne ne pensa plus à Gary Cooper.

Assis au dernier rang aux côtés de Sylvia, Selznick murmura bientôt à l'oreille de sa secrétaire qui se mit à griffonner en toute hâte.

— Ouverture : trop long quand Scarlett quitte les jumeaux et la véranda en s'éloignant de la maison. Couper sur *Ashley m'aime*. Trop de Mammy à la fenêtre… Barbecue : le *India Wilkes* de Scarlett à son arrivée est inaudible… Monter le son sur le *Melanie Hamilton* quand Scarlett vient la saluer dans le hall. Prendre l'autre angle de vue pour l'échange entre Scarlett et Charles Hamilton… Rallonger le premier regard entre Scarlett et Rhett ainsi que le dialogue dans les escaliers entre Scarlett et sa sœur Carreen, on passe trop vite…

Pendant plus de quatre heures, il procéda ainsi à l'autopsie de son film. Ayant mémorisé les entrées et sorties de chaque plan, il était en mesure de décortiquer tous ces rouages qui forment la mécanique secrète d'une œuvre cinématographique. Tout en dictant ses commentaires, il demeurait à l'affût des réactions. Quels étaient les moments faibles ? Quelles séquences emportaient l'adhésion ? Il aurait aimé disposer d'un appareil enregistrant les battements de cœur de chaque spectateur.

Scarlett venait de jurer fidélité à la terre de Tara. Lorsque le mot *Fin* masqua sa silhouette, un tonnerre fit vibrer les murs. Les trompettes de la victoire. Selznick ferma les yeux pour mieux les laisser bourdonner dans son cerveau. Les applaudissements retombèrent progressivement. Le public ne bougea pas. Il semblait assommé par ce déluge de couleurs, de musique et de sentiments. Puis tout le monde tendit la main vers les formulaires, impatient d'exprimer son avis.

Le patron du Fox remit les fiches remplies à Selznick, qui attendait, les ongles enfoncés dans les accoudoirs. Tandis que Sylvia se dégourdissait les doigts, il se plongea dans leur lecture. *Plus grand film jamais réalisé* : tel était le jugement qui revenait le plus souvent. Mais il s'arrêta sur des appréciations plus précises. À la question, *faudrait-il ajouter des scènes de bataille ?* plusieurs personnes avaient répondu par l'affirmative en ajoutant : *étant donné les circonstances actuelles*. Un spectateur avait retenu l'échange entre Rhett et Ashley sur la vanité des conflits qui déchiraient les hommes. Une semaine auparavant, les principaux pays européens venaient d'entrer en guerre. Il allait perdre de nombreux marchés. Mais alors que tout un continent se retrouvait en danger, il proposait l'histoire d'une autre civilisation balayée par l'Histoire. Le timing serait parfait.

Soulagé, il confia les fiches à sa voisine et partit déambuler dans la salle qui s'était vidée. Un jour, songea-t-il, on apposerait une plaque sur la façade de ce cinéma. Il fut dérangé par une odeur qui se dégageait des fauteuils. Il fureta dans les travées. Aucun doute, cela puait la pisse. Il aperçut même quelques rigoles d'urine. Y avait-il plus beau compliment ? Cette odeur âcre était l'odeur même du succès. Mais quatre heures d'affilée, c'était trop long. Il faudra un entracte, décida Selznick, dont la vessie était aussi sur le point d'exploser.

Caramels et chewing-gums Scarlett

En ce 15 décembre 1939, ils étaient tous là. Les deux sénateurs de Géorgie. Le gouverneur de l'État. Les derniers vétérans vacillants de la guerre de Sécession à qui l'on avait raccroché leurs médailles. Il y avait aussi Bobby Jones, le plus grand golfeur de tous les temps, né à Atlanta, qu'on avait prié d'abandonner ses cannes pour être de la fête. Et celle bien sûr sans qui rien n'aurait eu lieu, l'enfant prodige de la ville, la timide Margaret Mitchell, qui clignait des yeux, effarouchée par les projecteurs.

La veille, le maire d'Atlanta, William Hartsfield, s'était déplacé jusqu'à l'aéroport pour accueillir le premier avion à couchettes au monde. La MGM, qui distribuait le film, n'avait pu refuser l'offre d'American Airlines, qui, flairant le bon coup, avait mis à disposition l'un de ses DC-3.

Le maire vint s'inviter sur la photo aux côtés de Vivien Scarlett Leigh. Elle était accompagnée de Laurence Olivier, dont les communiqués de presse de la SIP avaient justifié la présence par son rôle dans *Rebecca*, la prochaine production de David O. Selznick. Redoutant un scandale, celui-ci l'aurait évincé si l'actrice ne l'avait menacé de faire faux bond. Qui aurait soupçonné pareilles disputes en voyant le sourire étincelant du producteur ? Organisée trois jours auparavant pour les journalistes de Los Angeles, l'avant-première triomphale avait eu sur lui l'effet d'un tube entier de benzédrine.

Un œil vers les caméras, le maire, Hartsfield, échangea quelques banalités avec Vivien Leigh, qui en entendant la marche militaire jouée par la fanfare, s'écria :

— Oh, la musique du film !

— C'est *Dixie* qu'on entend dans *Gone by the Wind* ? s'étonna un reporter qui traînait dans les parages.

Scarlett n'avait pas reconnu la mélodie emblématique du Sud des États-Unis ! Heureusement, le journaliste s'était adressé au chef de la publicité de la MGM, Howard Dietz, qui attribua cette remarque à l'esprit facétieux de l'actrice anglaise.

On attendait Clark Gable qui avait exigé un avion privé. Pas question de voyager avec cette enflure de Selznick qui avait osé déclaré à la presse qu'il avait supervisé le travail du metteur en scène. Fleming s'était décommandé et, par solidarité, l'acteur avait songé à tout annuler. Peu avant l'atterrissage, il redemanda du café pour dissiper les effets de la cuite prise avant le départ avec son ami.

Lorsqu'il posa le pied sur le tarmac, la cohue vira à l'émeute et pour assurer le service d'ordre, les membres de l'orchestre posèrent leurs instruments. On cessa enfin d'entendre *Dixie*. Gable était venu avec sa nouvelle épouse, Carole Lombard ; le film lui aurait au moins servi à cela. Les flashs crépitèrent. Les caméras tournaient à plein régime. L'inévitable Hartsfield coulissa près du couple.

Puis il termina sa tournée devant la carlingue du DC-3 où figurait l'inscription *Gone with the Wind, Atlanta*

World Premiere. Sa ville était devenue le centre du monde, et même si ce monde était désormais en guerre, celle-ci semblait à des années-lumière.

— À l'époque de Scarlett, rappela l'élu qui avait saisi un micro, monsieur Hitler n'était pas encore né.

Puis, d'un air solennel, il ajouta :

— C'est la première fois qu'un État décrète un jour férié pour la sortie d'un film.

Il avait fallu négocier pied à pied. Des tractations que Kay Brown avait eu le redoutable honneur de mener. Les autorités avaient insisté pour obtenir une parade de l'équipe en décapotable devant un million de personnes. Hollywood venait de ressusciter la splendeur déchue du Sud, elles ne pouvaient envisager moins.

Que je sache, avait écrit Selznick modestement à Kay, qui enchaînait les réunions, *nous n'avons pas vaincu les Allemands, ces festivités dignes d'un conquérant sont donc ridicules. D'accord pour réserver la primeur du film aux gens d'Atlanta, pas pour finir en monstres de foire.*

Il craignait surtout que Gable, allergique à ces mondanités, n'en profite pour déclarer forfait. Mais les Sudistes voulaient leur parade et ils l'avaient eue.

Avec ce détachement admirable qui faisait son charme, le demi-dieu Gable se prêta finalement au jeu. Sur le char automobile, il n'était pas seul. Engoncée dans une jupe à panier, la petite-fille d'un ancien maire d'Atlanta le saoulait d'histoires du bon vieux temps que son accent rendait incompréhensibles. Il lui souriait cependant, tout en saluant les vestes en velours et les chapeaux en poil de castor. Alerté par les intonations pittoresques, Selznick convoqua Susan Myrick :

— On s'est planté, on n'en a pas assez dans le film.

— Il y a une limite à tout, le rassura-t-elle, même à l'accent géorgien.

Vivien Leigh fut conduite jusqu'au grand magasin de confiseries de la ville. L'y attendaient des caramels Scarlett, des bâtons de mélasse Scarlett, des chewing-gums Scarlett. Gable avait eu droit à des sachets d'amandes et de cacahuètes.

Le soir, l'Association de la jeunesse d'Atlanta proposa une réplique grandeur nature du bal de charité où Scarlett et Melanie sacrifiaient leurs alliances pour la cause sudiste. Vivien Leigh fut priée de l'ouvrir avec monsieur le maire qui se vit réélu avec un score historique. En guise de préambule, il avait livré un aperçu du lyrisme local :

— *Sentez-vous l'odeur de la glycine ? Percevez-vous les froufrous des robes à crinoline ? Entendez-vous les chants des Noirs dans les champs ?*

Et d'un geste théâtral, il désigna le rideau de scène qui se leva sur une reconstitution de la maison de Tara. Assise sur les marches, une chorale d'enfants noirs déguisés en esclaves entonna spontanément quelques *negro-spirituals* ; parmi eux, un garçon à l'œil vif, Martin Luther King. Ils seraient les seuls Noirs admis au cours des festivités.

La façade du Loew's, le grand cinéma de la ville, avait été rénovée pour imiter la maison de Twelve Oaks. Le lendemain, ses portes s'ouvrirent devant deux mille Blancs qui avaient déboursé la coquette somme de dix dollars reversés à une association caritative ; certains revendeurs avaient fait grimper les prix jusqu'à deux cents dollars. Quant à la communauté noire d'Atlanta, elle patienterait encore quatre mois avant de découvrir Mammy, Prissy et Pork, dans d'autres cinémas.

Ce 15 décembre 1939, il manquait aussi Hattie McDaniel, ainsi que l'ensemble des acteurs de couleur. Mammy n'était pas la bienvenue, avait fait savoir le bureau du maire à Kay Brown. Maudits Sudistes, avait pesté Selznick, qui comptait sur Hattie pour assurer la promotion auprès des Noirs. Lorsqu'il apprit la nouvelle, Gable téléphona à Hattie pour lui annoncer qu'il annulait sa participation. L'actrice lui conseilla de penser au film. Et quand elle écrivit à Selznick, ce ne fut pas pour protester contre sa mise à l'écart, mais pour le remercier de lui avoir donné sa chance. Le producteur songea qu'il était temps de lui proposer un contrat. La photo d'Hattie ne figura pas non plus sur les programmes imprimés pour le Loew's d'Atlanta.

Avant le début de la projection, les stars firent un tour de piste sur la scène.

— C'est votre soirée, c'est la soirée de Mrs Margaret Mitchell, moi, je ne suis là que comme spectateur, déclara modestement Clark Gable.

Oui, Clark, et pendant tout le tournage, tu as aussi été spectateur, songea Selznick.

— Voici ma Scarlett, fit Mrs Mitchell, adoubant Vivien Leigh qui esquissa une révérence avant de lancer un regard assassin à Selznick, lorsque celui-ci souligna son respect à l'œuvre adaptée.

Ce 15 décembre 1939, les deux mille spectateurs sudistes passèrent par tous les sentiments. De la nostalgie en voyant les petites Noires rafraîchir de leurs éventails les demoiselles de la bonne société qui se pliaient au rituel de la sieste pendant le pique-nique des Wilkes. De la douleur devant les plans larges de Scarlett déambulant parmi les centaines de mourants allongés dans les rues d'Atlanta. De la colère face aux hordes apocalyptiques de l'armée yankee, qui déferlèrent sur le fond rouge de l'écran. De la tristesse quand Scarlett, après un dangereux périple, s'élançait épuisée vers la demeure fantomatique de Tara. Ils pleurèrent avec elle, lorsque Mammy lui révélait, l'œil humide, que sa mère venait de succomber à la typhoïde. Ils mouillèrent encore leur mouchoir après la mort de Bonnie, la fille de Scarlett et de Rhett, quand Mammy confiait à Melanie qu'elle ne s'inquiétait pas pour Scarlett, qui était forte, mais pour Rhett, qui était faible.

L'émotion avait donc le visage de Hattie McDaniel. Elle fit rire par ses réprimandes envers la capricieuse Scarlett, mais elle toucha aussi les cœurs. Observatrice d'un monde à la dérive, elle soulignait son humanité et à elle seule formait le chœur tragique de ce grand mélodrame en Technicolor.

Après la projection, le maire Hartsfield remonta sur scène pour faire acclamer les acteurs. Les comédiens noirs ne furent pas oubliés cette fois. Applaudir des fantômes ne coûtait pas grand-chose. Lors du cocktail, l'élu d'Atlanta fut même tout disposé à reconnaître le talent de Hattie, sans aller toutefois jusqu'à s'étonner de son absence.

Après trois ans d'échanges épistolaires, Margaret Mitchell et David O. Selznick firent enfin connaissance. Le producteur préférait lui adresser des mémos ; il ne trouva rien à lui dire, sinon son espoir de la voir écrire une suite, ce qui eut le don de la faire fuir. Elle buta sur Gable, qui la dépassait d'une quarantaine de centimètres ; la meute des photographes ne manqua pas d'immortaliser ce télescopage. Pour leur échapper, la romancière entraîna Rhett dans les toilettes des femmes. Les échotiers se rabattirent sur Vivien Leigh. Elle s'enivrait en compagnie de Laurence Olivier, partageant avec lui son mépris pour ces Américains qui ne cessaient de se congratuler.

— Larry, quand rentrons-nous en Angleterre ? Notre pays est en guerre.

Ils passeraient Noël à Durham Cottage, lui promit-il, devant la cheminée, avec le chat et une pièce de Shakespeare.

Le lendemain, Margaret Mitchell adressa un télégramme de félicitations à Hattie McDaniel :

J'aurais aimé que vous puissiez entendre tous ces applaudissements qui vous étaient destinés lorsque votre nom a été cité.

Hattie elle aussi aurait aimé.

Nomination

Le dossier que Hattie déposa sur le bureau de Selznick débordait d'articles élogieux. Il lui avait été préparé par Meiklejohn, l'agent qui la conseillait désormais dans sa carrière. La presse était presque unanime. Seule, comme elle s'y attendait, la frange radicale de la communauté noire l'accusait d'avoir pactisé avec le diable dans une œuvre odieuse.

— Mon nom est cité pour le meilleur second rôle aux Oscars. Noirs ou Blancs, les journalistes pensent que ce serait mérité. Et vous, monsieur Selznick ?

Il partageait cet enthousiasme. Il trouvait même l'idée excellente. Les Noirs verraient qu'on reconnaissait enfin le talent de l'une des leurs à sa juste valeur. Et si elle repartait avec la statuette, ils seraient plus nombreux encore à se ruer dans les salles.

— Vous avez même toutes les chances de gagner, Miss McDaniel.

Elle fit la moue. L'important, à ses yeux, était de figurer sur la liste.

— Surtout, ajouta-t-il, que cette année, des Noirs sont autorisés à voter. Mais…

Il y avait un « mais ».

— La cérémonie se déroule à l'Ambassador Hotel, au restaurant du Coconut Grove.

Hattie fronça les sourcils.

— Si vous l'emportez, il faudra bien que vous alliez recevoir votre récompense, et pour cela, il faudrait peut-être qu'on vous laisse entrer.

Or, le Coconut Grove refusait l'admission aux Noirs. Comment obtenir un Oscar si le lieu de la remise lui était interdit ?

— J'ai une idée. Si vous êtes nominée, je vous inscrirai parmi mes invités. Là-dessus, les organisateurs n'ont aucun droit de regard.

Elle remercia une fois encore monsieur Selznick qui lui promit de soutenir sa candidature. Olivia de Havilland était également fortement pressentie. Elles allaient se retrouver en concurrence. Mais deux chances plutôt qu'une, cela valait toujours mieux.

Lorsque Hattie apprit la bonne nouvelle, elle se rendit dans la chorale qu'elle finançait avec l'argent gagné grâce au film. Elle repéra le plus beau des chanteurs noirs. Le plus grand aussi. On ne pourrait pas le rater. On ne pourrait pas dire non plus qu'elle était mal accompagnée. À la perspective de provoquer un scandale, il fut ravi. Et Hattie fit ajouter le nom de Frank Patrick Yober sur la liste de monsieur Selznick.

Mon cœur est trop plein

Hattie vérifia le gardénia qu'elle avait épinglé dans ses cheveux. Puis elle rajusta la veste d'hermine qu'elle portait par-dessus sa robe de soirée bleu pâle constellée de paillettes.

— Vous êtes magnifique, la rassura F. P. Yober.

Mais dès qu'elle sortit du taxi, elle fut sifflée. Une centaine de manifestants noirs s'étaient rassemblés devant le Coconut Grove, criant tous à la trahison.

— Ne leur réponds pas, murmura Meiklejohn, qui les escortait.

Elle fit pourtant volte-face et pointa son index vers sa poitrine. Son Oscar, elle ne le devrait à personne d'autre qu'elle.

À l'intérieur de l'hôtel, elle fut accueillie en revanche par des applaudissements. Elle semblait être l'une des premières arrivées. Elle était aussi la première Noire à franchir le seuil de cet établissement.

Être l'une des invitées de monsieur Selznick ne signifiait pas être admise à sa table. Alors que les applaudissements redoublaient – elle se retourna et aperçut Bette

Davis –, on leur désigna une petite table près du bord gauche de la scène.

— Très bien, s'empressa de commenter Meiklejohn, comme ça, on sera tout près.

Ils seraient aussi dans un coin. Mais elle ne s'en formalisa pas. Elle allait gagner. L'information avait fuité dans le *Los Angeles Times.*

Tous les résultats, déjà divulgués, confirmèrent le raz-de-marée annoncé. Dix Oscars pour un seul film. Du jamais-vu. La seule fausse note fut l'absence de Fleming, couronné meilleur réalisateur. Officiellement, il était souffrant. Selznick se fit une joie d'aller recevoir sa récompense à sa place. À trop sourire, il en avait mal aux joues. Rien n'aurait pu venir gâcher la fête, pas même son épouse, Irene, qui le fusillait du regard. Après la réception organisée chez eux, il était parti sans l'attendre et n'avait pas daigné venir l'accueillir à l'entrée du restaurant. Ce n'était pas seulement l'impatience de triompher. Elle était la fille de Louis B. Mayer, ce qu'elle paya ce soir-là.

Après le sixième Oscar, Bob Hope, le maître de cérémonie, déclara aux 1 700 invités qu'il leur devait la vérité : ils assistaient à une soirée de bienfaisance en l'honneur de David O. Selznick. Le producteur en profita pour se lever et faire semblant de s'excuser devant l'assistance. Seul Gable ne remporta rien. Olivia de Havilland se crut obligée de le consoler.

— Quelle importance, lui répondit-il, je n'ai même pas vu le film en entier. Comme elle s'en étonna, il lui avoua en souriant qu'il avait filé avant la fin à Atlanta. Mais le

King avait déjà goûté aux joies de la victoire et venait de resigner avec la MGM un contrat en or.

Quand Fay Bainter prit la parole, Hattie devina que son tour était venu. Cette actrice avait gagné l'année précédente l'Oscar du meilleur second rôle féminin. Très émue, elle se lança dans un laïus où il fut question de *repousser les murs* sur la terre d'Amérique. Son ton grave et solennel incita les convives à interrompre leurs conversations pour écouter cette ode aux États-Unis, un pays qui rendait hommage au travail de tous, quelle que soit leur race ou leur couleur de peau. L'excellente Fay Bainter fut chaleureusement applaudie.

Dès que son nom fut lâché, Hattie gagna la petite scène. Elle n'eut pas à traverser la salle ; voilà pourquoi on l'avait installée si près. Hattie prit toutefois tout son temps pour prononcer son discours, mais pas celui qu'un employé de la SIP avait préparé et que Meiklejohn lui avait remis au début du repas.

— Aujourd'hui est l'un des jours les plus heureux de ma vie. Cette récompense m'oblige à faire preuve d'une grande humilité et je suis sûre qu'elle me guidera désormais pour tout ce que j'entreprendrai à l'avenir.

Sa voix à mesure se troublait, ses yeux se mouillaient.

— J'espère très sincèrement faire toujours honneur à ma race et à l'industrie du cinéma. Mon cœur est trop plein pour vous dire avec justesse ce que je ressens, je ne peux que vous remercier et souhaiter que Dieu vous protège.

Un mot de plus et elle éclatait en sanglots. Lorsqu'elle eut regagné sa place, Olivia de Havilland, malgré sa défaite, vint la féliciter. Jusqu'au bout, elle serait irréprochable.

C'en fut trop pour Hattie, qui se leva pour dissimuler ses larmes.

— Où allez-vous ? s'inquiéta Frank Patrick Yober.

— Je reviens.

Elle fit quelques pas, heurta un serveur qui apportait les desserts et se réfugia derrière un rideau rouge. Elle se retrouva dans les cuisines, happée par un tourbillon d'employés noirs qui s'activaient. On commença par l'éviter car elle était dans le passage. Puis quelqu'un l'embrassa. D'autres suivirent. Bientôt elle fut entourée par une nuée d'admirateurs qui la saluèrent d'un geste amical.

— J'aimerais tous vous inviter chez moi, fit-elle en ouvrant grands les bras.

— Bravo, Mammy !

De retour dans la salle, elle lança un regard vers le coin réservé à Selznick. Assise à côté de lui, Vivien Leigh sembla lui adresser un signe de la main. Maintenant que la cérémonie arrivait à son terme, les invités circulaient d'une table à l'autre. Elle rejoignit son ami Gable et Olivia de Havilland qui s'était montrée si aimable.

— J'espère que tu viens danser avec nous, fit le King, il faut fêter ta victoire.

— Où allez-vous ? s'informa Hattie en souriant.

— Où allons-nous ? demanda Olivia.

— Au Pacific Club, se rappela Gable, qui se resservit en champagne.

Le sourire de Hattie s'effaça. Au Pacific Club, aucun Noir n'était admis.

— Alors, on s'y retrouve ? la pressa Olivia.

Hattie hocha la tête et se retira discrètement.

On était le 29 février 1940. Depuis quelques jours, un « plan jaune » avait été adopté en grand secret à Berlin. Il prévoyait de frapper la France à son talon d'Achille, les Ardennes, qu'elle pensait infranchissables, avec les panzers. Les Alliés ignoraient également que les Allemands avaient commencé à déporter leurs Juifs vers la Pologne, notamment vers Lodz où les nazis venaient d'enfermer la population dans un ghetto. La guerre, dont Scarlett ne voulait pas entendre parler parce qu'elle lui gâcherait son pique-nique, prenait une tournure nouvelle. On ne l'évoqua pas non plus à la table de David O. Selznick. On n'en fit pas davantage mention le lendemain dans les journaux américains, où son triomphe écrasant s'étalait à la Une.

Épilogue

— Un voile blanc. Je veux un voile blanc. Et des gardénias, avec de grandes feuilles toutes blanches, comme ceux que je portais dans mes cheveux le soir des Oscars.

Une infirmière prenait note.

— Vous en glisserez aussi un entre mes mains.

On acquiesça discrètement.

— Et un cercueil blanc.

Pour son voyage dans l'au-delà, Hattie McDaniel avait des envies de blancheur.

En 1940, Hattie avait été la première Noire à recevoir un Oscar. En juillet 1952, elle fut la première Afro-Américaine à être admise dans la maison de retraite des artistes de cinéma. Au vu de sa carrière, l'établissement avait accepté son dossier. L'admission fut financée par la vente de sa petite maison à deux étages de West Adams Heights acquise grâce au cachet du film. Le diabète et des problèmes cardiaques l'empêchaient désormais de travailler.

En lui proposant un contrat, Selznick lui avait fait miroiter la promesse qu'elle deviendrait la première grande actrice noire. Encore eût-il fallu des rôles dignes de ce nom. Il avait fini par la prêter à d'autres studios qui n'étaient intéressés que par la Mammy grincheuse. Le tremplin ne fut plus qu'un boulet. Pour son malheur, la célébrité avait fait d'elle une cible : des journaux de la presse noire l'exhortaient à disparaître des écrans pour cesser de faire honte à ses frères de couleur. Elle tenta bien de se défendre. Que voulez-vous que je fasse, que je joue une pin-up assise sur les genoux de Clark Gable ? Comment ignorer que des millions de Noirs dans ce pays sont des domestiques ? Pourquoi le nier ? Suis-je devenue has been ?

Ce n'était pas l'avis de Procter & Gamble. Cette société sponsorisait *Beulah,* l'un de ces programmes de radio que les Américains suivaient avec ferveur. La compagnie productrice de savon qui avait lancé la mode des soap opera constata que les audiences de ce feuilleton radiophonique étaient reparties à la hausse après que Hattie eut repris le flambeau. Certes, elle y interprétait encore une domestique qui mijotait de petits plats pour des maîtres blancs, certes, elle les houspillait avec toujours autant de véhémence. Mais elle ne fit pas la difficile ; elle n'en avait plus les moyens. Elle régna quelque temps sur la tranche horaire 16 h-16 h 30 et se retrouva dans les pages des magazines à vanter les produits vaisselle de Procter & Gamble, vêtue de son immuable tablier. Après *Beulah* à la radio, il y eut *Beulah* à la télé. Puis la maladie la cloua au fond de son lit.

Dans sa maison de West Adams Heights, elle avait passé ses plus belles années. La quitter fut un déchirement. Elle y avait remporté une longue bataille juridique contre des résidents qui brandissaient un vieux règlement de copropriété interdisant l'emménagement d'habitants de couleur. Ils supportaient mal ses réceptions bruyantes et bigarrées où les Noirs frayaient avec des Blancs d'Hollywood, notamment Clark Gable, qui ne manquait jamais la fête annuelle de sa vieille amie. La plainte fut déboutée.

Le contexte politique l'avait également fragilisée. Avec d'autres comédiens noirs, elle avait continué à réclamer des personnages plus consistants. Mais à l'heure de la chasse aux sorcières, toute revendication de justice et d'égalité était assimilée à de la subversion communiste. Hattie dut déclarer que la lutte pour les droits civils excluait toute adhésion à ces idées néfastes de gauche qui menaçaient les libertés américaines. Il serait long, le chemin de la reconnaissance, à Hollywood comme ailleurs.

Le 13 octobre 1952, dix jours avant sa mort, Hattie demanda à être inhumée au Hollywood Park Cemetery, non loin de Douglas Fairbanks, de Rudolph Valentino et de Victor Fleming, le réalisateur qui l'avait dirigée. Son frère Sam affirma n'avoir reçu aucune réponse du cimetière pour ne pas faire de peine à sa sœur, qui partit avec l'espoir de reposer parmi les étoiles blanches. Or, les propriétaires de la nécropole avaient refusé sa requête. Aucun Noir ne viendrait se décomposer sur leurs terres. La ségrégation frappait aussi les morts.

Sa dernière demeure fut le cimetière de Rosedale ; là-bas, tous les défunts se valaient. Sa tombe fut creusée près de l'entrée où son visage souriant, gravé sur la stèle, accueillit désormais les visiteurs. Mais son Oscar se volatilisa dans les années 1960. Elle en avait fait don à la Howard University de Washington, afin de remercier les étudiants noirs du buffet qu'ils avaient organisé en son honneur en 1941. On prétendit que la statuette avait été jetée dans le Potomac par des membres des Black Panthers, qui entendaient se débarrasser de ce vestige infamant de la soumission des Afro-Américains. Une enquête démontra que cette disparition n'était dûe qu'à une pure négligence.

En 1999, les nouveaux propriétaires du Hollywood Park Cemetery annulèrent la décision de leurs prédécesseurs ; un emplacement fut proposé pour la sépulture de Hattie. Ses descendants jugèrent bon de ne pas l'exhumer, mais vinrent apposer une plaque de granit rose qui portait l'inscription suivante, rédigée par son petit-neveu, Edgar Hoff Jr. : « *À Tante Hattie, qui fut un honneur pour son métier, sa race et sa famille.* »

*

— José, laissez-moi y aller. Ce n'est qu'une question de jours. Occupez-vous des scènes avec Warren et Lotte, s'il vous plaît, José, je vous en supplie.

Vivien Leigh s'était agenouillée devant José Quintero, le réalisateur panaméen du *Printemps romain de Mrs Stone*, qui se précipita pour la relever. Il ne pouvait pas lui dire non. S'il refusait, elle allait le traiter des noms les plus obscènes. Elle risquait également d'être victime d'une de ses crises de démence, comme sur son dernier film, six ans auparavant. Auquel cas le tournage devrait être interrompu et ce ne serait plus seulement une question de jours.

— Entendu, Vivien, mais croyez-vous que ce soit une bonne idée de retourner à Atlanta pour revoir ce film ?

L'actrice venait de lui apprendre qu'on comptait sur sa présence pour le centenaire de la guerre de Sécession dont les festivités débuteraient par la projection de *Gone with the Wind*.

— Turlututu !

Et elle le laissa sur une pirouette de la jeune et capricieuse Scarlett.

Cette insistance avait une autre raison. Avant de gagner Atlanta, elle avait décidé de faire escale à New York où Laurence Olivier allait créer une pièce de Jean Anouilh. Elle espérait revoir une dernière fois celui qui était devenu son époux et qui ne l'était plus depuis le 15 septembre 1960. Après près de vingt ans de vie commune, le comédien n'avait plus supporté ses injures et ses accès de folie. Les premiers symptômes de sa maladie étaient apparus à la fin des années 1940, aggravés par son rôle dans *Un tramway nommé désir*. Sa rage à devenir Blanche Dubois, qui perdait la raison, avait même effrayé son mari qui la dirigeait sur les planches, et à qui elle tenait à montrer qu'elle pouvait être à sa hauteur. Le film avait suivi la pièce et elle ne s'était jamais remise de ce double effort récompensé par un second Oscar en 1952, pour lequel elle ne s'était pas déplacée. Le jugement du divorce que Laurence Olivier avait obtenu spécifiait une interdiction de se marier à nouveau pendant six mois. Le délai expirait le 15 mars 1961. On était à la fin du mois de février et Vivien Leigh refusait de croire aux rumeurs de son remariage avec Joan Plowright, une jeune actrice britannique. Comme en 1938, elle traverserait l'océan pour le retrouver en Amérique.

Joan serait là, l'avait-il avertie. Mais s'il croyait que cette présence allait la dissuader, il se trompait. Dès son arrivée à New York, des bribes de dialogue ressurgirent dans la mémoire de Vivien. *S'il sait que je l'aime, Ashley ne pourra pas l'épouser. Comment le pourrait-il ? Il n'y a aucune raison que les choses ne s'arrangent pas comme je le veux, s'il m'aime. Et je sais qu'il m'aime.* Larry était devenu son Ashley. C'est avec cette conviction qu'elle se présenta au restaurant Sardi's dans une robe magnifique. Une toilette de cinéma. Attablés côte à côte, Laurence et Joan la dévisagèrent. Elle prit place face à lui, face à eux, qui faisaient bloc. Un coup d'œil à sa remplaçante lui avait suffi : des cheveux courts, des joues rondes, quel manque de féminité ! Que pouvait-il donc bien lui trouver ?

— Atlanta, le lieu de la première en 1939, tu te souviens, Larry, quelle projection émouvante ce sera, là-bas, après tant d'années...

Elle commença à dresser la liste des morts. Hattie McDaniel, disparue si jeune. Gable, quelques mois auparavant, de même que son rival à l'écran, Leslie Howard, abattu dans un avion par la Luftwaffe en 1943 au-dessus du golfe de Gascogne. Margaret Mitchell, renversée par une voiture. Et Fleming, qui n'était plus de ce monde depuis longtemps.

— Oh, Larry, ce n'est plus un film, c'est un cimetière. Il ne reste plus que Selznick, Olivia et moi.

Laurence Olivier la regardait se débattre avec ces noms. Ses lèvres s'étaient effilées. Son regard avait perdu le velours de ses jeunes années.

— Il paraît, poursuivit-elle, que les dialogues sont presque inaudibles, que les couleurs ont pâli, nous les avions trouvées si merveilleuses, ces couleurs.

S'il sait que je l'aime, il... La suite lui échappa. Elle avait un trou, comme sur ces scènes de théâtre où elle avait cessé de jouer.

Son ex-mari l'interrompit pour lui parler du coup de cœur qu'il avait eu pour la pièce de cet auteur français, Jean Anouilh, qu'il avait décidé de monter ici, à New

York. Fini Shakespeare, il se consacrait au contemporain. Ils avaient eu souvent cette conversation, se rappela-t-elle.

— Quoi que tu fasses, Larry, ce sera magnifique.

Cette dernière phrase fut couverte par le brouhaha de la salle. L'heure des spectacles de Broadway approchait, on se pressait de boire un dernier verre. Pour mieux s'entendre, ils auraient dû se pencher l'un vers l'autre, mais Larry n'en eut pas l'idée et Vivien pas la force. Elle entendit en revanche distinctement l'annonce de leur mariage faite en chœur. Elle vit aussi l'étreinte obscène de leurs mains.

— Et maintenant, on doit y aller.

— Moi aussi, répondit-elle mécaniquement.

Il ne fut pas question de dîner. Laurence Olivier paya sa note, puis héla un taxi qu'il régla pour elle.

— Où allons-nous ? demanda le chauffeur.

— Roulez, fit-elle en enfonçant ses ongles dans ses paumes pour ne pas se retourner.

Le lendemain matin, avant de monter dans l'avion, elle eut à répondre aux questions d'un jeune reporter.

— Quel rôle aviez-vous dans *Gone with the Wind* ? commença-t-il.

Elle crut qu'il plaisantait.

— Vous ne l'avez jamais vu ?

— Jamais, Madame, fit-il sans se démonter.

— Alors, je crois que nous n'avons rien à nous dire, ni sur ce sujet ni sur aucun autre.

Elle lui avait répondu avec le mépris que Scarlett employait jadis avec ses prétendants. Mais c'était celui d'un cœur brisé qui ne prenait plus de gants.

— Dites-moi au moins dans quel film vous tournez, sinon, je vais me faire virer.

— *Le Printemps romain de Mrs Stone*, mais je ne joue pas le printemps romain.

Et elle le planta là en serrant contre elle son chat Poo Jones qui avait sorti ses griffes. Avant le décollage, elle rédigea une lettre à l'attention de Jack Merivale, le dernier homme qui supportait ses accès de démence.

Mon ange chéri, avec Poo Jones, nous sommes rapidement arrivés à l'aéroport où m'attendaient un journaliste – l'était-il vraiment ? – qui n'avait jamais vu le Vent *– cela est-il possible ? – et un pauvre monsieur MGM, tout nerveux de me voir. J'étais pourtant à l'heure. Je l'ai détendu en l'emmenant boire un brandy, il me fallait bien cela avant de m'envoler. J'espère entendre bientôt votre voix. Nous stationnons au soleil. Je me dessèche. J'espère que ces mots que je posterai à mon arrivée à Atlanta vous trouveront heureux et toujours amoureux, car je suis toujours votre Angelica, celle qui demande votre amour.*

Puisque Jack était pour elle un ange, elle s'était rebaptisée Angelica.

Si le Georgian Terrace Hotel avait perdu sa splendeur d'antan, elle crut retrouver dans les rues la même atmosphère de couronnement qu'en 1939. Elle était à nouveau Scarlett. Il manquait seulement le prince charmant. Elle se plia de bonne grâce à une séance d'autographes où affluèrent les jeunes filles d'antan, accompagnées de leurs enfants à qui elles présentèrent celle qui les avait fait rêver. Vivien n'y prêta guère attention. On n'avait jamais vu en elle que l'héroïne de Tara. Dans toute l'Europe, la sortie de ce film interdit par les nazis avait marqué le retour à la liberté. Aux Pays-Bas, une femme lui avait avoué avoir survécu dans un camp de concentration en se raccrochant à la ténacité de Scarlett plongée dans le chaos de la guerre. Elle était devenue un symbole, malgré elle. Quatre heures en Technicolor avaient suffi, quatre heures gravées dans sa mémoire seulement parce qu'elles lui rappelaient Larry et le début insouciant de leurs amours. Pour le reste, elle s'en moquait.

— Vous n'avez pas changé, affirma Selznick.

— Vous non plus, cher David.

À hypocrite, hypocrite et demi. Les traits affaissés, il ressemblait à un pachyderme triste. Tout juste rétabli d'une crise cardiaque, il donnait le change en s'agitant, comme au bon vieux temps.

— Je croyais, ma chère Vivien, ne jamais avoir le plaisir de vous revoir.

Après le triomphe de *Gone with the Wind*, une violente dispute l'avait opposé à Vivien, qui refusait d'honorer le contrat de sept ans signé avec lui. De retour à Londres, elle avait fait la morte, refusant de répondre à ses missives. La Seconde Guerre mondiale avait eu raison de leur petit conflit. De toute manière, le cinéma ne l'intéressait plus. Elle ne jurait que par le théâtre et par Larry.

— David, j'espère que vous ne m'en voulez plus.

Il haussa les sourcils, comme s'il ignorait à quoi elle faisait allusion.

— Je pensais venir à une veillée funèbre, mais en vous regardant, j'ai l'impression que nous sommes encore en 1939.

Vivien n'avait négligé aucun détail pour ressembler à son ancien rôle. Même robe de bal de satin blanc, mêmes longs gants blancs, même coiffure. Elle avait également apporté des barrettes en diamants, un cadeau que lui avait fait Selznick à la fin du tournage. À peu de chose près, en effet, on aurait pu se croire en 1939.

— Oh, Clark, je n'arrive pas à me dire qu'il nous a déjà quittés.

Elle éclata en sanglots en revoyant Gable poser son regard sur elle lors du pique-nique à Twelve Oaks. Le temps avait effacé toutes ses rancœurs. David lui tapota le bras. Il venait de repenser au mémo dicté à sa secrétaire pendant la projection à Riverside où il avait demandé qu'on rallonge ce passage. Il avait eu raison, une fois de plus.

— Oh, Thomas, s'écria-t-elle, quand son « père » mourut à nouveau sous ses yeux d'une chute de cheval.

Atteint d'un cancer, Thomas Mitchell avait dû décliner l'invitation.

— David, le film est toujours merveilleux.

— C'est vous, Vivien, qui êtes merveilleuse.

Malgré les médicaments qu'elle avait ingurgités avant la projection, elle le trouva cependant un peu long. Si les organisateurs ne l'avaient prévenue d'une surprise après le film, elle se serait même éclipsée. Une surprise ? Elle avait été prise de panique. Après le générique de fin, d'autres plans crachotant prirent le relais. Elle reconnut les tests auxquels elle s'était soumise pour le rôle de Scarlett.

— *Oh, Ashley, vous m'aimez, maintenant je le sais, vous m'aimez, ne dites pas le contraire, vous m'aimez, vous m'aimez...*

Mais qui était cette furie, qui se tordait comme une flamme, dévorée par une sensualité délirante ?

— Je comprends maintenant pourquoi je vous ai choisie, murmura Selznick.

Elle comprit bien autre chose : elle avait sous les yeux l'image boursouflée de la folie qui depuis l'avait gagnée. Dès cette époque, elle était déjà à l'œuvre, et elle devina tout ce que sa carrière lui devait.

Quand les organisateurs l'invitèrent à rejoindre la scène, le tonnerre d'applaudissements qui retentit à l'annonce de son nom retarda le moment où l'on remarqua son absence. Puis il fallut se rendre à l'évidence. Elle avait disparu.

Des habitants d'Atlanta se souviendraient peut-être d'avoir croisé ce soir-là dans les rues une créature habillée en Scarlett. Cela arrivait parfois dans cette ville, plus d'une femme se prenait pour l'héroïne de Margaret Mitchell ou même pour Vivien Leigh. Un murmure fiévreux s'échappait de ses lèvres.

— *Oh Larry, vous m'aimez, maintenant je le sais, vous m'aimez, ne dites pas le contraire, vous m'aimez, vous m'aimez…*

Un espoir faisait trembler tout son corps. Malgré sa robe, qui traînait sur le trottoir, elle marchait à grandes enjambées. Elle allait être en retard pour le tournage. Puis soudain, elle se figea.

*

À cette époque, Selznick ne possédait pratiquement plus rien du film. 98 % des droits étaient passés entre les mains de la MGM, qui avait racheté ses parts en 1941, pour lui permettre de rembourser ses hypothèques. Si le nombre de spectateurs américains atteignit le score vertigineux de 60 millions, soit davantage encore que le nombre annoncé par le sondage, il n'en profita guère. Il divorça aussi d'Irene. Selznick devint la preuve qu'à Hollywood on pouvait aussi ne pas se remettre d'un triomphe.

Il fut comme ces athlètes qui n'ont de cesse de vouloir renouveler un premier exploit retentissant. Chaque script fut mesuré à l'aune de *Gone with the Wind.* Tous, inévitablement, souffrirent de la comparaison. Il parvint cependant à lancer une toute nouvelle actrice, Phyllis Flora Isley, qu'il rebaptisa Jennifer Jones et qu'il épousa. Mais plus elle fut célèbre, plus il déclina. La fiction d'*Une étoile est née*, qui l'avait naguère obsédé, s'était réalisée. On se défia de lui, de sa mégalomanie, de son perfectionnisme, des désordres d'un autre temps.

Quatre ans après la projection d'Atlanta, il se défit du reliquat qu'il avait conservé jusque-là à l'intention de ses enfants : les droits radiophoniques et télévisuels de *Gone with the Wind* qu'il brada pour 475 000 dollars versés sur-le-champ. Il craignait qu'on ne se souvienne de lui que comme le producteur de ce film. En se débarrassant de ce dernier vestige, il espérait qu'il n'en serait rien. Cette somme lui servirait à régler ses soins médicaux. Il ne se déplaçait plus jamais sans ses électrocardiogrammes ni le téléphone du meilleur cardiologue des villes où il séjournait, et tout son argent, il le dépensait désormais dans les médicaments que des spécialistes de New York lui avaient prescrits. La vie, la benzédrine, les nuits de travail sur *Gone with the Wind*... C'était l'heure de payer l'addition.

De cette aventure il ne possédait plus rien, sinon l'exemplaire que Margaret Mitchell lui avait dédicacé et qu'il avait réussi, malgré de multiples déménagements, à ne pas égarer. Il ne le quittait presque jamais. Il l'emporta au printemps 1965 en Californie, une région qu'il avait fuie jadis pour s'installer sur la Côte Est. Il revenait pour quelques rendez-vous avec des gens du métier curieux de faire la connaissance du producteur d'un film devenu légendaire. On le laissa parler, car il tenait à présenter un nouveau script, dont le protagoniste, issu d'un monde ancien, se lançait dans un long-métrage d'un genre indéfini sur un sujet à préciser. Ce personnage tenait table ouverte dans une station balnéaire où le milieu du cinéma défilait, lui suggérant un caractère ou une situation. Il restait à trouver un dénouement à un scénario qu'il avait intitulé *Le Film.*

Comme au bon vieux temps, il enchaîna les rencontres. Il avait tout de même de beaux restes, songea-t-il, alors qu'un taxi le conduisait jusqu'au n° 9336 de Washington Boulevard, où se dressaient naguère ses studios. Le site appartenait désormais à un couple d'acteurs, Lucille Ball et Desi Arnaz, reconvertis dans les productions télévisuelles. Il se rappela avoir auditionné Lucille pour le rôle de Scarlett, un jour de pluie, après l'avoir retrouvée dans son bureau, revêtue de son peignoir. Elle était maintenant la patronne des lieux. Il erra dans les allées à la recherche des traces de la demeure de Tara. Il arrivait trop tard. La maison venait d'être démolie pour laisser place à un immeuble futuriste, le décor d'une série en préparation. Selznick se renseigna auprès d'un employé qui ne sembla pas le reconnaître, ce dont il ne se formalisa pas. La série, baptisée *Star Trek*, devait décrire une planète débarrassée de tous ses maux, maladies, guerre, racisme, injustice, misère... D'un air goguenard, il écouta son interlocuteur qu'il remercia avant d'aller s'asseoir sur un banc. Après s'être abandonné à la rêverie, il ouvrit son exemplaire de *Gone with the Wind* à la première page et relut ce passage qui lui plaisait toujours autant :

> Scarlett O'Hara n'était pas d'une beauté classique, mais les hommes ne s'en apercevaient guère quand, à l'exemple des jumeaux...

Puis il s'assoupit.

À son réveil, il crut reconnaître de l'autre côté de l'allée un des piliers du perron de Tara. Il s'en approcha pour caresser la pierre jaunie. La colonne paraissait encore solide. S'appuyant contre elle, il se laissa glisser à son pied. Des douleurs le lançaient dans la poitrine. Il avala plusieurs pilules. Tandis qu'il attendait qu'elles produisent leur effet, il aperçut des caractères gravés à la base du pilier : COLOGNE. Était-ce une allusion à l'eau de Cologne qu'avalait Scarlett pour dissimuler à Rhett Butler son haleine empestant l'alcool ? Un léger rire le secoua. Il imagina Vivien Leigh venue, au terme d'une journée harassante de tournage, inscrire ces lettres en grand secret. Il eut alors l'idée d'une grille de mots croisés consacrée à *Gone with the Wind.* C'était devenu son activité préférée. Lui qui avait déversé des millions de mots sur Hollywood se contentait désormais de deviner quelques dizaines d'entre eux à l'intérieur d'un carré. Quelle définition pourrait convenir à ce *Cologne* ? *Masque de Scarlett* ? Lorsqu'il fut parvenu à se relever, il décida de s'atteler à ce nouveau projet.

Une semaine plus tard, le 22 juin 1965, vers 2 h de l'après-midi, Selznick s'écroula, un stylo à la main. Il venait de noter une première définition possible pour le déserteur yankee tué à Tara : *victime de Scarlett.* Il n'en était pas complètement satisfait. Parmi le petit nombre de cases qui demeuraient vides, l'une d'entre elles était destinée à un mot en quatre lettres qu'il se réservait pour la fin : le *damn* de *I don't give a damn* prononcé par Rhett Butler.

Sa mort fut le seul événement notable de la journée et le lendemain, il bénéficia d'une couverture nationale. Mais comme il l'avait redouté, la presse fut unanime pour saluer le producteur de *Gone with the Wind*, symbole d'une époque rebaptisée *l'âge d'or d'Hollywood*. En prévision de son enterrement, il avait rédigé un dernier mémo qui en détaillait avec précision le déroulement. En son absence, on prit la liberté de ne pas le respecter à la lettre.

Imprimé en France par CPI
en novembre 2021

NORD COMPO
multimédia

Composition et mise en pages
Nord Compo à Villeneuve-d'Ascq

Dépôt légal : janvier 2022
N° d'édition : L.01ELJN001019.N001
N° d'impression : 167152